只为你暗夜起舞

寒 郁◎著

中国致公出版社
China Zhigong Press

图书在版编目（CIP）数据

只为你暗夜起舞 / 寒郁著 . —北京：中国致公出
版社，2018
ISBN 978-7-5145-1355-4

Ⅰ.①只… Ⅱ.①寒… Ⅲ.①中篇小说－小说集－中
国－当代②短篇小说－小说集－中国－当代 Ⅳ.
① I247.7

中国版本图书馆 CIP 数据核字（2018）第 222603 号

只为你暗夜起舞

寒 郁 著

责任编辑：尤 敏 梁玉刚
责任印制：岳 珍

出版发行： 中国致公出版社
              China Zhigong Press

地 址：北京市海淀区翠微路 2 号院科贸楼
邮 编：100036
电 话：010-85869872（发行部）
经 销：全国新华书店
印 刷：北京市金星印务有限公司
开 本：710 毫米 ×1000 毫米   1/16
印 张：15.25
字 数：202 千字
版 次：2018 年 11 月第 1 版   2018 年 11 月第 1 次印刷

定 价：45.00 元

目录
CONTENTS

| 如歌的行板 |

1

他，因生得高大，若一株粗枝大叶的庄稼，温和沉着，在她面前，有时略显笨拙，欣儿就叫他大木头。劳累了一天，下了班，到了家，欣儿喊，大木头，过来。声音懒懒的、脉脉的，抑扬顿挫，他便觉得格外的美好，就百依百顺地过来了。她懒懒地伸了胳膊，软软的，累了，她说，抱抱欣儿。他就抱着她，听她说话，有时也孩子似的和她耍些小淘气，逗她开心，哄她笑。你笑笑，我笑笑，开心了，也就不觉得累了。

她让他暖和地抱着，还要妩媚地对他撒娇、使坏，发点小脾气，把白天在店里的那点儿不愉快或是愉快输送出去。看他一副憨傻和气的样子，大大咧咧的，又小心地爱惜着她，像个大哥哥。他的肩膀和怀抱是这么有力，这么大，温柔地盛满了她。在他怀中，她若雪安静，心里暖暖的，快乐了，笑了，耳朵热热的，倾心收藏着他沉实的心跳，一下、一下，怦怦的。日子也就这样平和而踏实地展开了。

说起来在这个南方城市做工，也确有几年了，却很少一块回去过。他心里总是想趁着年轻，还没结婚，多挣点钱再回家，体体面面地过日子。也是因为懂事、听话，知道惜怜父母，还想给弟妹们攒些上学的费用。就这样想着而又耽搁着，也已有两年多没有回去了。

他们租住的地方，是偏远的郊区，靠近铁路，房租比较便宜，骑车到市里大约要一个小时。

有时，他们也在黄昏的时候，牵手沿着铁轨闲走。看长长的铁道单调地划过城市，无尽地伸延下去，最后变成一道细线消隐于茫茫雾霭，天也就黑下来了，微肥的月色勾勒出了他肩头上欣儿忽然而至的沉默，她是想家了，偏着头，木木地凝望着远方，神情有些小小的寂寥，却只是孩子气地偎着他，缓缓说，木头，你说，沿着铁路一直走下去，会不会到家……欣儿的眼神痴痴的，已然湿了。他不说话，甚至不忍骂她傻瓜，因为他，亦是想家！在月光下，他用手指一遍遍梳透她微凉的长发……已经又是春天了，家乡的花朵又该开了吧。仿佛可以看见被揭竿而起的野花霸占的整个平原和春天，杏花、桃花、梨花、油菜花、苹果花……她是喜爱花的。

回到家，睡下了，她安静地伏在他的胸口，睁着水茫茫的大眼睛，听火车哐堂哐堂地驶过耳朵。然而，她又很高兴了，兴奋地打他、问他，你说，你爹爹妈妈还有妹妹他们会想谁，你还是我？她自顾自地笑了，声如银铃，说，他们肯定是想我了，对不对……她把头抵在他柔和的颈窝，喃喃地却是很自信地说，我也漂亮呵，还乖巧，是不是，爹妈喜欢我啊。她志在必得安心地笑了。他也笑了，扳起她的脸颊，却见她已是满脸细碎的泪花……

六点多钟的样子，他就得去酒店。他是个厨子。买菜、合计订餐、检查炉灶，做好服务员们的工作餐。他比别人每天早到近两个钟头，每月可以多拿二百三十块钱。每天清早，他先跑到附近小区，给欣儿买好早点。她则赖在床上，脸颊红扑扑的，长发微乱，带着隔夜的欢好与娇慵，娇娇地拉长声音，喊他，大木头。他就过去，俯身吻她，让人眷恋沉迷。他拍拍她若云朵般蓬松的头发，给她掖好被角。她刚要开口说话，他就抢着说道，木头知道了，老婆子。因为她必定、必定要说的是，死木头，不许你和店里的女孩子讲话，特别是小美，记住了，看一下也不行的。因他抢着说了，她就生气，穿着松松的、棉白的睡衣就要起身去打他，他忙用被子包了她，怕她着凉了，使劲儿抱抱她，闹一会儿，仿佛很严肃而又照例嘻哈地看着她，敬个礼，说，嗨，我记住啦，睡吧。拍拍她犹有笑意的脸，牵着被她叫作小破驴儿的破破的大自行车，迎着第一缕明媚的晨光，上班去了。

而她在理发店上班，八点，准时起来，简单收拾一下，然后走一段路，花一个硬币坐地铁，去她工作的"发源地"。

酒店离"发源地"也不是太遥远，且午间也经营外卖和快餐。这样，有时帮同事们买饭，她还可以看见他，客人若是少，那个领班的微胖的姐姐总是不无善意地调笑欣儿几句，说，哟，又想他了，昨晚上又用功没有，呵呵……若他正在后堂忙，看不见，胖姐姐又说，哎哟，坏了，不见了，你看藏小美裙子底下没有……许多人都笑了。欣儿就脸色绯着，不搭理她们的话茬儿，心里想，赶明儿你做头发时，不给你剪秃了才怪呢，也就笑了，都是久已熟识的了。转眼碰见小美，小美喊她，欣儿姐姐，冲她友好地笑。欣儿也笑笑，却总像慢了半拍，不太自然，心里就不免恨恨地想，你是个坏女子，狐媚子。却又不禁有些泄气，想，小美的举止、样子，也真是怪好看的，尤其招惹酒店中男孩子复杂的眼神，献殷勤。这样想着，就有些微微地恨小美了，丝丝缕缕的，心里感觉酸酸的。

2

晚上，他若下班早些，就骑了车子，在店外不远处等她。她来了，他就从食品袋里拿出几个鸡爪或者一些点心，一路上让她当零食，他说这不叫偷，叫尝尝。她就笑他，说，不怕经理发现啊，又嘀咕着说，你们那个女经理，一大把年纪了，还老是色眯眯的样子，你可给我小心点儿。他就笑，问她小心什么。她便腾出一只手打他、掐他，让他听话，他就知道小心什么了。

一路上，若遇见塑料瓶瓶，她便捡起，放在车篮子里。每捡一个，口里还要大大地说一声，哈，雀跃着蹦跳一下，抓在手里，眉眼都开心地漾着笑意。看着她开心又认真地捡起一个又一个瓶子，不知道为什么，他的心里总是止不住地涌起心疼和难过。

她从小就是这个样子，穿衣服也是，尤其喜欢白裙子绣上几朵素雅的小花。她自己买了丝线，绣在枕上、裙上、荷包上……一旦有了花，便觉得分外可爱、生动。可是在这个城市里，他没有给她买过，太贵了。情人节那天，他想买的，可是，她一看价格，就把他拉回来了，说要它做什么，又不能吃又不能喝的……她的眼角分明微有委屈、湿意，却又提议休息时采花去。他们沿着铁路采了好大会儿，也不过几朵小星星样的兰花，不知名的小草花，然而，她也很欢喜。后来，他有些悔恨自己，心想明年一定多多地买些花朵，让她快乐，才好。

就这样说着笑着也就到了家。她若是饿了，他就给她做饭。休息那天，他还跑了菜市场买了春天刚刚长成的荠菜，薄薄的掺了一层面粉，蒸了，点了香油，放了调料，趁欣儿不知道，也给小美她们送了一些。晚上，和往常一样，她坐在床边捧着碗吃饭，他则坐在小凳上，给她泡脚、洗脚，有一搭没一搭地说话，有时故意把脚丫子在盆子里兴风作浪溅出几点水花，还得意地坏笑，惹他打她，再求饶。她站了一天，累是累了，也不像他想的那么累。他不管，每天一样的给她泡泡脚，让她解解乏，给她搓脚心，捶捶腿，趁机再使点劲儿，揉她几下子。在店里，有一天她不小心说漏嘴了，几个姐妹们都不信，末了，又都妒忌她有福气，姐妹珠儿换男友若换衣服似的爽利，伸出一把手说这些个了，还没有一个像你家木头那样实心实意听话的呢，哼……弄得她心里既得意又不好意思。她也知道，平淡点儿清苦点儿都不怕，只要有个人心疼，知冷知热、死心塌地地疼你，哭的，笑的，都有依有据，也就够了，她知足了。再说，他们攒了几万块钱了，房子也在家盖起来了，再过两三年，回了家，做点小生意，就不用这么辛苦了。日子一旦有了盼头，心里就明朗朗的……

却说欣儿在水盆里扬了扬脚丫子，溅了他一脸的水花，若两只淘气的鱼儿，他握住一只，另一只又不安分了，扑扑腾腾的，他使劲儿搔她的脚心，说叫你不老实，不老实……欣儿痒不过，差点儿把手里的碗给掉了，就老实了，喊他，木头……他抬头，看她，有些心照不宣的淘气和可爱。她拿筷子夹了饭菜，说，哎呀，难吃死了，还大厨师呢。他不信，把头欠过来，她喂他，喂饱他。扑眨着长睫毛，她笑了。他也笑，傻傻的样子，痴痴地看着。啪嗒，碗却掉地上了，声音很碎很轻，若云一样碎裂。欣儿拉过他，埋在他怀里，听两颗心在一起跳啊跳的，追赶着彼此心跳的时差。欣儿静静地在心里笑了，想，人家常说的幸福，大约也就是这个样子了吧。

他也匆匆收拾了。做了一天工，纵是年轻力盛，也是疲乏的。就睡下了。

火车却又照例地响了，拉着长长的汽笛喘息着，哐堂哐堂……

她把头在他胸口使劲磕了一下，说，哥，你知道么，珍珍都有孩子了，她比我还小一岁呢……

他知道她想说什么。这么些年，漂在外面做工，身心要说难免也是流水一样的不停的疲惫，他把呼吸埋在她水一样的长发里，轻轻地说，欣儿，急什么，今年我们就回家，把婚礼办了。不过，还得做几年工才行，你看你弟弟，还有我妹妹，学习都好，总不能让他们和我们一样了，是不是？再过几年，回到家，我在小城里开个餐店，你开理发店，到那时，就好了……

欣儿急忙说，不开理发店，开个花店。他顺着她，说，好，开花店，我在你旁边开饭馆，卖油炸玫瑰、清蒸百合、糖醋水仙……呵呵，好不好……她笑，枕着他，大眼睛水茫茫的，想着什么。想着什么？谁知道呢！长长的黑发淹没了他。却又掐他不安分的手了。他委屈地学着她，人家珍珍都有孩子了，比我还小一岁呢……她嘟着嘴，像个生气的花骨朵，说，谁要嫁给你个大木头了，臭美的你吧，哎哟，呵呵啊哈，饶了欣儿吧，哥哥……她被他挠得痒不过了。他轻轻咬破她唇上的花朵，使劲地抱紧了她，傻呵呵地笑，笨拙的手指寸寸接近柔和的芳草。吻她，爱她，温柔地浇灌她，让她快乐。她快乐了，他也就快乐了。

……

这样的日子，平和、简约，然而，静好、沉稳，也是好的，一天天的也就过去了。欣儿有时烦恼了，也发点小脾气，哭或笑。他和小美说话了，走近了，被她看见了，就又得想法儿惩治他一回。小打小闹的，也是习惯了。她就是那样子的脾气，甜美且多刺，很情绪化。她数落他，他不吱声，她说完了，也就雨过天晴了。过日子么，就得互相宽容和体贴一些，遇见个实心喜欢的人不易，是运气，也是福气，和和顺顺的，就好。心里有个人，做事的时候、歇下的时候，一想着，心里就暖和和的，踏实、开心，身上也有使不完的劲儿了，比什么都好。若论年纪，还都是大孩子呢。在一些无关紧要的小枝丫上争争闹闹玩儿，也无非是让日子活泼有趣些罢了。

3

就像给一株三叶草搭上一阵暖风就可以创造出一片草原一样，给女人一间屋子，她也可以布置成一个温馨家常的王宫。有这种天赋和情趣的女子，真是殊为难得。或者说，这个世界的暖意和慰藉，皆是女子的无限赠予。一直以来，对家，欣儿总像孩子般拥有质地单纯的深情。小屋子虽然简陋，却拾掇得暖和、干净。草绿的大窗帘是别人遗弃的，拾来了，洗好，一样的好看，有几个烟烧的大小洞洞，看上去，就若浮漾在草丛叶尖上露珠里的星星。墙上贴了几张剪纸，纸剪的大红喜字和一个胖胖的大娃娃，平添了许多可爱和情致。桌上插着几朵布做的各色花朵。还有诸多小小玩意儿，都是他们闲时手牵手淘来的，微小，且珍重，一样也舍不得丢弃。还有一个塑料盒子，里面是她的发丝，都是他平日在地上、床上、身上、水盆里，一根一丝搜捡来的，她不让他捡，说要它做什么……他笑笑，扫地时，还是不忍心与垃圾灰尘归在一起，小心拈起，放在盒子里。她的心是湿润欢喜的。当她说想家的时候，他说，欣儿，你的头发就是大木头的家了。这样说的时候，他总是把呼吸温柔地埋进她丰美微痒的长发里。她的发真是好，若一块纯净的夜色。长发若水，落地成河。河水上有一朵晶莹的花儿，是他给她的发卡……

床单是棉白的，柔和、熨帖，蕴藏着他们无数个美好的夜晚，换了几次住房，却一直舍不得更换。抚摸着它柔软质感的白色，就若摸着月下那些甜美清澈的誓约，一个人，默默怀想一下，耳朵就热热的红了。也记得开始曾是多么贪心和任性，眷怀他粗糙有力的怀抱，要他笨拙且甜蜜的嘴巴一次一次地灌溉她的耳朵。女孩子的耳朵，就是为了爱人老实的誓约而生长的。

花开了，花落了，一年一年过去了。她的心是快乐的，他也是。

今天欣儿休息。一个月有三天。她先是美美地睡了个懒觉，慵慵地翻了个身，娇懒地喊了声，大木头……习惯性地想把身子倚靠在他身上，枕着他，听着他的心房，触手可及的有力跳动与她的呼应，她的一天就这样正式开始了。却不想今天扑了个空，才想起他早上班去了，睁眼透过窗帘的洞洞看太阳，可真是晒着屁股了，自己尽兴地笑了，不禁骂了句，这个死木头……

欣儿起了床，收拾好了，也不饿，闲着没事，给家里打了个电话。和妈妈细细地细细地说了一大会子话，差点又忍不住哭了。又不是小孩子了，哭什么呢，她恨眼睛不争气，鼻子却还是酸得不行。说到后来，妈妈又劝她小性儿多，收着点儿，不要和木头瞎闹了，两人不拘什么时候回来一趟也好……又絮絮叨叨地问女婿怎么样了，瘦了么，吵架了么，等等，气得她差点儿把电话挂了，一点儿也不关心她。他要是在跟前，肯定免不了她的一顿暴打。

打完电话，心里像大冬天里烧了一团火，舒舒服服的。闲静了一会儿，便到小院子里就着暖烘烘的太阳慢慢洗衣服去了。

太阳真好，又暖又香的。整个院子里的住户都去做工了，就她自己独享一个大太阳。想到这，她的心情也若一朵花，譬如葵花，四面旋转，皆是温暖灿烂。妈妈说家里的梨花开得正好，在太阳下，像下了一场大雪。木头要能见到多好，她想。梨子是对梨花的收藏，果实是对春天的报偿，家乡流传的这句老话，她觉得说得真好。她搓着衣服，想，家里的花儿也想我了吗……心里就怅怅地了。

洗好了衣服，在院子里晒了，迎着阳光，看见衣服上明亮的脉络在风中干净地招展，窗台上栽种的小花啪的一下开了，声音有些大，欣儿一脸清澈，眯眼对着明媚的太阳，笑了。

进了屋，收拾东西。整理衣物时，找出了一件去年的裙子，蕾丝的，白裙子，捧在手里，看上面繁复美丽的小小花饰。第一次在商场偶然见到的时候就是这样，欢喜得捉襟见肘，一看价格，转身悄然释手。终于在小巷里买了这件仿冒的，算是补偿。太美好的东西，总是不可轻易而得，她知道的，太贵了。

犹豫了一下，她还是穿上了它。只想一个人偷偷地欢乐一会儿。穿好了，拿着镜子，左看右看，不觉而笑。心想若是那件真丝的，该多好。

他却回来了。开门，见她穿了裙子，微然一怔，一带而过。问她，吃饭了么。

她埋怨他，说，怎么回来了。因他中午也就那么一点儿休息时间，还要来回跑这么远的路。

他笑笑，放下给她带的饭盒，说，酒店里接了婚宴，累死哥哥了，快忙完了，就知道你个懒丫头还没吃饭，喏，快吃，还热呢。

她埋怨他心眼儿死，不累你累谁。经理给你个色眯眯的笑脸你就不知道姓啥好了，样子……她说。却又问，累了么。打了水，让他洗脸。

他擦把脸，说，嗨，就那样儿，比平时忙点，还行。你快吃吧，丫头。

又说，欣儿，现在穿它，不冷么，过几天再穿，别凉着。

她因他没说好看之类的赞美，就狠咬了一口饭菜，说，人家喜欢。

他笑呵呵的，揪揪她松软的发梢，伸了个大大的懒腰，坐在她面前，给她挑鱼里的刺。说，经理说了，这个月给我多加百十块钱呢。

他没说完，她说，喊，傻样子，哄你一会不哭罢了，我看你呀，不如转一家做事算了。舍不得小美，一定的，哼……

也不等她说完，他就把一块无刺的鱼肉堵到了她嘴里。

看了时间，他活动了一下腰背，说，欣儿，我走了。走过去，摸她微凉的膝盖，说，别臭美了，换了，听话，没事就找珠儿玩玩去吧，好不容易休息一天，别闷在屋子里了。拍拍她的屁股，说，走了。

她吩咐他，下班早点来。他调皮地眨眨眼睛，说，知道的了。

她又说，不许你和小美说话，记住了给我。

他大笑，说，"小鸭头"，并学鸭子叫了一声复说，你说什么，听不见啊。她抬脚踢他，掐他，打他。他疼得哎哟一下，抱了她，咬她，看她，说，我记着呢，听老婆的话，能长大……他笑着牵车子走了。

她出门见他走远了，对着越来越小的背影骂了句，个臭木头。反手擦了他留在她脸上的潮湿，闻了一下，说，真臭。她甜甜笑了，柔软的裙子打在她修长的腿上，暖暖的，有些惬意的清凉。

4

我们来说说小美吧。

正如其名字，小美是娇小玲珑、甜美可爱、很可人的一个女孩子。若一块点心，甜甜的，纯纯的，谁都止不住要咬上一口。笑的时候，细长的睫毛总要往上那么小小一挑，然后再媚媚地笑，格外的俏皮生动。开心了，两个浅浅酒窝也盛满了清澈见底的快乐；生气了，就噘了红红的小嘴，不理人；伤心了，就挂满了细碎的眼泪……嘴巴又特别的甜，姐姐哥哥地叫个不停，亲切得很。每个人都愿意和她玩儿。

小美好像特别和大木头投缘。开始她叫他大个子哥哥，有时也只叫他大个子或哥哥。媚媚的样子，一脸清甜。比如今天，她叫喊，哥哥，我头发好不好看，说嘛，好不好看……眼睛向上看着，指着自己的头发，一脸巴巴地追问他。他拍拍她新染的微黄头发，说，好看，好看，像落在清水里的月亮。她就满足地笑了，笑得无限开心。又一副可怜相的诉苦，大哥哥，小美没有钱了，想给哥哥买包烟也不能了，哥哥你看怎么办啊……还可爱地坏笑。一百次了，他亦是那样随和脾气，给她买零食，看她雀跃的样子，剥了一颗巧克力，喊，哥哥，你吃，你吃……他吃了，甜甜的，遂想起了家中的妹妹……

店中的男孩子，除了他，便是几个传菜生了，可是若论貌相、身材、性情、阅历、人缘之类，他在店里抑或店外皆是很好的。坦诚，和气，能笑的时候绝不紧绷着脸，酒风亦好，不多贪杯。偶尔抽两支烟，做事勤快爽利，能帮别人的，一定不闲着，吃了亏不过笑一笑了事。是以不但小美，每个熟识他的人都乐意和他共事。

而小美尤其是，恐怕即使盲人也会明白她这点小小的无告的心思。

在这样并非太上品味的污乱小酒楼，在包房里，会偶有心怀不轨的男人，手指头捏打小美的初涉人事的清秀。能护着他就护着，实在不行就咬牙切齿地受着，习惯了。有次，小美的包房乱了起来，一个顾客也是喝高了，喝出兽性来了，硬拉扯小美坐他大腿上陪酒，小美不悦，挣扯了两回，老男人下不了台，恼了，一杯酒泼在小美裙子上，犹不干不净地骂。连吓带气，小美当场就哭了，裙上汁液脏污淋淋……他唤来保安，尽力低头向客人赔笑，那客人也真不是人养的，居然蹬鼻子上脸，叫着喊你经理来，喊你经理来，你也配跟老子搭话……并抓起酒瓶向小美胸口里倒。他亦是气极，夺过酒瓶，大口大口一气喝了，又拿起桌上白酒，启开，咕咚咕咚喝了，把酒瓶大力掼在桌上，虎着脸，双目怒睁，也不说话，脸上是那样震撼人心的青紫色暴烈的沉默。有人嘴里起哄要揍他，他是不怕的。

事后，小美犹单纯地说，哥，你真厉害。他笑一笑，给她扣上外衣，遮住胸口的一痕雪白，忽然间很难过，想，若是欣儿或者妹妹，他肯定会疯的。那天，他是左手紧握右手，才克制住强烈的反击情绪。

自此，她一口一个大哥哥，语气依赖而笃定。他也就俨然是大哥哥了。

因小美美的很媚又可人，欣儿总是要对她冷淡一点的。女孩子之间，这个亦是自然。再者说，肯让他心甘情愿经受客人禽兽言行、经理克扣处罚、同事说长道短的女子，敏感多刺的欣儿会掉以轻心、等闲视之往好处想她么。欣儿也经常揪着他的耳朵，说，什么妹妹哥哥，心里不定想着什么呢，给我老实点儿，不然，嘿嘿……这也是欣儿惯厌的，不讲理的。

下班的时候，夜早已黑透。他心里记惦着欣儿让他早点回去，陪几个厨师同吃过工作餐，换下衣服，和店里同事打了招呼，就准备回去了。

这些女孩子们，只要下了班，一下子就跑得不见了，约会啊，玩啊，买东西啊，叽叽喳喳的，琐碎且快乐，让人看了就想年轻点儿，好搭载着青春的单车和她们一块儿去玩儿。他走到大堂，却见小美还在寂寥地逗弄玻璃池里的鱼群。他拍她一下，问，小美，还不回去？又问，小铃铛、英子她们呢。英子她们是和小美住在一起的。

小美反背了手，晃着身子，言语寥落，说，哎，她们都去约会了，只剩我了，老了，没人要了……

他被她夸张而可爱的样子逗笑了，弹了一下她光洁的前额。手机却响了，他看了一下，是欣儿，挂了，对小美说，我走了啊。

小美不转头看他，噘嘴对一条鱼儿说，怕老婆的家伙，哼，不给你玩了。神情就有些寂寞了，手指在玻璃上快快地叩了一下，吓跑了几条正在游戏的鱼。

他回身，在她眼睛上虚抓了一下，说，生气了，快走吧。喏，大个子送你，你呀，丫头……

小美这才笑了，弯了眉毛，牵紧了他的手，还不忘和鱼儿们挥手再见。

到了街上，夜风吹来，小美不禁一个哆嗦。大木头见她只穿了一件紧身小衫，刹了车子，把外衣脱下给她穿上，说，早晚还是有些凉的，多穿点，看你的嘴唇。

小美用力地点了头，一副在大哥哥跟前做错了事情的表情，眉角向上轻盈地斜挑了一下，俏皮地笑了。到了僻静一些的人行道上，载着她，送她回家。

小美在座位上也不说话了。或许是因为冷吧，过了一会儿，她先是试探，后来则踏实地把头发靠在他背上了，一个人，静静地，笑了。闭了眼，听着夜风走过左耳，右耳也热了。睁开了眼睛，看见夜空开满了点点繁星……小美想，路要是再长些，再长些就好了。

在幸福街那排青灰色的老房子下，小美下了车，他就准备往郊区赶了。

小美在身后喊，哥哥，哥哥……他停下了，把小美脸颊跑出来飘啊飘的鬓发安顿了，说，小美，累一天了，快去睡吧，早上别再洗头发，多睡会儿。小美答应了，说，噢。踮起脚尖，给他把外衣披在了身上，动作有些轻，有些慢，却还是放了手，退到了路边，笑得很明媚的样子，说，谢谢哥哥了，快回去吧，欣儿姐姐还在家呢。他笑了，挥挥手，走了。她也笑，又慢慢合口不笑了。小美一时似有许多的话，却又不知道说什么，想象他和欣儿这个夜晚有说有笑的生活，小小的心也懂得寂寞了。看不见他的影子了，小美还默默地站在那儿。

欣儿原是坐在那儿，剪一朵纸花，盼着他。听见他来了，便抱着个胖胖的枕头，看电视。他一进屋子，欣儿就把枕头掷给他了，本是吓唬他，说，大木头，从实招来，是不是又去送小美去了，我就知道，这么晚了，你这家伙干不出什么好事的。

他怯怯地把枕头接了，心里不禁咯噔一下，小心放下枕头，说，没有啊，没有……他不会跟她撒谎，一撒谎不由得就脸红，就索性说了，嗨，这不是顺路么。咳嗽了一下，末了还孩子气无辜地咕哝了一句，又没干什么。

欣儿气得笑了，叫他过来，蹲下，用枕头软软地砸了他几下。又扭了耳朵，教育他，说，你还想干点什呀是不是，是不是，越来越不老实了，你个死木头。他说不是，她扭左耳朵，他说是，她扭右耳朵，都是疼。真不讲理了。他只有像往常一样，扑到床上搔她的脖子、胳肢窝，这是她最害怕的了，也顾不上教训他了，只有笑得上气不接下气，甚至向他求饶了。好大会儿，才止住了笑，抱了他的头，放在她身上，拍打着，说，你可给我老实点了。又使劲打了一下，说，记住了么，治不了你我不白做几十年的女孩子了。他笑，抓了她的手，说，丫头，你才多大啊。她又要抽手打他，他才不放手呢。欣儿只好说，你别管，你得听我的。张口又要用牙齿咬他，他闪了，整整她的头发，说，好，好，听你的，都听你的，男人不听女人的，还听谁的，反正是老婆。她得意地摆出征服者的笑容，说，这还差不多。起身给他倒热水，让他擦洗，知道他累了，让他睡觉。

熄了灯，睡下了，枕了他，欣儿捏弄着他掌中的茧花，放在牙齿上轻咬了一下，说，木头，珠儿又打电话了，她在新世纪洗头城里做得还好，好像挣了钱……她说着，却不见他回话，抬起头，才发现他早已睡着了。在黑暗中，她看着他，气得想揍他，又舍不得，想问他，累了么，却只是轻轻吻了他的头发，没敢使劲儿吻他的脸，怕惊醒了他。睡吧，小娃娃，她拍了拍他身上的被子，笑了。掖好被角，吐了口气，轻轻地贴着他，枕着他的暖，她也安心地睡下了。

5

英子和小铃铛不知道又跑到哪儿去疯去了。小美坐在床上托着腮，发了一会儿呆，听了一会儿歌，也不觉得快乐，索性关了灯，抱着她的胖娃娃睡觉了。东挪挪，西挪挪，却是睡不着。英子和小铃铛要是也在的话，又该笑话她说她想她的木头哥哥了，每次小美都坐起来认真地和她们吵架。可是吵完了，胜利了，心里隐隐约约泛酸，还是想他的啊。小美气得在布娃娃身上一阵乱打，打完了，脸颊上的红色退潮了，心里又涌起一层说不出的甜蜜和委屈。抱紧了布娃娃，问它，打疼你了么，你也会睡不着么。然而，胖娃娃不说话，小美就没主意了，翻来覆去的，还是睡不踏实，感觉胸口躁躁的，有些湿热，脚丫儿挑开了一点儿被角，露出了点儿身子，心里还是热得慌，就急了，想哭，也想家……想哭小美就哭了，说不清心里是个什么感觉。迷迷糊糊地睡着了，想，他真是小美的大哥哥就好了。又叹了口气，觉得很寂寞了。

6

　　人说夫妻日常的生活，就若一道菜，争吵就若盐，少了不行，多了也不行。作为一个手艺还可以的厨师，这些道理他也是知道的。欣儿什么都好，就是时不时地爱闹些毛毛雨的脾气儿。其实，理儿也简单，太欢喜在意的东西未免要多心些的。再说了，她怎么不和别人闹去，她们店里的张小胖他们想着还没有门儿呢，这也是福气。这样想着，他就暗自笑了，心里特别的柔软、暖意。每次都是这样，哄哄忍耐一下，或者委曲求全，再者厚着面皮陪她笑，陪着气，抱抱她，听她的话，让她揍几下，也就好了。床头吵，床尾合，哭哭笑笑，这样丰盛多姿的世间日常生活，倒也不至于于死气呆滞。有一点他是记着的，绝不让争吵过夜，气闷隔夜就不好了。道理都是简易的，做好了也不容易。

　　因他眉宇分明，为人又极是和气，且风趣爽快，店里又多是女孩子，常和他玩笑，酒店里的女孩子什么风月没有见过，所以欣儿得时常耳提面命地教育他。他看别的女孩子一下，欣儿得扭着他的耳朵让他看她两下，算作惩罚，他和别的女子说话，被她知道了，就不理他，实在不行，则挥拳就打，反正她有办法。而他，好像很热爱她嘻嘻哈哈的种种有趣惩罚，有时故意遥看街上的女子，惹她生气，看她娇嗔着怒不可遏欲扑打的模样，可爱又霸道，甜蜜还有一点儿刺，他就会笑出声来，躲着她的拳脚，奔跑，踩着他的欢笑，欣儿也跑，往往就这样打打闹闹地就到家了。没有人了，还要让他出点力气，抱她，吻她，她也顺便检阅一下他身上是否只蕴藏着她的味道。检查完了，满意了，轻轻地笑，贴在他的胸口，然后打了一拳他的心，往床上一躺，命令他道，木头，洗脚。

……

再说又是一天，收拾完了，脱衣服时，欣儿忽然惊讶而夸张地喊，别动。他就吓得不敢动了。只见欣儿神情凝重，伸出手指从他上衣轻缓地捏出一根头发，看了一下，若拔出一柄剑似的又唰的一声掷在他身上，一拍被子，愤愤地坐了起来，大声地说，木头，你不老实了，不老实，你都上天了，你说你和小美都干了什么，你说呀，我打死你，打死你……

头发是月黄的，而据她所知，他们店小美是染过这种颜色的。她一边说一边打他，开始还是假打，后来就用劲了，都留下实质性的作案证据了。欣儿气了。

他也从身上捏起来那根肇事的头发，任她雨点般捶打。挠了一下头发，实在想不出个所以然来，说，嗨，你看，我也不知道它怎么跑到这儿来了……欣儿像倒珠子似的说，它长腿了，还长眼睛了，它咋不跑到小狗身上去，你没干好事，肯定的，是不是，你个烂木头，我的鞋呢，我揍扁你……

他抢了鞋子，趔到一边儿，辩解说，兴许是一阵风刮过来的呢，你天天摆弄老爷们小伙子的猪头狗头我还没说什么呢，别不讲理……

就不讲理，我喜欢，你给我老实点，我偏不讲理……

好，好，我叫你不讲理，叫你不讲理，叫你让臭丫头生气，我打死你……他有模有样地一鞋一鞋地打在自己屁股上。

欣儿倒笑了。

他也哈哈地笑了，丢了鞋子，过来抱她，怕她偷打，就抱紧了，不说话，只贪眼看她。

欣儿却又问他，是我好看还是小美好看，你说，大木头。

　　这次他不能像以往说，小美没有你的头发好看。想了想，只有说，都好看。不妥，欣儿不乐意。酝酿了一会儿，他才胸有成竹地郑重宣布，当然是……小美……哎哟，你让我说完再打好不好……

　　那你说，说呀。

　　当然是小美，没有欣儿好看了，真的，还打，还打，你讲不讲理啊，丫头。

　　欣儿说，你没个实话，也不老实，过两天我把你一脚蹬了，信不信，呵呵。

　　他说，我信，信，干脆我先换片子吧（酒店男孩子换女朋友戏称曰换片子，后来女孩子们亦反用之了），我找小美去。

　　她说，你敢。

　　看她凌厉可爱的样子，他笑了，吻她。他说，我不敢。

7

　　过了几天。上午下班休息的时候，是小美在大厅值班。所谓的值班就是午间客人的订餐业务确定核实，记录下来，以备晚上厨房包房的安排，期间做些轻微的杂事之类，不休息，这就是值班。

　　厨师长照常托口有事，提前走了，几个打杂的学厨亦匆匆收拾回去午休了，他负责检查了锅炉灶台，开明了第二天常备的所需货单，换了衣服，来到楼下厅堂，见小美在吧台百无聊赖地歪头翻一本漫画杂志，睡眼蒙眬的样子。见他来了，小美合了杂志，眼睛里笑意盈盈，歪着头，枕在胳膊上，指甲轻叩着柜台，啪啪的，发出细碎清脆的声响，开始是眼睛和右边脸颊的酒窝在笑，笑意渐浓，就用手遮住了笑容，却拖长了音调懒懒地喊，木头哥哥……他虚点了一下小美的眼睛，问她，累了么。

小美柔柔地点点头，扑眨了一下长长的睫毛，嫣然而笑，说，还好。又说，哥哥你呢。

他笑一笑。小美坐起来，双手撑着下巴，小指不经意地搭在嘴角，说，哥哥肯定不累了，是不是，那，我们去玩儿吧，好不好啊？

他握了她俏皮的小指，轻轻一捏，关节脆脆啪的一声轻响，疼……他说，不好，谁值班啊。

小美微微失落，又软软地趴在了吧台上，噘了嘴角，叹了口气，心事重重的样子，默默地说，哥哥走吧。自己又闭了眼睛，吹拂了一下额前流落下来的头发。不说话了。

他就走了。

小美有些难过，心底掠过一抹薄薄的凄凉。空空荡荡的大厅像是一颗荒凉的心，没有人，显得很阴冷，走道两旁玻璃橱里的鱼虾们瞪着空洞而无辜的大眼睛，假花点缀着冰凉的花瓶，花色寂静凄清，不见天日……小美烦躁地使劲儿踢了一脚吧台，硬冰冰的大理石让脚趾有些疼，又大大地叹息了一声，恨恨骂了一句，臭哥哥，就知道想老婆，哼……睁开眼睛，没有风，却感到有些蚀骨的——冷。

柜台下面传来一串笑声。

小美跷起脚，探过身子，见他贴在吧台前面蹲着，吧台这么高，她坐在里边，当然看不见。小美开心地笑了，又有些委屈和负气，就想掉眼泪了，也说不出为什么，忙转身倚了吧台，嘴里说，臭哥哥……

他站起来，拽拽小美的发梢，哈哈地笑，说，我也不回去了，省得你闷得慌，不是么。

小美转过脸说，谁让你陪了，闷死好了。眼里却满是欢喜。从口袋里掏出酒水里附带的美元纸币，说，哥哥，给你买烟吧。却又照例掩饰不住那得意的坏笑。

说得好听。他接了钱，刮了一下她秀气的鼻尖儿。小美遂皱着鼻子心照不宣地笑出了虎牙儿。他去附近超市给她买零食，巧克力、话梅、糖葫芦、香瓜子……买不上烟，还往往要把他的烟钱也搭上。真是个小孩子呢，他想。

买来了。小美高兴，极开心且满足，笑得有些小小贪心，又甜美单纯，眼睛里闪漾着清澈而天真的纹。拿着葡萄做的糖葫芦，递到他唇前，眼巴巴看着他，仰面说，哥哥，你吃，吃啊。看他咬下一颗，她就快乐地笑了，也低头轻捷地咬了一个，含在嘴里，轻轻咬破了，酸酸的、甜甜的，缓缓流在心里，暖暖的、热热的，说不出的喜乐、美好。

小美又贪婪地说，不行，过几天等到你休息了，可得带我去玩儿，和小铃铛她们一出去玩就两口子扎在一起，没意思透了，哥哥，你带我去吧……答不答应嘛……就知道你不答应，重色轻妹，看好了，我可是花钱买你的啊，美元，一个，两个，明天再给你两个，不答应也得答应。

他把剥的瓜子仁儿皆放在她手心里，说，好了，这几张酒水奖是不是又和人家吵了几回架才有的呢！有的顾客，虽然架子很大，却连酒里一美元的酒券都不放过，不会赏给服务员的。他说，小美，嗯，那，你唱歌吧，唱好了休息那天就陪你玩儿去，好好地玩一天。

小美说，不许反悔，每次欣儿姐姐一生气你就吓趴下了，呵呵，哥哥，你怎么这么怕老婆啊。

他弹她脑门儿，不好意思地笑了，说，小丫头，你不懂，长大了就懂了，知道么。

小美挺了挺胸脯，说，我早都长大了，跟欣儿姐姐一般高了，不是么。说着还拔了拔脚跟，她不喜欢别人总是把她当作小孩子，她长大了，都知道在夜里头默默地难过了。

他笑着揉乱她额前的碎发，和小美勾了勾手指。说，唱歌吧，唔，我要听《踢毽子》。

小美弯腰从吧台底部抽屉里取出平日闲玩的鸡毛毽子，走出吧台，试着抬脚踢了两下，便唱开了，若一朵初开三月惊风停蝶的花儿，眼角犹带着童年湿润的颜色，开心地笑着，心里有什么，脸上就有什么：

一个俩，打仨
骑白马，戴红花
去干啥，出嫁
四五六，七八
小白兔，想妈妈
叮当大灰狼来了
九十九，一百
一个豆芽做俩菜
你一半，我一半
爱甩不甩……

鹅黄初覆的毽子若一只灵巧的蝴蝶，在小美脚上兔起鹘落，载笑载歌，这亦是他小时候哼唱过的歌儿，这样的歌儿还有很多，隐隐的，却想不起来了，只觉得很快乐，这是他们这些在村庄长大的孩子共同的歌谣和欢乐。他从她面带笑意的清澈眼睛里看到老牛喘气、羊羔吃草、炊烟升起白云远天的童年背景，他亦想起村庄上的妹妹，家中的禽畜和五谷，以及母亲头巾里包裹的新雪，和父亲在烈日下抽着旱烟古铜色的沉默……他想，若是和欣儿有了孩子，孩子当会更幸福、快乐吧。因为他以及许许多多和他一样进城做工的孩子，都长大了，他们，若凄风苦雨中的烈烈繁花，在诸般摧残中铺天盖地盛开着同样灼灼的青春年华，且大多勤恳、善良、坚韧、有梦想、肯吃苦……虽然，许多时候要经受戏弄和辱没，指责，看人脸色……但是，总会好起来的，一切都会的。他们，以及她们，在心底，也都相信……

小花狗，尾巴长

咬着尾巴上南洋

南洋有个花和尚

花和尚，本领高

手提青龙偃月刀

大刀快，砍白菜

白菜白，娶个媳妇关上门

关上门，盼天黑……

嘿嘿嘿嘿，哥哥想媳妇了么，呵呵……

小美对着愣愣的他说。

他们俩说着笑着，满心是快乐，却没有看见欣儿在酒店门口，一跺脚，扭头走了。

8

过了两点的时候，欣儿给午间的一位客人做完了头发，清洗了手上的染发剂，看着钟表，想，这木头还没下班么，也不来看我了。他中午休息时间不是太长，又离住的地方远，有时就不回去了，到她店里和她说会儿话，或者他不去找她，就在酒店的包房沙发上眯一会儿。因为今天老板通知，要在附近城市里开一个分店，挑选几个身材品貌手艺皆好的女孩子去撑一下门面，来回包吃住，且额外的每人二百块钱，算作奖金，欣儿亦在其中。她就盼望他午间来找她，她好和他商量一下，其实是想向他小小炫耀一下。夏天快到了，店里又为员工订了衬衫，她挑了一件男式的，大小还挺合适的。过了两点半的时候，他还没来，欣儿想他今天肯定累了，她下午被允许回去收拾歇息半天，又被张小胖殷切粗俗的纠缠弄得心烦，欣儿就带了衬衫和一脸明媚去酒店找他了。在路上，她想，得骗他说衬衫是她买的，给他说跑了好几个店腿都疼了。欣儿禁不住笑了，她可以想象他欢心雀跃而又寸寸怜惜的样子，他会像个孩子抱着她在空中转上几圈，当然，得是在别人看不到的地方。走着走着欣儿就哼起了欢快的歌儿，且越走越快，温暖的阳光洒在身上，欣儿挥动双臂，似乎长出了翅膀，某一刻欣儿甚至觉得自己确定要飞了起来。走到酒店附近，欣儿在心底又羞涩地笑了，对自己说，都是老夫老妻了，还这么多心思。随即又笑了。

隔着巨大的玻璃门，欣儿就看见了他，还有小美，说说笑笑，动手动脚，很快活的样子，欣儿笑容就凝固了，也是她多心了，只觉得心里像吃了未熟的青杏，又像咬破了尚绿的柿子，木、麻、酸，还苦，还有委屈和气愤，也有嫉恨了，因小美显得是那样的美丽、风情。依欣儿的脾性，冲进去揍他一顿的想法都有了，却又怕被人笑话，心想死木头，到晚上再跟你算账，还没过三天呢就不把老婆当新娘了，臭木头，死木头，烂木头……欣儿咬牙切齿骂了一顿，意犹未尽，气得她把衬衫揉得乱乱的，心也皱了，委屈得难受，气得一跺脚，扭头走了。

晚上，下了班，他去找欣儿一块儿回家，却发现欣儿并未若往常一样在门口等着他，问店里的人，才知道她下午就已经回去了，他放心了，赶忙骑了车子回去，乘风破浪一样，到了城郊人少的地方，还立在车踏上吹了几个嘹亮悠扬……

欣儿在看电视，声音开得有些大。他兴冲冲地来了，欣儿也不看他。他自顾自地说了一会子话，走过去，喊，欣儿……欣儿依旧不理他。

他又喊了一声，欣儿还是不看他，当他不在似的，躺在床上看电视，脸上的表情亦看不出是悲是喜。他站在那儿，若走错了家，有些窘，手脚放哪儿都觉得不自在，笑得也逐渐不自然了，靠着床沿，蹲下来，小心问她，欣儿，怎么了，不舒服么，还是和谁吵架了，说话啊……

想不出又是哪儿惹她生气了，她的臭脾气，他是知道的，该干什么干什么，过一会儿她自己就会说话的。自己潦草洗了把脸，调好了热水，端到床前，在小板凳上坐了下来，仰脸看了看欣儿，还是一副爱理不理的臭样子，他心想，好呵，看你不说话吧。起身掀开被角，捉了欣儿两脚，搂了一下，说，臭丫丫，小哑巴，叫你不说话……他还没有把它们放在水里呢，欣儿挣开了一只脚，踹他的手，气冲冲地别过脸，说，去，别碰我。声音冷冷的，却不管用。欣儿又大了些音量，说，死木头，别碰我，你个臭家伙，耳朵聋了……

然而，聋了也好，不聋也罢，到底不行，她才有多大气力，怎么挣得过他每天扛百十来斤菜和米像掭鸡毛似的那么大的力气，扑扑腾腾的闹，终于还是被他把脚丫子生擒在手掌，淹在水盆里了，挣扎了两下，热得痒痒的，说不出的舒服，一天的劳累也都消融在了水里，本来满满一肚子气，也不那么理直气壮了，心里又恨自己意志不坚定，没有咬牙气到底，踢起一股子任性的水花，命令他，过来。他就过来了。她说，把手给我。他把手给她。她猛地抓了一只手上口就咬。他哎哎地叫着，说死妮子你啃鸡爪子呢，哎哟，你还真咬啊……欣儿一边咬一边就流泪了，恨恨地说，吃里扒外的破爪子，咬死它，看它还敢不敢找野食……正在气头上，咬得可不轻，齿印深陷。

看着手背上的血印子，她又心疼得恨不得再咬他几下子，脸面上又不能即时服软，只拿两只脚丫在水里咚咚地跺着，水珠子溅了一地，又气又心疼。

他抱了她，让她打他，用胸膛收容了她眼里的水花，下巴抵着她额头，温柔地说，傻丫头，净说傻话，小美可一直把你当姐姐呢，你看你，也不怕让人笑话，小美还是个孩子呢，你又瞎计较了，臭脾气也该改改了……

欣儿说，不改，吃着碗里的望着锅里的，别给我嬉皮笑脸的，说的就是你。

他不接她的话茬，反正有些事情不需要说话也能做到的。他胡子拉碴的下巴在她身上温柔地擦出粗糙的火花，她揪着他下巴上茂盛的黑庄稼，一边柔媚地抵抗一边婉转地容纳了他，轻轻地在他肩头咬了一下，埋怨他，就你最坏了，臭木头……又在他耳边要求他，抱紧欣儿，木头……她又笑了，却被她胸前的玉饰硌疼了眼睛。才发现欣儿脖子上新戴着一根细细的项链，金黄色的，隐隐的，闪烁着细密的金属光泽，若丝若缕，一圈儿细烟似的环护在脖颈上，清雅，安详。链子下是一枚心形的玉坠子，玲珑轻盈，温润怡人，与胸口的白雪非常映衬。他说，欣儿，什么时候买的，臭美。说着，他把心形坠子轻含在了口里，若含着她的唇。

欣儿脸庞贴在他的胸前，黑眼珠溜溜地眨了几眨，耳朵敏感地动了一下子，嘴角突然很诡谲地轻轻笑了，很随意似的，说，张小胖今天送的，好看么，你说。

他把坠子从口里吐出来，像是含了个苍蝇，猛然松开了她。他说，什么。谁。张小胖。他说，不行，欣儿你今天得跟我说清楚了。

话没说完他就恼了，是真有点恼的意思了。一般都不会在欣儿面前恼怒的，他爱她。

张小胖是欣儿店里挺帅气的一个男孩子，就是有点花心，自命不凡，打扮得很有三流小明星的架势，又因店面是他的一个叔叔开的，让他随手管一下几十个员工的考勤，在店里对女孩子们倚仗权势，颇为放肆，又喜新厌旧，只是为了数量上的占有。男人是自始至终应该对其承诺负责的。张小胖不是。就连珠儿当初的流产都是欣儿陪她去的，张小胖仅象征性地给了点钱就不露面了，他又不缺女人，辞旧迎新。珠儿后来下水进了洗头城，大约也源于内心的悲凉成分，与其让青梗上寸寸消逝的娉婷青春被一个错误的男人揉搓成瓣瓣无聊的落花，不值分文，不如趁着颜鲜色新，货卖众人……所以每天晚上他都去接欣儿，上午有时间也要去看看，也是想对他们店里其他男孩子形成威慑，不放心欣儿，因她之芳菲，尤为袭人。正规的理发厅里，客人的刁难调戏亦有，却并不太多，厌恶的却是张小胖之类不需做事、派头俨然而心怀龌龊的人。每次见了，他对欣儿说，张小胖不够恶心人的胃的，他没纠缠你吧欣儿……

可是，她说这项链是张小胖送的。这还了得么！

他伸手去扯拽欣儿脖子上的玉坠子，动作不由得有些粗硬，说，你解下来，不能戴，也不看看是谁的东西，再好也不能要，快解下来……

欣儿似乎也急了，他弄疼了她。欣儿护着，不让他解，说，你反了天了，就许你放火，还不许人家点个灯了，我偏要戴，就戴。

她听不进去，他心里也气了，小打小闹是可以而且应该忍让的，方针原则就不能了，不然媳妇迟早就被人给骗了。言语的嘴巴编织花环，衣裳一样的誓言，送你一条项链，代表我的思念，金色誓言……这是张小胖对女人最拿手的把戏。你是豆腐，他就像最脏的灰土，沾上了洗都洗不掉。木头气得骂道，净花花肠子，我早晚非得毁了他不可，你戴吧，使劲戴……一点也不听话了，能叫你气死……

欣儿挣开了他，在床上坐下了，一脚把水盆踹翻了，水流了一地。电视里正傻头傻脑踢踢蹦蹦地直播一台晚会，很喜庆的样子，欣儿随手就把电视灭了，掀起被子蒙头睡了，宛然一副气哼哼的样子。欣儿想着他气愤且颓唐的样子，在被窝里她就止不住地想笑，怕真的笑出声来，就蒙紧了被子，不让他听到。又想，还真把水盆一脚踹翻了，水平不赖，明天再好好清扫吧，欣儿把玉坠子放在手心，还带有他的吻痕，荧荧的，泛着青光，攥在手里，活该，谁让你成天和别的女子说说笑笑的，笨木头，治不了你我还是女人么。呵呵，她在心底笑的。

过了一会儿，还没有动静，其实只要他像往常一样过来抱抱她，哄哄她，说点儿软话，欣儿就会饶了他，不生气了。欣儿都在被子里闷得难受了，还不见他来哄她，失望了，真笨，气了。为了达到预期效果，呼哧一下子揭开被子，先是喘了口气，再向他吼，死木头你还睡不睡觉啊。其实她想说的不过是，大木头你来哄哄我嘛，一开心，不就没事了么。

他只是一屁股坐了下来，却没坐准，跌坐在了水面上，也不管了，掏了烟，颤颤抖抖的，几下子才点着了，吸了几口，愣愣地，只觉心里说不出的难过。闷头抽了支烟，又堵又乱的，看着昏黄的灯光，眼神有了些伤心和惘然。见欣儿气恼恼地睡下了，后悔不该使那么大的劲儿，肯定弄疼她了。默默起身清扫了地上的水渍。熄灯，开门，走了出去。迎头碰见一颗流星，如同叹息一般，落了。

他出去了。这是颇为出乎欣儿预料的。这个时而有些任性的丫头揭开了被子，有些失落和生气，甩了一下手，喊，你去哪里……我不要你走……狡黠地想，死家伙你还真生我的气了，呵呵……又想他生气的样子，笨笨的，像个受了气而默默的孩子，脸上暴涨着愤怒的紫色，却又对她的小脾气百计莫施，无可奈何，她就笑了。他是真心在意我的，她想。

赤了脚，深深浅浅地跑到门前，却不见他的影子了，欣儿又气了，想，有本事你就别回来睡觉好了，然后把小院的破铁门咔吧一声反锁上了，不好好地赔礼求我，你就别回来好了，不给你开门。

刚一出门他心里就后悔了，不就是一条破项链么，你张小胖不就是有点钱么，他想。他把手指头攥得吧吧的响，早晚得揍他一顿狠的，呸，恶心我的胃。可是欣儿却收下了，不管怎么说吧，他呸的都有些底气不足。寸寸缕缕的伤心。欣儿是不会变心的，这一切他全都知道，却并不觉得轻松，他不能给她更多更美好的东西，许许多多，他都不能，而在他心中，欣儿是如此珍贵。他可以做出鲜美可口的菜肴，却不能把他们的生活也烹制得这样色香俱全……再过几年就好了，他想有了些钱，就可以做一些自己想做的事了，不用每天研究别人的脸色了，也不用这么苦这么累了，过几年就好了……

就这样乱乱地想着，沿着废弃的铁轨走着，来到了一片烂泥塘，是他和欣儿以前常来的地方。

池塘周边住的皆是外来务工的蚁民，堆满了陈年垃圾，有一汪污秽的汁水，到了夏天却仍有洁白莲花在河心大朵大朵地开，在青梗上自顾自地娉婷，全然不顾周身的污泥秽水。他也曾用铁条费力地摘了几朵给欣儿，养在清水里，没有香气，干干净净地看上一眼也是好的。这里又有水草，青，长，丰肥，虽不美，但是他和欣儿在空闲的时候也会来，在干净些的草地上坐坐，把这片地方当成他们的花园了。

开始他在青草上坐了，后来又躺着，看天上。天上有月亮，若一盏昏黄的风灯，照亮了周围云朵的寂静。也有星，一点两点的，数不清，就不数了。有大片的野月季，夜风吹过，雪一样的飘落。他忽然心里寂寞了，自己默默念了一声，欣儿……从手机相册里调出她的照片，照相中欣儿穿着碎花的白裙子，抱着房东家的小狗，笑得烂漫开心……傻傻地看着，他就笑了。他想，或许也该换个工资高一些的工作了，总不能老是这样子让她受委屈，住偏远狭小的破房子，穿巷子里的便宜衣服，在店里吃饭，捡到一个塑料瓶瓶，欣儿亦要惊喜雀跃地哈一声……不能再这样了，可是又能怎样呢，他也想不明白了。

想起了几天前也是同行的老乡小培，要和他租个门面，自己干。不受这窝囊气，趁年轻，咱自己干一把，不成拉倒，挣多挣少心里痛快……小培这样对他说。

小培这人老实，嘴拙，不会奉承人，手艺又好，不免遭人嫉恨，闷头寡语的，有股子狠劲，他的厨师长以及经理都不大喜欢他，总爱给他瞎指挥，硬的怕，软的捏，就是这个样子。其女友有妇科方面的病，小培的工资老是拖，心里不痛快，又感冒了，经理知道了，从大堂吧台拿了常备的感冒药撒到小培跟前，让他吃药，千万不能感冒，你一请假，我得损失多少，他们经理说。小培就恼了，不吃那药。就像是给牲口一把草吃，不是让你长膘，而是怕你耽误干活。这种关怀也太侮辱人了。那些白色黄色的药片就不是药了，是轻贱，是毒。小培不吃。心里本来不大爽快，切菜配料的时候就使了蛮劲，砰砰砰砰的一阵，瓦块鱼切碎成沙子鱼了，排骨不伦不类没有形样儿，切丁的他偏切成丝，切丝的他又切成方块。不想干了，经理吼。他不作声。直到领了工资，他也直了脖子吼，对，不干了。去你的，小培骂。自己四处跑，也会说话了，逼的。找他借钱，其实是想合伙和他盘个店面，两人一起搞。没有九分把握的事情他们是不做的，小培知道，他们俩手艺不相上下，但在店面的日常打理、与客人的言辞周旋、事情的谋划等诸多方面，还找不到比木头更好的人选。是以小培极力劝说他辞工，另起炉灶。凭你的脑壳和咱俩的手艺，生意不会差了，别犹豫了，你拿大头，全指着你给我掌掌眼帮兄弟一把。小培这样对他说。约他看了店面位置。他心里很活泛，就差最后下点决心了。

坐在草地上，看着欣儿的照片，他想，不如和小培试它一次，做个小火锅店，兼卖快餐，针对普通居民，本小利也不算薄，赚多赚少试一试，也没有大赔的。

他随即给小培打电话，把此时心思说了，问小培进展得怎么样了。

小培的大意是说店快租下来了，租店人答应帮忙办营业执照，价钱谈得差不多了，再冷上两天，杀点价，再雇两个小工，收拾门面，小店面，很快就可做起来，凭咱们手中的活儿……顿了一顿，小培凝心对他说，哥，干吧。他和小培几乎同时来到这个城市，学了这套手艺，小培一直把他当兄长看待。这时，他终于定下心来，对小培说，好，咱干。

他要试试看。

打完电话，心里痛快，轻捷地吻了一下屏幕上的欣儿。去看头顶月亮，似乎肥了许多，圆，且亮。他想，试一下吧，总要比一辈子跟人打工强些，过两天，领到了这个月的工钱，不干了。领了钱，先给臭丫头买条裙子，就是那条蕾丝花边的，早该给她买了，不过得跟她说商场里卖衣服的小姐姐看他长得还怪俊的，打折了，便宜卖给他了，不然欣儿又会心疼的。噢，临走了，给小美妹妹买个胖胖的可爱的熊猫吧，上次他见小美床头的布娃娃都有点糙了。一直以来，他想欣儿其实并不像表面那样虚张声势地讨厌厌小美的，相处时间长了，她们准会成为好姐妹的，因为，有时她们都是需要被照顾心疼的孩子。

想起了小美，就浮现出她那单纯甜美的样子，黑亮黑亮的眸子，浅浅的酒窝，睫毛微微一挑，格外俏皮的笑。多么好的女孩子，他想，不能总让她在酒店里做了，风气不好，让她学门手艺也好。他总是忍不住把小美当成妹妹。在外面做工生活，都不容易，他希望都会好起来。他转过身，准备回去了，向丫头道歉求饶，让她笑了，才好。

9

来说说欣儿吧。

开始她还一会儿笑一会儿骂地想着他，听着门外的动静，只要他一来，她就赶紧装睡着，打呼噜，不会，捏着鼻子装，不给他开门。可是一等二等他还真不回来了，她也有些后悔刚才的莽撞了。又过了一会儿，他还没来，欣儿就又发狠了，说，有本事你就别来。然而，快到午夜了，他还没有回来，欣儿终于忍不住了，担心了，生气了，却又赌气似的，抱着枕头，把床板弄得吱吱响，翻来覆去地，睡下了，却又许久睡不踏实，就把枕头当成了他，一会儿恼得恨不得掐一下，一会儿又眉眼满是柔情地抚弄片刻，吻一下，上面还有些他的气息，她柔柔地把在了手里，放在唇边，心中无限柔软温馨……忍不住了，先把他上下狠狠臭骂了一顿，起来披了一件衣裳，趿了鞋，为防万一，还在院中拿了一根顶门的老粗的木棍，开了门，去找他去了。

在半路上就碰见他了，离他十来步，欣儿站住了，一手掐着腰，一手拄着棍，恨恨地瞅着他，咬着牙。

他走过去，赔着笑，说，欣儿……你怎么出来了，露水重了，快回家吧。

欣儿立着木棍，一五一十、有板有眼地和他吵架，说，谁是欣儿，你心里还有她么，她气死了，疯了，臭男人不要她了！

他尴尬地笑了，伸手拨开她脸上的头发，说，我错了，回家吧，丫头，我错了。

欣儿一巴掌打开他的手，说，你还记得家，还知道回家呀，我当你跟皇上的闺女做驸马去了呢，我当陈世美是你大哥呢，嬉皮笑脸的，你还记着啊……说着说着欣儿眼角就酸了。

他嘿嘿笑笑，笨拙地挠了挠头，抱了她，给她擦了擦眼角，轻柔地说，生气了，小丫头，喏，用棍打我几下，使劲儿打，别哭了，听话，再哭就不漂亮了，丑了，没人要啦……

欣儿丢了棍，举起拳头打他，说，人家又丑又爱哭，你再找一个去吧，去啊，你个没良心的家伙，你跑哪儿去了，我都急死了，你知道吗，知道吗……边说边打。

他使劲地抱了她，直到把她弄疼了，欣儿才不哭了，咬了他一下，把项链从脖子上解了下来，交给他，说，你给我戴上，戴啊，就是张小胖送的，我偏要戴，看你再生气。口气就有些蛮不讲理了。

他妥协了，说，唉，依你，我哪敢生气啊，张小胖那样挑三拣四的大色狼都神魂颠倒了，这说明我老婆有魅力啊，我高兴啊，你个臭丫头，别要了，过几天我给你买个更好的，好不好？

不好，就要这个。欣儿说。

看他还是不大愿意给她戴上，欣儿终于狡猾地笑了，假的，我自个在摊儿上买的。欣儿把头撒娇地抵在他的胸口，她说，大木头，你说你咋这么笨呀。欣儿流着泪花笑了。

他终于算是恍然大悟，明白过来，猛地把欣儿拦腰抱了起来，在空中来回转了几个圈，骂她，你个丫头片子坏死了，坏死了，我揍死你，叫你说瞎话，还说不说啊……他揍她的屁股，揍完了，给她小心翼翼地戴在脖子上，然后吻了心形的玉坠，虎啸一声把她翻身扛起来，任她在背上伸胳膊蹬腿的四下里踢腾，又是打又是惊叫着笑。他背负着这个可爱的小包袱，欣儿抱着他的脖子，拍着他，喊，驾，驾……他们回家了。

10

餐饮业的竞争是非常激烈的，每天都有人开业亦有人关门，除非很上档次的大酒店，凭借其实力、服务、声誉，财源真是滚滚而来。而一般的小酒楼，处境就颇为尴尬了，没有实力和大酒店匹敌，又不肯放下架子小打小闹，高不成低不就，蔬菜禽肉价格一度上涨，不但没有周转资金，反而要贴钱。更弗论检查咧，卫生咧，等等。经理每天愁眉苦脸的，死了爹似的，亲自把持柜台收银，员工的工资拖拖拉拉，还动辄得引颈受骂。

什么都涨，工钱没涨多少，这是真的。

经理四下考察一番，幡然醒悟，这一悟不要紧，服务员的裙子又短了两三寸。小美等几个模样娇俏身材姣好的女孩子自是被选去以涨工资的名义经过一番培训，生意才有所起色。

11

小培已经把店面盘租下来，等着他一同合计着装修。总算领到了工钱，他也不想和那经理专程辞职了，辞是辞不掉的，多费口舌，干脆直接不干了，也算不上不仁义，出的力也不少了，何况经理还积压着他十来天的工资。

走出酒店的一刹那，与以往不同，心里无比轻松，看见阳光和风在街上自由流淌，说不出的，是兴奋。给欣儿买了裙子，以及诸物，还买了点酒。那一夜他睡了几年来最酣畅惬意的一觉。

接下来的日子，他和小培一道添置了小店里必需的东西，干得分外快活有劲，把原来店面清扫粉饰了一遍，装贴花饰，焕然一新。四处打探购置了三个半新半旧的灶台，先用着，有钱了再换。又定做了招牌，托人帮忙尽快拿到执照，当然，花了一些必要和额外的钱。都是老行家，和市里几个菜市场的摊贩们都素有交情，熟头熟脸，自然许多事情就比预想的还要顺当些。小培以低价囤了一些不易变坏的蔬菜，说，嘿，哥，早该干了，省得人前人后受气儿。

这些天里，他浑身充盈着干劲，眼睛里窝着笑意，耕作欣儿的动作亦是从未有过的热烈和深情，让欣儿几乎晕厥的羞红，潮落之后，他往往枕着她柔软的胳膊，把白天店里的进展点点滴滴汇报给她听，她或插入一两句询问或评论，但终于放心，也和他一同欢喜，当初取钱付租金的犹疑，亦开始变为跃跃欲试、迫不及待，并出谋筹划他们积存多年的梦景……

前前后后，花费了近半个月的工夫，才终于把诸事安排妥当，兄弟俩在灶上炒了几个菜，弄了点二锅头，就着沉默的花生豆，喝得也很悠，把心事和打算啪的一声往桌上一摆，兄弟俩细细周致地合谋了几个钟头，做好一步一步的发展计划，也做好了失败的打算，心说反正是小店，亦没有什么太大的风险。

后来，在这个城市一个并不太显眼的街道拐角处，兄弟火锅店就逐渐做了起来，因手艺好，服务周到，卫生，实惠，在附近居民及人群里很有口碑，再后来又在超市附近，工薪阶层流动集聚的地方开了快餐店，生意亦一样红火。当然，这是后来了。其中的辛苦困难，及至喜悦，也不是外人可以细知的。

擦黑的时候，同小培从店里回来，买了一个软软的熊猫娃娃，又买了些水果，去看小美她们，也算是告个别。

到了幸福街，小美在窗台上收衣服，远远地见了他，即喊，哥哥，哥哥……就往楼下跑，去迎他，却不想踩空了楼梯，摔着了，把脚崴了，幸而并不严重，也顾不了疼，一瘸一拐地奔到他跟前，哭了，又笑了，小美的心跳得好厉害呀。

他心疼得不得了，赶忙挽了她，说，小美你跑这么快干啥，看你，摔疼了吧。

小美把脸温顺地贴在熊猫身上，又仰起眼睛，说，哥哥，不疼，真。小美不走了，让他抱她上去。他毕竟有点儿犹豫。小美说，哎哟，哥哥，疼得很呢，骨头都断了……拗不过她，只好抱她到楼上去。小美这才明媚地笑了，反而问，哥哥，你不怕欣儿姐姐知道了啊。他说，小美，我看你都快学坏了，今天休息，你怎么不去玩去。小美不说，只叹气，唉……他把她在床边上放下，说，怎么了。小美似乎伤心了，睁着眼睛，认真地说，都说你不在店里做了，小美还能再见到你么，哥哥你说……他笑笑，笑得有些不舍，有些难过，给小美削了一个苹果，说，哪能不能呢，能。大木头跟她说了开店的事，小美说，也不告诉我……才放心了，大大地咬了一口苹果，说，哥哥，我也不想在店里做了……似乎还要说些什么，却没有说。

他给她揉着扭伤的脚踝，贴了一剂膏药，想起欣儿曾对他说珠儿的身上有许多的伤，狗爪子一样的抓咬印痕，是风月场中生活的烙印。活动了一下小美的脚关节，他说，还疼么。又说，小美，有人欺负你了么。小美支吾着不说了，脸色绯红，低了头，默默地咬着手里的青苹果，把布娃娃在怀里抱得紧紧的。他坐下来，揉揉小美的头发，说，不做也好。又轻轻弹了一下小美小巧的耳坠，看它摇曳生姿，说，不做了，小美，你还小，学点东西才是干净路子。小美乖巧地点头，说，噢。

他亦在心底叹了口气，想，小美什么都好，命却平常，这个年纪本应当无忧无虑地做些好梦，因为家境，却不得不早早接触并忍受种种阴影和疼痛，和许多女孩子一样，以廉价的青春之躯供养装点着别人的声色辉煌，还这么纯善，这么小呢。他心疼地想。

小美抬头问他，哥哥，我也想跟欣儿姐姐学手艺，学好了自己开店，你说欣儿姐姐愿意教我么。

他剥一块方糖，给小美吃了，说，愿意，她要是不乐意就打她，反正咱们两个总打得过她，是不是。

小美亦甜甜地笑了，说，哥哥舍得么？

到了家，说了一会儿闲话，即把小美的事儿说了。欣儿躺在床上，站得久了，有些累，举手看自己长年被头发、洗发剂、油脂、温水等侵蚀发白发软的手掌手指，沉吟了一下，说，不行。

他给欣儿捶背揉腿，她说不行，他手劲就故意重了点，说，不行也得行，谁不知道你是说反话呢，说不行就是行，说行就是不行。欣儿忙说，那好吧，行。他就说，你看，你都答应了吧，还有什么说的呢。欣儿发现上了他的当了，说，咋一提小美的事儿你就这样上心呢，你别想给我三心二意的，我不依。他打哈哈说，嗨，什么三心二意的，有你这个小霸王，就算有那个心，哎，哎，别打啊，没那个心行了吧，我敢么，好欣儿，别说小美，就是中美大美老美我们能帮的也得带一下子是不是，都是打工的，谁容易，你看那酒店现在还是正经女孩子做的么……欣儿打断他，说，得了，就你能，一个头上长八个窟窿。他纠正说，七个。欣儿扬手笑说，我再给你揍出来一个，我是怕她干不了，你以为做头发轻松啊。他说，小美肯定做得来，又不是省长市长的千金，谁手上没有几个茧儿，做得了，好好带她，小美挺崇拜你呢。欣儿软软推开他，说，得了，过几天看吧，在这店里除了让她洗头发，学不到手艺，等珠儿真开成了店我再带她，说好了，她不听话我可得打她的。他问，珠儿要开店么。她说，珠儿心劲大着呢，瞧着吧，总不能做那个做一辈子，开个店，把"发源地"挤垮，出口气。珠儿是风风火火的脾性儿，在风月场中凭手段挣了钱，亦不是长久打算，有个老男人吃她的新鲜，将错就错，不，就对，用男人的钱合资准备开个美容美发的店，也是争口气了。

他说，好啊，好啊，马上就都好起来了，老婆子，快，亲我一下。

欣儿给了他一脚丫子，说，去，死样子。他不去，还是和她拉拉扯扯深入浅出地闹，眸子里倒映出彼此的心跳，一只手发送出温柔的信号，一串笑撞弯了阿妹的腰，闭上眼就听见花儿朵朵开了……闹完了，欣儿说，我饿了。

他却故意问欣儿，那儿饿了。欣儿咬他，嗔道，不理你了，你坏。

他就扮个鬼脸站起来去做饭，叮叮当当的，还唱着歌儿，却差不多全跑了调儿。

欣儿躺在床上，心里注满了温情，觉得是这样的踏实和温馨，触手可及，眼里沁出安心欢喜的泪意，枕着枕头，听他做饭时锅、铲、饭、菜，还有他的口哨，组成的音乐。想起闹恋爱时第一次他给她做饭的情景，她说，嗯，真好吃，好吃。他小心踌躇了一会儿，才红着脸怯怯地看着她说，欣儿，让我天天都给你做好吃的吧……这是她当时听到的男孩子们对她说的最不动听、却最让她动心的表白了。还记得他小心、惶恐、可爱，而又憨傻诚实的样子。仿佛很遥远，闭上眼，又好像不过刚才的事，他还记得么，欣儿想，就笑了。

12

兄弟火锅店正式开业那天，珠儿，小美，小培夫妻，木头，欣儿，小铃铛，英子……许多的人，都是朋友，挤了一屋子来祝贺，都若过节般高兴，傍晚时候，关了店门，在屋子里燃起小小烟花，缠绕的笑声溢满了屋子，大家都相信生意会很好，还在一起唱了几首吉祥的歌儿，跑调了亦没关系，声音和内心皆是欢乐的就够了。北方人南方人都有，大家提议包顿饺子，一切都要自己做的才有意义。于是，剁馅的剁馅，和面的和面，肉菜调料诸物都是现成的，用不到的人在那里说笑话或是唱歌，不准闲着的。馅儿也调好了，面也和好了，却没有擀面杖，这个倒给忘了。木头一拍脑门，说，嗨，这不现成的。取了两瓶啤酒，开塞，倒了，把瓶身的纸商标刮去了，洗干净，擦干，OK，把小面团按平，使酒瓶一个一个擀成圆薄的皮儿，众人七手八脚包了起来，包的是奇形怪状，大的若斗，小的如糖块，临入锅之前小培和木头又挨个儿检查了一遍，捏实在了，防止煮烂。在灶里煮了，一边又炒菜，炸薯条，备酒和饮料，不一时便齐备了，丰盛鲜美的一桌子，吃的吃，喝的喝，来，为乱七八糟的生活，咱干一杯……干到后来就都有些高了，手舞足蹈的，甚至连"这个饺子模样儿真俏"也要干上一杯。珠儿来了兴儿，把外衣一脱，嚷热，踩了板凳，和小培老虎杠子哥俩好啊五魁手啊地划起了拳，一屋子人都笑，又拉了欣儿要跳舞，小美等也起哄，舞没跳成，脚倒踩得生疼，聚在一起，就像一家子人，各自说说不如意和高兴的事儿，说说笑笑，咳，不就那么回事么，不如别人的有，别人不如咱的也有，开口有笑，平平安安，有个奔头儿，就好，有时得想开点儿，来，满上，喝，喝……就又喝上了。

直闹到小半夜才各自不舍地散了。

　　一轮明月在天空亮堂堂的，若个小太阳，就是没有星亦没有月亮，只要心里有一束穿透黑暗生存空间的坚定光芒，有慰藉人心的温暖希望，再黑的夜也不怕它。

　　雪月清风，天地间辽阔而寂静，在盈盈月光中，他们俩的身影近乎清澈的透明。人走，月亦走；月不变，人影却小了，远了。

　　到了郊区，欣儿张口呼吸了几口如水月色，架了两只手臂，若一只快乐的鸟儿，眸子里嵌了两颗流动的小月亮，鬓角上随意插了几点淡淡星光，她抬眼凝望片刻圆月，轻轻说，木头，你看，多好啊。

　　月亮大、圆，安静照耀着尘世里的平常生活，在天空中，像一阕饱满的呼之欲出的歌；却也柔和，若誓约下的耳朵……

　　他也看天上，又看欣儿，笑着说，嫦娥下来了。

　　他于是把"嫦娥"抱上自行车后座，使劲儿骑了车子，心里快乐，就胡乱地喊，又瞎胡唱，他唱，仙人捧出圆月亮——嘿嘿——照到哪里哪里亮哈……又唱，啊啊——欣儿，我亲爱的老婆……欣儿从后面揪他耳朵，说，难听死了。他笑得哈哈哈的，前仰后合，又唱，日落——西山——下班归哎——下班归，我带媳妇——回家去呀回家去，回家啦……小丫头你坐船头，坐呀坐好了，哥哥我路上走，走啊晃悠悠，恩恩爱爱破车子进大沟……他哎哎哎哎惊叫着还真骑歪到沟里去了，喝得有点儿多了。欣儿抱着他才没摔着，就打他，骂，你疯了，骑这么快啊，你疯了。他刹了车子，霍地站起来了，抱起了她在怀里抛一下，一脸满满的坏笑，和她大大地吵架，还咬她，汪，小死丫头，你才疯了，你疯了，哥哥心里欢喜呀……哈哈老婆……啊哟，我错了……她掐他，打他，打过了，揉揉，再接着打，她得让他听话。他们又上了车子，唱着歌儿，说笑着，打闹着，走了。月亮下，他们的笑声就渐渐远了，听不见了。

2008 年 12 月于武汉

| 余情 |

1

　　罗曼·罗兰在小说里说过一句狠话：大部分人在二三十岁上就死去了，因为过了这个年龄，他们只是自己的影子……到了三十岁上，祁路感受尤为真切。按年龄来说，他也算不上怎么老，可却仿佛预支了迟暮，心意沉沉，昏昏欲睡，做什么都打不起精神，每天无非是复制般的生活，上班、下班、发呆、苦闷，这似乎是一代青年人的象征。并不是说他不够勤奋努力，要不然他也不会在这南方城市有一份尚还体面的工作，而是那种寄居在别人的城市，日复一日重复着流水般的疲惫，提前步入中年状态了似的。

　　是得改变一下了。他常常这么想，可怎么改呢，在无形的压力和日益逼迫的现实跟前，又常常有一种虚无的倦怠感，时代的巨轮轰隆隆地开过去，他伸开手臂，挡不住任何东西，那种蚀骨的无力感，特别恼人。有时候在一段时间里他强迫自己维持像打天下一样的亢奋，亢奋完了，又觉得凡事其实都使不上劲，巨大的惯性裹挟着个人，祁路叹口气，垂下手，便又随波浮沉……他目前的状态是，房子暂时不想，买不起，被苏敏甩了之后，结婚已遥遥无期，工作呢尚且安定，有一点短期衣食无虞的积蓄，在浪和浪之间安静的夹缝里，能干点什么呢？

遇见了武芳，他知道，可以聊胜于无地撩拨一下对方，结果会怎样呢，他当时可没想，只是手头有一些时间和寂寥，需要打发出去。

那天，他正坐在广场喷泉前的台阶上抽烟。南方冬月的阳光暖暖的，晒久了，微微有汗，祁路觉得好久没见太阳了，和苏敏分手后，积郁了一冬天的阴冷和憋闷，整个人都快霉掉了，是该在阳光下曝晒一番了。他眯着眼，看烟雾在眼前缭绕、消散，百无聊赖间，苏敏的形象又浮现出来，她的笑，她的哭，她身体的起伏，她的暴脾气……正想着呢，一张笑脸探到跟前，吓了祁路一跳，她对他的笑绽开得有点突兀，恍惚中，像是从刚才的虚幻中打捞出的。祁路往后撤回一点视线，很不友善，"有事？"

广场时常可见这些递送传单的人，什么商务英语视听啦，保险业务推销啦之类的，顶着一张事务性的礼貌笑脸，冷不防地冲到你跟前，循例问一句"先生您好，这个要不要了解一下？"祁路没这心情，嘴里的"不要！"顶在枪膛里一般，就等着女孩发问呢，女孩却吐吐舌头，讪讪地笑了笑。老实说，女孩很瘦，脸型也不是市面上流行的那种好看，鼻翼两侧还星星点点有几粒浅淡的雀斑，可能是女孩刚才吐舌头的动作打动了祁路，透着掩饰尴尬的可爱劲儿。祁路语气温和下来，"刚才有个女孩已经推销过了，XX英语是不是，你看——"祁路摇摇手里之前留下的传单，"不需要。"

"不是，"女孩急了，"是这个。"

祁路瞄了眼入场券，"人家都是免费试听啥的，完了还送小礼品，你这倒好，还要门票？"

女孩笑了，"去看看呗。"口气很坦然的样子。

"你让一产自西北的汉子，去听粤剧，你确定？"

女孩眨眨眼，先自个儿笑了："说不定就喜欢上了呢。"

他们都笑了。女孩摊摊手，因为知道劝说不成，反而放松了，卸掉背包，也在台阶上坐下，眯起眼看太阳："借支烟哈。"

祁路看看她，拔出一支烟，簇拥着火头给她点上："票不怎么好卖吧？"他说，"要不是听不懂，我倒愿意去看看。"

女孩吐一口烟，摊摊手，无所谓的样子："习惯啦，今儿算好的了，还销出去两张。"

"现在三张了。"他说，"像你说的，兴许我真喜欢上了呢。"

"算啦，"女孩说，"别难为自己了。"掐灭烟蒂，"谢啦。"她摆摆手，要走开。

祁路站起来："别呀，你微信？票钱转给你。"

女孩盯了他几秒，不以为然地笑笑，对他醉翁之意不在酒的路数很了然的样子，但还是加了微信，收了他转账的三十元红包，然后像模像样地道了谢，侧了点身子，是欲走的姿势。祁路懂了，主动权悄悄过渡到她那边了，现在，他的表现很像是个搭讪的轻佻男子。祁路挥挥手："忙你的，回聊。"女孩走远了，祁路还在目送她的身影，这有点反常，她并不漂亮，可是随着步幅摆动，阳光打在她青春的身体上，带着质地金黄的光，那份健康的活力，忽然让祁路心生感动。

真是老了，祁路对着女孩的身影想。抽完最后一支烟，天色向晚，祁路起身去街角吃了份快餐，喝了点酒，回到出租屋，躺在那张爱情遗骸般的双人床上，沉沉睡去。

2

联系是在几天之后又续上的。挑起的当然是祁路，下了班，晚上他有大量寂寥的时间。想了很久，憋出一条觉得比较自然的搭讪："去看了，听不懂，但扮相挺好看，漂亮女孩子说粤语，叮叮咚咚的，好听。"

微信发过去了，停顿了片刻，她才礼貌性地回复了一个笑脸。祁路知道对方的冷淡，甚至她可能都在回想这人谁呀，却还是硬着头皮，继续说道："可不可以陪我聊会儿天？"

"要是不可以呢。"

"那我陪你，也行。"

还是一个藏山收水的微笑表情。

"不说话？是不是觉得当面聊更好？"祁路自导自演，厚着脸皮，"嗯，我也是这么觉得的，怎么样，出来吃个火锅？"

"你猜呢？"

他没猜，把饭店地址发给她："我等你。"然后退出微信。

半小时后武芳来了："这么确定我会来？"

祁路挑挑眉角："猜的。"这几天他早就把她微信的内容扒拉了个遍，她，武芳，做设计的……从那些断续的文字和照片里，他可以推演出如许信息，"这家店仨月不到你和朋友好像来了四次，从这距你住的小区大约一千二百米，正是饭点，你说你来不来呢？"

"你干什么的？"她作势很惊讶的样子，拍他一下，"城府好深！早知道不加你微信了。"一个异性这么上心，总归让人欣慰。所以她假意嗔怒的后面，是笑的底子。

刚开始，这一顿饭吃得还算顺畅，还喝了一点啤酒。喝酒的时候，祁路拉了一下她的手，刚要再流连一下，她已然收走："别闹，"她说，"好好吃饭！"祁路铁了心，间隙里，试探着又故技重演，武芳顿住酒杯，盯住他，眼神有些凛冽了，撩起头发，"这么快就想勾搭我，合适？"

祁路诚恳地点点头，透出一股子滑稽的郑重。他想，没想到她会这么直接，现在的女孩子，他真是驾驭不住了。

"你以为翻了几则微信就对我很了解？"她笑了，很不屑。

祁路给她倒酒，心说，鬼才要了解，只油嘴滑舌地说："这不等着你给深入的机会呢嘛。"

"去死！"武芳用筷子敲了一下他的手背，"你这人蔫头巴脑的，看着好像是个老实样儿，其实也不是啥好东西。"她起身，"吃饱没？走啦。"

"这么着急？"

"看电影。"她说，"你去不去？"

祁路内心一喜，吃饭、看电影、开房，水到渠成的三部曲。正在那兀自臆想呢，武芳又追加一句，"我可不想占你便宜，走吧，请你。"

祁路就知道没戏了。抱着一丝希望，到了对面影院，他想去买票，被武芳拦住了，探过身子刷卡买了票："喏，给你。"她说。祁路见她诡谲地一笑，就知道今晚算是彻底枉费了：他们的票是分开的。

"好好看电影哦。"她摇了摇手中的票，就进放映厅了。

这小妞儿。

祁路摇摇头，笑了。她这股聪明劲儿，确实让他没奈何。也只好跟着找到位子坐下来。然后，趁着中间撒尿的功夫离开。他才没心思看那烂俗的国产片。离开的时候回头往武芳坐着的那个方向看看，朦胧的光线中，到处模糊一片，看不清她的脸。

出了影院，抽一支烟，夜色正好，旋律流淌，霓虹溢彩，祁路站在台阶上，吹着风，内心的空虚随着烟气缭缭绕绕的，成吨地膨胀开来，却又带着烦躁的重力，一时竟把自己压得跟跟跄跄的，喝醉了一般。晃回出租屋，躺下来，听着窗外急不可耐叫春的猫，撕咬着，拉长了声音，嚎。蓬勃的欲望在夜里绽开，仿佛某种上好的布匹被撕裂，有着华丽而明亮的音色。祁路也很想嚎几声，却只能憋在心里，空自燃烧、煎熬，在床上翻来覆去，想象自己此时或如杨柳，肉身躁动，意念缤纷，柳絮飘飞，而想撩拨的姑娘，内心禅定，不为所动。

真够无聊的，祁路想，何必呢，不就是被苏敏给甩了嘛，多大个事儿，至于这么颓败？

可是他想，这漫长的夜里，又能干些什么呢？想来想去，反而涌出一些悲壮的情绪，我就不信除了你苏敏，我还找不到其他的女孩了。

在单位写材料，领导总要驳回修改，经常一个文件来来回回要传收很多遍，他知道，要彻底替换一个已存在的旧文档，最直接的方式就是来一个新的下载覆盖。就像追一个新的女孩，来覆盖旧爱，以及她所留下的狼藉记忆。

所以，没过几天，在聊天工具里插科打诨几个来回，祁路又把她约了出来，美其名曰，换季了，请她帮自己挑一下衣服，当然，顺道遇着合适的，她也选一件，作为报偿。结果在商场逛了几圈，祁路就买了一条皮带，强拉硬拽了半天，武芳试倒是试了几件，但说什么也没让他买。

她还是防着他呢，并不打算欠他。几件衣服就想让我把自个儿贱卖？想着吧你！祁路甚至都能读懂她嘴角的那抹笑意。狐狸精，祁路恶狠狠地想，还真把自己当三贞九烈的玉女了啊，姐妹儿！

这是一项投入与产出不成正比的事儿，钱倒在其次，主要是时间和心思，每天在微信上深深浅浅地逗着、撩着，不就是为了最后床上那点儿实质性的吗，这饭也吃了，电影也看了，人生也谈了，还这么绷着藏着，还笑眯眯的什么都不知道似的，什么意思？祁路有些恨，牙根痒痒的，可面对她狡黠的眼睛，还得临时拼凑出一张笑脸："怎么样，累了吧，吃点儿什么？"

这算什么事儿，祁路想，怨谁呢，自作自受呗。就接着中规中矩地吃了饭，然后互道再见，晚安哦好梦哦！——礼貌得都恶心了。祁路觉出一种双重的累，内心的空虚和心绪的无枝可依，他想，算了，我根本就不是泡妞的料，强撑着油腔滑调的，真累！想想以前追苏敏的时候，怎么那么多激情呢，她一个表情他都能解读出一本厚厚的推理小说，她一个眼神他都能假设出千百个结果，约她去玩啊去疯啊，跑遍了大半个城市，真有心劲啊……恍如隔世。

青春最后一点热情，都耗她身上了。而她，在另一个城市，此刻和谁浅笑深颦呢？

翻出苏敏的电话，祁路沉吟了一支烟，叹息一声，还是按了删除键。然后打开电脑，上淘宝，下单。分手时苏敏就说，祁路，你这名字取得不好，歧路，净剩下犹疑选择了，名字改不了，人就改改，以后凡事要积极振作点，你会有一个好的未来的。离了我，这个城市好女孩多得是，不是吗？

是！是！是！——祁路恶狠狠地敲着键盘，你撇下人生灰暗的我，去投奔你积极的未来去了，放心吧，老子也不会一个人孤单至死的！

凭着记忆，祁路把白天武芳在商场试穿过的类似的衣服，直接下单付了款寄给她。一口气买了好几款，孤注一掷似的。

总算收到了她主动发来的对话："你知道收到后我第一件事是什么吗？"

"脱了，马上穿它？感动得泪汪汪的？"

"屁！扑向电脑查价格呗。"她说，"还算你有良心。"

"你想多了，主要是那个款式没便宜的啊！"

隔着虚拟的时空，祁路一旦网上和她说话，就是这副油滑的语气，好像不这样，就不会聊天了似的。

她发了一个捶打的表情："烂嘴，不会应景说个好听的？"

"没经验吗不是。"

"出来吃个饭吧，顺道把钱给你。"

"又是涮火锅看电影？"他说，"算了，不去，没啥突破性。"

"去死。"她循例弹出代表聊天结束的口头语。

他发了个就地打滚的表情。然后去冲凉，准备睡觉。刚躺下，手机却又滴滴两声，"没想到，你其实挺傻的。"她说。

3

自那以后，他们之间的关系好像出现了转机。也可能是祁路不再那么猴急，他已经做好不抱什么希望的打算。所以再聊天，反而多了一点松弛和坦然。不再是他一头热的撩拨，时不时地，武芳也主动给他回应几句。祁路想，实在不行，就当多个朋友算了。

日子在继续，他们在各自既定的轨道上忙活着，逐渐熟识。她在一家文化公司做美编（上次那个粤剧演出的入场券海报就是她设计的，然后有一些余票自己卖了可以额外赚点小钱），经常要加班；她也不是正规美术专业毕业，而是自学的，因是自考学历，工资比别的同事低很多；很想和刁难她的领导大吵一架，然后吼一声老娘不伺候了；有准备考研的想法……从她愿意让他了解的信息里，祁路可以想象她柔弱外表下坚硬的核，翩然独立的性格。或许是因为相似的出处和境遇——都是小地方来的，都不善交际，都做着憋屈的工作——聊起天来，许多事情的看法竟然很一致，聊音乐、电影、男女，有时候聊着聊着，投入了，恍惚了，口气很像情侣。可每次眼看着要更深入一点，武芳就虚晃一枪支开去。

可祁路知道她也是寂寞的。

隔不几天，他们就再重演这种火上浇水的小把戏。凉了，热起来，然后再浇灭。祁路当然还是心有不甘，这么忽冷忽热的，扑朔迷离，总感觉有个什么东西没有落实，是什么东西呢，当然不过是，性。说到底，一个男人和一个女人频繁联系，若不是图谋对方的身体，也很可疑。有一段他狠起心不和她联系，开始她还发个表情什么的，后来也就沉默下去。可过了几天，他终于忍不住，借着一点酒力，短兵相接地问："你不觉得一个人很孤独吗？"

她明白他的意思，无非是想两具身体累加一起，以期度过漫长黑夜："两个人就不孤独了？"

"至少，孤独成双。"

"那只是凑在一起，对付欲望，"她说，"孤独是骨子里的，结了婚嫁了人，也一样。"

她说得对，世界之大，哪里都是寂寞的。寂寞在于内心，无关天地与世界。所以，没有办法。他苦笑了一下，她理智得让人生恨。

可是，奈此长夜何？

酒意涌上来，如溺水的人寄希望于最后一根稻草，似乎倾尽了所有力气，祁路敲出了一句："我很想你……"然后发过去。他仿佛能听见手机里电流传递的微弱嘶嘶声，祁路心一横，带着一种决绝的赌气：别跟我扯那些没用的，此时此刻，老子就想你，就想狠狠睡你，怎么了！

像是做贼心虚，发完了祁路赶紧把手机调成静音，此时，任何一个回音都带着轰隆隆的巨大声响，他扔炸弹一样把手机丢在一旁。从床头拉过一本书，胡乱翻了半天，却一个字也没入眼。虽然酒意阑珊，他心里一直清醒得很，他怕她回复一句"谢谢"之类的，那他就真的太可恨、太丢人了。

好在后来冷静之后，他再打开手机，里面是一句："睡吧，傻瓜。"

4

秋天的末尾祁路回了一趟老家。然后匆匆回来，和朋友一起接了一个单子，帮商会做一本年鉴，赶了十多天。等这些都忙完，才发现，哦，好像很长时间没和她联系了。所以甫一接到武芳的电话，竟有一种前尘旧事的茫然感。

武芳问他："去哪儿浪啦，这么多天，都不理我？"

"你不也一样？"他说。然后双方都是沉默，似乎都有话要说，又都按兵不动。最终还是武芳挑破寂静，"我恋爱了。"她说，"不说句祝贺的话吗？"

"又不是失恋，有什么好祝贺的？"

"得，嘴还是这么贱。"她熟稔地笑了。

"之前也没听你说过，这么快就祸害上一个了？"

"之前你问了吗？"

祁路愣了一下。从微信状态里，他一直默认她单身，谁知道也许在和他聊天时，她已经心有所属，怪不得她说自己傻，祁路想，真是傻到家了。

"还有啥好事没？"他说，忽然感到很恼火。

"我辞职了。"

"这倒是件好事，"祁路揶揄道，"不找工作了？他养着你？——几天不见，可以啊，小姑娘，找到长久饭票啦。"

"滚！"她说，"来接我，待会再收拾你！"

她发来的却是城郊一处山庄的地址。老实说祁路不想去，恶毒地想着，你大爷的，一边和我聊骚着，一边不声不响就成别人的日用品了，真有你的！可是又不知这大半夜的，她是否真有什么事，窝着一肚子气，还是打个的去接她了。

到了地方，只见武芳正坐在大门前的台阶上，抱着肩膀，很冷的样子。祁路走过去，脱掉外罩，推她一下："傻啊，不会坐大堂沙发上？"他幸灾乐祸地说，"被谁撵出来啦？"

"这么磨叽，才来，"她反手回击他，"要不是这破地儿不好打车，才懒得理你。"

"得了吧，被男人甩了明说，跟咱还藏着掖着，有必要？甩就甩了呗，有啥？不是还有哥们儿呢，专门接收这没人要的尾货。"祁路很兴高采烈了，扳过她的肩膀，"来，我看看哭了没？嘿。"

武芳跳起来给了他一巴掌，然后和他一起原路返回。这回没再旁逸斜出，直接跟他回了住处，睡在了那张孤单的双人床上。

一番手忙脚乱，时间并不长，当潮水退去，如两尾涸辙的鱼，躺在汗涔涔的沙滩上。电风扇呼呼作响，将他们都吹得很荒凉。终于落实了，一部分东西踏实了，一部分却更空虚。"满意了？"她说，同时把他手里的烟拿去抽上。

没有他想的那么好，她的身体瘦得有些嶙峋，胯骨那儿有点硌人。不似苏敏那样丰腴。他之前毕竟也只有这一个女人，他想起苏敏，小岗平阜闭上眼也不会迷路……这种本能的对比让祁路忽然很忧伤："还好。"他说，为了掩饰自己的尴尬，又点上一支烟。

武芳光着身子爬将上来："什么意思，什么叫'还好'？"和他不依不饶，"哪地方不好？"又抓又挠。祁路任她闹，轻轻然而紧紧地抱着她，内心涌动着无数情绪，这一刻，他们终于都撕去面具，一时间，竟然悲欣交集。祁路凑上去，她嘴唇还带着夜风的味道，有点凉。

武芳偏过头，不让他以吻封缄，她立起身子，晃动胸脯："问你呢，"她说，"说实话，是不是很难看？"不等他回答，先自言自语道，"小了点，形状也不好。嗯？"她抽了几口烟，"好像别的女人都是标致的球形，看起来饱满，弹性好，是不是？我这像什么，柠檬？小小的，外散的，目前还算挺拔，以后估计肯定像口袋，软塌塌的。"

她又晃动了一下，小小的半圆颤颤的。祁路忍不住握着，掌心里像栖着两只睡熟的白鸟。是小了点，但也是好的。

"柠檬还好，不是煎蛋就好。"祁路笑，"之前不愿意留宿，是因为这自卑吧，没事，我喜欢小的。"在她掐过来之前，他赶忙转移道："怎么忽然问这个，是被谁打击了吗？"

她摊开身体，彻底躺下去，叹了一口气："他说他喜欢大的，混蛋，就因为这个闹掰了，要不老娘真睡了他，这辈子也衣食无忧了！"

"他是，——谁？"

"有钱的呗。"武芳说，"刚来这城市那会儿，他就追我，本地仔，家里有别墅，有车，就冲这，接处了大半年，可是我发现真喜欢不起来，矮，跟我一般高，又黑，瘦，还满脸痘，得，钱确实多，这些也可以忍了，关键是猥琐，没个男人样，看着都不顺眼，实在没感觉。跟他走路都不想走到一起，都嫌弃到这地步了。"

前一段武芳辞了职。说起来也是很恼火的事，那次出去和客户聚会，喝了点酒，然后去钱柜唱歌，玩到了半夜，散场的时候，部门经理说："搭我的车走，正好顺路。"武芳只好从命，深夜一时半会很难打到车不说，直接拒绝了也显得防着他什么似的。就坐在后排，一路上，开始他还只是试探性地说些暧昧的话，后来见武芳不吭声，以为默认了呢，就更露骨了，向她诉说他婚姻的不幸，压抑、苦闷以及对她的欣赏，吹嘘自己能耐之类等中年男人惯用的伎俩。武芳是喝多了点，但还不至于浮浪，可他把车开出一阵，停在了一家隐蔽的酒店旁。武芳愣了几秒，明白了，屈辱一下子爆开，混蛋，把我当成什么了！拽着车门，他却不打开，还涎着脸道："你回去不也没啥事，休息会呗。"武芳酒劲上来，拍打着车门，尖叫得五彩缤纷，着实把他吓住了，赶忙打开车门让她下去了。下来她就奔到路边哇哇吐了，让他恶心的。不是他想玩玩这个龌龊想法，而是一个中年男人自以为是的愚蠢。在最后一次他当着办公室同事把她的设计稿批得体无完肤时，武芳撕了设计稿，当着经理的面，一扬手，纸片在办公室抛落得洋洋洒洒："不干了！"

武芳接着道："辞职这一段时间，闲着，郁闷，他说去山庄玩吧，散散心，昨天就去了。晚上顺理成章开了房——"

"然后你办了他？"

"死去。——没！"

"为啥？"

"我要的双人床，本来是准备眼睛一闭就算了的。"

"就这么难以下咽？"

"他从浴室出来，那身上黑的，又干瘦，排骨似的，他大概也很难为情，出来就关了灯。可是他窸窸窣窣抖索了半天，就没感觉到他有反应。"

祁路哈哈笑了："也可能是你对人家没吸引力，对一个女人来说，这可比上床还侮辱人哪！"武芳蹬了他几脚。"后来呢？"

后来，他在武芳身上不得要领地扑腾了一阵，气急败坏地在她身上拧了几把，然后终于找到了把柄似的说道："这么小，没感觉……"武芳当场就把他颠簸下去，男人恼羞成怒，扇了她一巴掌。当然也被武芳剽悍地回馈了过去。然后男人开车走了，把她晾在荒凉的山庄。

……

5

他们的节奏还是在武芳的主导下缓慢行进。一般来说，一个月她会来祁路这里一两次，当然是心急火燎地交换彼此的欲望，这个过程既有轰轰烈烈又有细水长流，憋得时间太长，见了面，肯定先是互相猛烈饕餮，然后才松弛下来，餍足的，慵懒的，如同羊群吃草，放任肉体间的闲聊。

如果说开始的时候祁路大部分还是想着图谋她的身体以泅渡孤单的夜，这样交往了一个多月，他对她的依恋越来越黏缠。每一次都如盖章一般，是一种确认，身下这个娇小的女人她是你的，和你性命相亲。祁路不再是只顾了自己，慢慢地，有了疼惜，而疼惜是要命的，他延迟着、忍耐着，一寸一寸地抚摩，祁路想，这是自己的东西，不是鸠占鹊巢图一时之快的露水夫妻，他要爱惜。

这些都很要命。

武芳肯定能感受得到这种变化，事实上，也顺理成章从她身体上表现出来了，软软的，黏黏的，糯糯的，配合着他浮沉……但是完事之后，陪他抽两支烟，或者去煮两碗面，吃完，武芳就利索地穿衣服，走人，从不留宿。她去留无意的利落，让祁路觉得伤心中夹杂着委屈。

他是有过几次挽留的意思的，武芳一句话就顶了过去："明儿还要找工作呢，你养我？"祁路闻听，也就偃旗息鼓了。他养活她确实还比较费劲，而明显的，她并不那么好养活——衣服、包、首饰都是牌子，她说过，自己挣的钱，不对自己好点，傻啊！——祁路也就支在床沿，黑着脸抽烟，在烟气缭绕中，冷淡地看她穿衣、补妆、开门，楼梯上渐次微弱下去的脚步声，然后一切归于沉寂。而枕头上，还倔强地留着她温暖的气息，祁路把头埋进去，发狂喊一声："你等着，下次我弄死你！"然而下次，他粗暴了一会儿，还是忍不住停下来，温柔地诠释她的身体。

祁路想，或许真爱上她了。想想又觉得自己挺没出息，祁路有点恨，恨她也恨自己。所以在这次事后，祁路再一次挽留失败的时候："在你这儿，是不是就把哥们儿当一自慰器啊？用完就走。"他问她。

"是你这么想的，"她说，"记得，不要太贪心。"原先是想上床，之后又要图取对方的心。武芳过来拍拍他绷紧的脸，就要走人。祁路孟浪起来，一把拽过她，将她按在身下，"我就是贪心！"他说，"老子就要你！"然后带着愤怒和无力，狂风一样，席卷着、撕扯着，两个人镶嵌在一起……她环抱住他的头，使劲把他往自己胸前扳，她知道，他已泪流满面……她听到他喃喃地说："我要天天和你在一起，天天啊……"

武芳想说："你怎么还这么傻……"却只是紧紧抱着他精瘦的腰，想，要是时光停在这一刻，也没什么不好。

当然她也只是想想罢了。她有她的路，短暂交集之后，大约不会为他停留。

忙乱中她摸到被褥下有个细小的硬物，她不知道，那是一枚铂金戒指。是苏敏投奔另一个男人怀抱前留下的旧物。一直压在床底。有几次他都想套在她的手指上，却又怕贸然情深，不合时宜。

而祁路也不知道，她并没有找到工作，不好找。她的手机里存着两条短信，一个是别墅男愿意重修旧好的邀约，一个是北京的一个朋友帮她联系的设计工作，武芳不知道，哪一个才是她的归宿，而此时，她只想闭上眼睛，听那寥落的夜里起伏的涛声。

只为你暗夜起舞

还没下天桥他们就开始争吵。美桃甩开方宇拉她衣袖的手，嘴唇气嘟嘟的："别烦我！"看样子方宇脸上也有些挂不住，但还极力隐忍着，继续拉她，想挽着她一起走。美桃忽然停下来，猛地转过身，对着他的脸吼："林方宇，你别什么都管着我，烦死了，我受不了了！我有我的自由！"旁边下了工的人们都纷纷侧目看他，像看一个笑话。方宇张着嘴，有点愣怔，但很快被冒犯和顶撞的愤怒就令他的脸激烈地燃烧起来，方宇憋得脸都变形了，紧追几步，一把拉住美桃的胳膊，类似于制伏似的箍住，拖着美桃大步往前走。因为用力，方宇额头上青筋突起，身体也呈弧度，仿佛是拖一件沉重累赘而性命攸关的包袱，用的力气确实不小。

美桃往后拖拽着使劲甩了几下，怎么都甩不开，甩不开美桃乜要甩，僵持了半分钟，终于委屈地哭了起来："疼，你弄疼我了！……"美桃的哭声很大，也很突然，眼泪积存很久似的，一粒粒分明地落下来。旁边穿着统一 polo 工衫的工人们看得更多，简直是围住了他们俩，眼里都对方宇带着一些鄙薄的讨伐颜色。也是的，在这人来人往的天桥上就把自己女人惹哭了，兴许还是打的呢，实在让人看不上眼。但人们见惯不怪，前一拨走过去，又有新的人群看过来。方宇脸上烧得厉害，冲那几个倚在栏杆上一直不离开的观众吼过去："看什么看，没见过和老婆吵架的吗？"那些染着头发刺着文身的年轻工人，抽着烟，也积极回应他："没看过！"然后哈哈地哄笑。这还不算气人，美桃的尖音挑破那些笑声，说："林方宇，谁是你老婆？"

方宇张口结舌，一时气结，被抢白得无话可说。是啊，又没结婚，也没领证，她美桃凭什么是你老婆？方宇觉得平常的担心一点都不多余，是的啊，真要好生看管啊，说不准美桃一甩手再跟哪个油嘴滑舌的小青年儿走了，他可连吵架也没对手了。想到这儿，也不顾美桃再嚷疼了，径直拉住美桃的胳膊，下了天桥，招手打了个车，一直拉到租住的"亲嘴楼"前，要不是司机连忙喊住，几乎忘了付钱。出了车，美桃还甩着脸子挣扎着不肯上去，方宇想，由不得你了，绷紧身子吆喝了一声，摇晃了几下才把美桃扛稳在瘦削的肩膀上，脸憋得通红，像要爆炸的模样，连呼吸都不敢替换，怕泄了气。就这么攒着劲扛着美桃上楼，美桃还在他背上不停地踢腾、挣扎，上了两层，美桃看着他脖子上汹涌流出的汗水，又踢腾了几下，也就趴在他背上不动了。方宇一手扛着美桃一手拽着楼梯扶手，低着头，一个台阶一个台阶地往上爬。爬着爬着，感觉耳朵后面的皮肤上绽开几滴灼热，方宇扶住楼梯，不动了，美桃下来忽然抱紧他，埋在他汗湿的胸前呜呜咽咽地哭了起来，一边哭一边举起拳头纷纷扬扬地打他。

方宇就挺在那儿，一边呼哧呼哧地大喘气，一边任她起起落落地打，他的眼角也潮湿了，俯身吻着她的头发，低声说："乖，好了，到家了，以后要听话，啊？"美桃迭声说着，"就不听话就不听话就不听话，我就不想听话啊……"方宇吻住她的嘴，带着一种近乎绝望的倔强力道抱紧她，继续抱着她上楼。他这么用力，美桃感到了一种疼痛的幸福，钝钝地，如果这就是幸福的话，美桃甚至觉得幸福得有点悲哀的味道。

晚饭循例是方宇做的，丰盛得有些讨好的意味。红烧排骨、清炒菜心、竹笋辣椒、海带虾仁汤，看着满满的小饭桌，美桃站在那里暗暗叹了一口气，唉。老实地坐了下来，方宇帮她拿出筷子，脸上写满了等待。美桃一双筷子徘徊在半空，拣尽寒枝不肯栖的样子，看看方宇的眼神，才撩了一筷子笋片，放在嘴里，嚼了半天都是清淡，香红的排骨似乎在油腻而诱惑地轻喊，鲜嫩的菜心也在碧绿地招展……可美桃实在提不起胃口。她的同事们现在就在 KTV 里尽情地 high，放纵地喝饮料、啤酒，唱歌，飙《青藏高原》《死了都要爱》的高音，大声谈笑……一想到这些她就集中不起来精力去对付桌子上这些献身般无辜的菜。

城中村对面的酒店墙壁上，LED 广告墙闪烁的霓虹，透过狭窄的窗户射进来，商场里的音乐也卖弄地送过来，下面小区里嘈杂而蓬勃的夜市带着浓郁的香味盘旋而来……美桃只剩下一张空空荡荡的脸支撑在那儿，心早已像小鸟一样飞出门外，多难得啊，好不容易线长超额完成订单，线长出血请大家去 KTV 疯一下，多难得啊……筷子掉了下来，一桌子菜都失望地趴在盘子里，无精打采。

突然，盘子汤匙青菜排骨桌子椅子都失声喊叫出来！

——方宇就是在这时候爆发的。

几乎毫无征兆，方宇一把把折叠饭桌掀了起来，所有的盘子饭菜在空中破碎地舞蹈，然后落在地上溅起一阵繁响。美桃的身体像是弹簧一样惊叫着站直了，一颗心被吓得要飞出喉咙，惊魂甫定，忽然愤怒地战栗着说："林方宇，你就是一牲口啊！一点预备都没有啊！"

方宇脖子梗得老长，近乎控诉地说："天天好吃好喝伺候到你嘴跟前你还不满足，还要往外跑，心都野了，非得和那些不三不四的人一起疯才美是吗！"方宇连家乡的方言都带出来了，"漫芜地里跑的野驴，你不知好人逮！"方宇说，"你走吧，去疯去，疯够了再回来！"

美桃也不甘示弱："走就走，谁怕谁，又不是谁离了谁不能活！"美桃拎起包，就要拉开门往外走。

方宇就像投篮一样撞过来把门撞上，疯了一样，头发都蓬乱起来，眼睛睁得像拳头，咆哮着说："你刚才说什么，你再说一遍！"方宇举着双拳，挥舞着，不舍得打美桃又困兽一样无处落脚的样子，"你再说一遍！"倒把自己逼出了眼泪。

美桃被他拉扯着弄得浑身疼，踢他，狠劲踢他："看你那熊样，嘴张得像老虎一样，吓唬谁呢？"

方宇还在那里傻瓜一样质问道："你再说一遍！"美桃说，"我就不说，就不说，就不……"方宇仿佛是带着所有的仇恨和爱情，扑了过来。美桃还没明白是怎么回事，就被方宇捂住嘴，他身上的汗味熏得她喘不过气来，人便被他浩荡地席卷到了身子底下。他努力用瘦硬的身子死死压住她，她也那么瘦，不仅没有被他压垮，反而挣扎着浮起来，腰肢上都是绽放的浮力，驮着他左摇右摆。他下定决心，一定要钉住她，打桩一样拼尽所有的力量，压进她的身体里。美桃像在水面上，失去了所有的重量，她反过来凶狠地抱住他，无比恣意地尖叫了一声，这叫声像某种耀眼的瓷器，带着彩虹一样的弧度绽开在半空中，最后落在地面，明亮而性感地碎裂开来……他反复地念着："桃子，我就是离了你不能活，你再也不要说这样伤人的话了，我就是离了你不能活，不能活啊，我的小祖宗……"

美桃想笑，眼泪却兵分两路，完全不由自主。在这个城市里，入血入骨，到底也只有他一个亲人。尽管时时厌恶，时时被束缚，却到底只有他让她不再彻头彻尾地孤独。美桃在下面看着他的脸，他如溺水一样抱住她，脸都变形了。美桃想，这就是命吧，我不蹦迪不 K 歌就是了，陪着他，就这么凑合着平凡过下去吧。

夜很深了。下半夜的时候竟然有一抹月光照进来，方宇半个身子挂在床沿上一口一口地抽烟，美桃已经睡熟了。方宇衬着朦胧的月色看过去，发现美桃小巧的鼻子一张一阖的，薄薄的鼻翼居然在轻轻地拉鼾，一张一张的。方宇盯住她看，心慢慢软下来，变得柔软无比，十分真切地感到这一呼一吸与自己身体里某个地方连着，扯着，分不开。方宇把她露在外面的胳膊放好，再把电扇离她远一点，揽着她，想，到底她还是个大孩子呢，不能和她太计较了。辗转了好久，他仍然睡不着，怕吵着了美桃，方宇悄悄起来到逼仄的阳台上抽烟。他一边盘算着自己存的钱，一边思谋着房子和两个人的未来，然后长吸一口气抽一口烟，间或远远地看一眼屋里熟睡的美桃。

"要抓紧了！"方宇想，掐灭烟蒂，走进来小心挨着美桃睡了下来。做梦做到一半，还在喃喃地说："要抓紧了，抓紧挣钱，抓紧娶她，抓紧成家……"被高而狭窄的出租楼房分割后的月色艰辛地照着他，似乎即便在睡梦中他本来就很瘦削的身子仍正在继续瘦下去，简直像一只小船伏在黑色的大海里。

他已二十九岁，再过七个月就是而立之年了。

三年前，和他不冷不热处了将近两年的女友蓝姿离开了他，他其实并不恨她，没有什么好恨的。那时候他还只是一个捉襟见肘的跑单员，每月挣那一点钱，除去租房子吃饭，其他剩不下什么。老实说，刚一开始蓝姿对他也很好，他跑业务，却只有三件衬衣两套廉价西装作为换洗的衣服，也就是说当天晚上下班回来，在他随便吃点饭打会通关游戏就倒在电风扇下睡着的时候，蓝姿基本上每天都要给他把衣服洗上，使劲拧干水分，在楼顶铺展着晾开，要不然第二天不会干。还要为他把那一双很难为擦鞋匠的劣质皮革的皮鞋擦拭得锃亮，好让他出去到工厂谈业务的时候显得精神一点。这样过了将近两年，蓝姿到后来洗着衣服的时候经常会对着盆里的水面出神半天，或者收拾完屋子站在那里梳头时对着镜子经常叹息连连……她还很年轻，才不到二十四岁，也不难看。

方宇真的不恨她，只是她不该在还没和他分手的时候就和她所在公司的一个研发部经理好上，并且所有的朋友都知道了，他还蒙在鼓里。而那些他俩共同的所谓朋友，没有一个人告诉他，见了面还和他打招呼呢。方宇一想到这里就要发狂，这群混蛋当时是什么样的心态啊，一边和无知的他谈着不咸不淡的话，一边心里肯定看他的笑话啊！而蓝姿的那个研发部经理，在她生日时，还作为蓝姿的朋友一起和方宇吃过饭的……方宇一想到这些心里就滴血，蒋蓝姿，你真是做得绝啊！——你一点也没把我当成男人看呵！方宇有一段时间天天想着怎么杀了她和那个男人，他不恨，因为恨早已不能描述他屈辱的心了。

到底，他谁也没杀，他终究是隐忍的人，只是放任那些炽热的岩浆日日夜夜煎熬着自己。他换了公司，从福田搬到龙华，换了朋友圈，再从头开始。他大病一场，却没死。只是一米七五的个子原来有一百三十多斤，经此一番折腾，再怎么吃，即便把旧事和回忆都咬着牙嚼碎咽进肚子里，也还是一直维持在一百零几斤的水平。就这个吨位了，他知道，在蓝姿离开之后的时间里，吃泡面吃快餐吃得太多了。有好几年，要么是随便在小摊上吃一点冷热不均的垃圾食品，要么是强撑着呕吐的意念陪客户在酒桌上周旋，他几乎没有坐在那儿什么都不去想好好地吃一顿饭，肚子里只咬牙切齿地含着一个心念：一定要混出名堂，一定要！

那时候，为了和工厂里一个主管采购的部门经理说上几句话，简单向对方做一下产品介绍，他曾在园区里等上整整一个下午，而最后对方仅以一句"不需要"就将他嫌恶地打发；许多次晚上，下了班，他都从地铁口硬是走回租住的地方，煮上一锅面条，就为了省那一点饭钱……这样的事情太多了。每次深夜跑单回来，经过深南大道繁华的立交桥，他望着天空，深圳的夜幕是这么璀璨，这么绚烂，繁华得简直想让人跪下来……到现在，经过了几年的奋斗，他算是有了一点小小的积蓄，也初步编织出了一点关系网，做起业务来不需要那么拼命了，而胃却给搞坏了，变小了，吞吐不了那些生猛的欢笑和眼泪了。

二十九岁，他觉得自己已经满目沧桑和疲惫，老了。

好在，现在他还有美桃。美桃是他真正处的第二个女友，他想，最好是最后一个。不，一定要是最后一个。他累了，那种累是藏在心里的，像一间摇摇欲坠的老屋，再经不起折腾了，就美桃了。美桃比他小六岁。好在他这么清瘦，如不抬头皱眉，模糊看上去并不显得太老。和美桃在一起，乍一看还算相配。

美桃偶尔心血来潮，心情好的时候，会给他做家乡味道的饭，荠菜饺子啦、肉片汤啦、小米粥、皮蛋粥啦，让他吃："也吃胖一点，结婚的时候我们那儿要男的从车里把新娘一直抱到楼上婚房里，你这身子骨，我看够呛！"美桃说他。

他不敢反驳，吃了几口，却吃不下了，他满足地笑："遇见你太晚了，美桃，之前都没吃上一口热乎饭，胃都饿得小了。"

而美桃却一语中的："不是胃小，你是心小！"

再说肯定又要扯到他不让美桃和同事一起去玩、去疯、去闹，说到他看见她和别的男子说上一会儿话他都要质问，一说到这些，美桃肯定又要和他发脾气，所以他就不接美桃的话茬，只伸出胳膊，张开怀抱，举在那里，等着美桃"投怀送抱"。美桃盯了他一会儿，心底薄薄叹了一丝气，还是乖乖地走到他怀抱里来，让他拍着她的头发，喊她："小乖。要听话，小乖。"

方宇觉得能认识她，真是一场福分。本来他都快要绝望了，觉得这一辈子可能再也找不到一个合适的女孩和他相爱、结婚、生活了。他有一段时间频繁地相亲、频繁地换女朋友，他知道那是源于心底的绝望，即便搂着那些貌合神离的女人，也心知是露水一场，不会久远。就这样他孤独地过了好几年，直到遇见美桃。

遇上美桃他一开始也没抱希望，是一个朋友的女朋友的闺蜜介绍的，拐了几个弯的关系，他要是抱很大希望才怪呢。那闺蜜在美桃所在厂区的工会任职，介绍的时候用了诸如"文静，朴素，不奇形怪服，懂得过日子，长得也不错，就是瘦了点"之类的词语来推销美桃，也正是这些朴实无华的词语打动了方宇，让他觉得还可以见上一面，看看。

那天他们约在公园的亭子边见面，这样的好处是他可以在旁边的木桥上先远观一下，如果是这个城市盛产的那种心机丰盛、懂得掩藏、进退自如，连眼神都是一眼就称出对方几斤几两的女孩，他就直接从木桥上装作看风景走开了。他不想再找一个对手和他玩恋爱、分手、利用、背叛、伤害的游戏了，已过了那个心境和年纪了，只想找一个温暖安分的女孩，踏实过日子，就好。

那天，天晴得很好，他远远就看到，凉亭边，女孩身材非常苗条，有些瘦小，一头长长的头发，飘下来。女孩穿着长裙站在树下，风一吹，似乎整个人都是飘着的。这就是美桃了。许多年过去了，这一幕还映在方宇的脑海里，印象里美桃是那样温柔、家常和飘逸，宜家宜室的样子。看样子，他想，如果再耐心培养一下，她应该很适合做妻子的。

他的判断没有错。虽然美桃不似介绍人说得那么文静，但除了爱逛个街，其他也没有太多贪心。逛街美桃也不爱买那些贵的，她的乐趣在于淘那些有趣的小玩意儿。开始吃饭的时候他带她去饭店里，吃了还没几次美桃就不愿意了，说："一顿下来一百多，还就那几个菜，还不如在摊儿上吃呢，味道也比这儿好。"美桃果然在街边烧烤、麻辣烫、米线店这些地方吃得更开心，她是为他省钱。他开头就给她说得很清楚，他做业务，每个月也就是四千块钱的样子，当时他是用一种否定和自嘲的语气说的。当然，他说了谎，事实上他一个月一两万还是可以保证的，毕竟挣扎了这么些年了。美桃一听却惊声道："四千哪，那可顶我俩月工资喽！"美桃说，"那以后主要是你请我吃饭哪！"方宇看着她把一碗河粉都吃得津津有味的样子，忍不住对她的纯真会心一笑。

就这样相处下来了。即便美桃很好，如果不是那一次酒后大病，大约还要考虑很久他才会决定是否和美桃在一起，到底大她六岁呢。那一场病来得很突然，原因其实很简单，蓝姿结婚了，定在格兰云天酒店，红色的请柬浮躁地分享着喜悦，他犹豫了很久，还是去了。并且是带着美桃一起去的。那天，他给美桃买了最贵的礼服，最好的首饰，还让美桃化了妆。那是带着一种复仇的心理，类似于去参加一场决斗。美桃怎么说也不过是在工厂流水线上做工的女子，宴席上，那些礼服穿在她身上到处是一种郑重过了头的虚荣，美桃驾驭起那些衣服首饰来，气质上总显得四处漏风；但抛开这些，有一条美桃还是给他挣回了足够的面子，她年轻。一张洋溢着青春汁液的笑脸，足以敌过新娘粉妆下鱼尾纹已开始繁衍兴旺的容颜。美桃还不明就里地问他："你怎么不吃啊，礼金好几百呢，多吃点才够本啊！"——因为他给她说的，只是一个普通同事的婚礼罢了。敬酒的时候，蓝姿回头对他留下一个意味深长的眼神，似乎是劝他不必这么强撑着，临时找这么一个单纯到有些傻的小女孩来挽回面子，何必呢？——几乎是一瞬间，方宇看着蓝姿自以为是的优越眼神，以及旁边新郎嘲讽而略带胜利的微笑嘴唇，他内心敏感的愤怒和屈辱又死灰复燃，一下子火头就蹿了起来，势如燎原。甚至是带着呵斥的语气，方宇转而迁怒于身边的美桃："吃！就知道吃！"

——完全没有道理。美桃吓得眼睛都不敢眨，睫毛如一只惊怯的蝴蝶，筷子停在原地，无辜而不知所措地看着他，一副做错了事的样子。他看着美桃那副样子，忽然想流泪，很想扇自己一巴掌，接着巨大的空虚和悲哀袭满胸怀。那一天，他喝了很多酒。回去的时候，美桃一路都很小心，不停地问他，是不是做了不得体的事，让他丢了面子。她问一句，他摇摇头。他们就这么在深夜的大街上一问一摇头地走。美桃委屈地说："我说我没去过这样的场合，你非让我去……我只顾着吃，连圆转的话也不会说……"美桃流了泪，"要不你别和我处了，我这么笨……"方宇突然如同扑倒一样抱住美桃，捧着她的脸，看，然后无力地埋在美桃怀里哭了出来。他哭着呕吐着，在一片弥漫的浓烈腐酸酒气中，眼泪汪汪地呼唤着美桃，反复地说："你不要离开我，不要，美桃……你没有错……我再挣钱，买房子，娶你……"旁边榕树一团模糊的阴影笼罩在他们头顶上。这个晚上，他们在街边的酒店开了房间，然后，酒后病愈，他在城中村租了房子，让她从工厂园区宿舍里搬出来，他们正式住在了一起。

也就是从住在一起的第一天起，方宇全面接管了美桃，从吃穿住行到例假来的时候注意什么再到天桥接她下班，可以说是细到一点一滴，他都要管着。她是他的最后一个，也是仅有的，他不能再失去了，他输不起。

……

夜已经很深了，刚才吵架大概累了，美桃很快沉沉地睡了。方宇躺在床边，睡不着。窗外的广告墙也不闪烁了，"亲嘴楼"的邻居们也渐渐平息了嘈杂声。一根烟抽完，他又续上一根。最近老是失眠，眼皮也一直跳，方宇觉得明天最好是去拿点药。也许是这一段看楼盘看得累了点，他的全部积蓄加起来，再找朋友借点，大概可以在关外买一个五十多平方小户型的房子，他想先不跟美桃说，要不说好的一个月四千就容易露了馅，再说，美桃那个脑子，也不是想事的人。成了，定了楼盘再给她说也不迟。

"钱哪，钱……"他心里一遍遍念叨着，是得赶快攒齐这笔钱，把房子买下来，小就小点吧，到底是有个安身的地方，快三十了，是得赶快成家喽。方宇想，这一回过年应该可以回家了，两年多没回去了，今年带着美桃，该回去了，不用再害怕父母亲人们催促游说的眼神了……想到这儿，他转身看看身边的美桃，美桃睡得很乖，蜷着身子，像小猫一样。方宇俯身在她额头上轻轻印上嘴唇，拂开她脸颊上萦绕的鬓发，在黑夜里，他错错嘴唇，笑了。

桌子上手机响了，响了一下就断了。他拿过来，是美桃的。看了看，是10086，他嘀咕了一句："真要命，这破移动，大半夜的还不消停！"拿起手机方宇却没放下，以他的智力解开美桃屏幕上的滑行密码并不算难事，事实上他时常在美桃睡着时翻看她的手机，其实也不是不放心，就是想看看她最近都是和谁联系，带有一种偏执的强迫心理。方宇翻了一遍，除了几张新增的手机照片之外，并没有其他意外。照片是美桃学交际舞的场面。他本来不愿意她去学的，可是美桃发了几次脾气，他不想再和她吵架，最近一段他业务上也比较忙，回来得晚，才勉强答应她下了班在广场跳一会儿就回家。

美桃似乎动了一下，翻了个身，背对着他，继续睡了。

方宇赶忙放下手机，想，结婚吧，结了婚就不用这么提心吊胆地管着她了。是该结婚了，方宇脑子里乱糟糟的，贴着美桃裸露的后背，也躺下囫囵地睡了。浅薄的睡眠里忽而疑惑地想起，美桃的手机里最近的通话记录怎么都是删除了的。

他不知道，此时，背对着他的美桃，两行清冽的眼泪滑落脸颊。他总是防着她，不放心她，到现在还是。她好想以前一个人爱哭就哭爱笑就笑的日子啊。

第二天夜里，方宇揽着美桃早早睡了，等他确定美桃睡熟了，想起昨天夜里的疑惑，他又拿过美桃的手机想再验证一下。诡异的是，已经不是昨天的密码了。他再想试验其他的，不经意中瞥了一下床上的美桃，方宇忽然尴尬地愣在那里，如同被当众揭了皮。

——不知何时，美桃已坐起来直愣愣地看着他。

手机掉在地上，方宇醒转过来，慌忙去接。临时拼凑出一个仓促的笑意，手忙脚乱地说："不是这样的，美桃……我只是睡不着，看看……看看……"声音却越来越低。方宇彻底红了脸。就像小时候考试作弊，被老师抓了个现行一般慌乱。

美桃依旧盯着他看，忽而"嚯"地起来，夺过来手机，把屏幕划开，扔进他怀里，说："给你，看吧，接着看！"美桃躺倒在床上，蒙着被子，呜呜地哭了。

一时无法收场。方宇垂着头，抽烟，烟雾遮盖住了他模糊的脸。美桃的哭声渐渐低缓，他觉得自己很卑鄙，却也身不由己。抽完了烟，美桃的哭泣已转为断续的哽咽。方宇在床边跪下来，捉住美桃的手，美桃甩开，他再攥住，拿着她的手往自己脸上掴，美桃潮湿的手在他脸上发出沉闷的声响。方宇说："美桃，你别生气，是我的错……我就是太害怕失去你了……"他这样美桃反而哭得更厉害了，抽回自己的手抱在胸前，很冷的样子，陌生地看着他，打着噎说："你总是监视着我，我是人，不是囚犯，你知道吗？……"美桃说，"和男同事说个话你也要质问我，出去买个东西时间稍微长一点你都要问这问那，这一年多我和朋友出去玩过几次，你还不清楚吗？什么事我都依着你，现在呢，你连手机都不放心了！——那你直接换一个相信的人不好吗？"美桃近乎咆哮出来的，"你口口声声说是为我好，爱我，可你的爱太沉重了，我都感觉自己快要喘不过气了！"

美桃开始起来收拾东西，把衣服扯得凌乱满地："我的朋友们马上都一个个疏远完了，你不要朋友我还想要呢！这几天我搬回园区住！"

美桃推开方宇乞求的胳膊："你别拦我，我不会跑的，你让我静一段时间。"收拾好行李，天都已经快亮了，美桃给他熬了粥，"这些天你工作忙，多喝点粥，晚上下班回来晚了别喝酒……"美桃说不下去了。

方宇满脸荒凉，似乎衣裳里包裹的也只是一缕风，他说："真要走？"

美桃摇摇头，又点点头："我求你了，就让我一个人过几天，我会回来。"她的眼泪也流了下来。

这里是深圳最密集的代工制造业厂区，一到夜晚龙华广场就人声鼎沸地热闹了起来。每天晚上，成片的啤酒烧烤大排档几乎座无虚席，小旅馆家家爆满。本来不宽的街道，一到傍晚便更加拥挤，庞大的人群有时会造成往来的车辆拥堵。但是并没有人因此而焦躁不安，因为花个几十块钱便足以在这里玩得尽兴。露天的迪吧、昏暗的灯光、粗暴直接的音乐节奏、简陋的舞池，舞池里挤满了人，有男孩子，也有女孩子，他们眼神迷离，舞姿生硬而激烈，在刺激的音乐里发泄着廉价的青春激情。

阿辉就是和美桃在这里认识的。

刚开始她只是下班路过这里，灯光、音响、欢笑、烧烤，那散发着打工仔温暖肆意的气息，近乎本能地就把她吸引了过来。这才是属于她和他们的领地，而不是方宇带她去的什么格兰云天。她站在舞池边缘，就看见了阿辉，在音乐里就属他跳得最 high，是那种不要命的疯狂和摇摆，带着恶狠狠的劲头。一曲终了，在换音乐的间隙，阿辉一回头也发现了她，如同命定，阿辉走过来上前一步以夸张而蹩脚的绅士风度向她伸出手："来，美女，给个面子，浪一会儿呗！"阿辉有一双浓浓的眉毛，眼睛非常大，鼻梁挺拔，一头红黄掺杂的头发，说话的时候眉梢一挑一挑的，看着很坏，但不讨人厌。灯光晕黄地闪烁，打在阿辉侧脸上，制造出一种朦胧的效果。周围有几个阿辉的朋友在叫好、打呼哨，很野，这氛围衬得美桃有些骄傲，有些虚飘，不由自主就伸出手送给阿辉了。

这一晚上她玩得很开心。接下来几天她都很开心。在美桃下班和方宇没回来的这一段时间里，她跟着阿辉，看到了铺展在眼前金黄明亮的青春，是一种带着罪恶和愧疚的开心。美桃其实并没有其他的用心，就是觉得和阿辉在一起好放松，阿辉讲话很幽默，透着一股子满不在乎的劲儿，常常让美桃潜藏的笑声欢快地跳跃起来。

但是，美桃只局限于和他在露天舞池里跳一会儿，对于阿辉上网、蹦迪、喝酒的邀约，美桃还是拒绝了，方宇若知道她去和阿辉喝酒了，会疯掉的。美桃开始想得很好，先跟阿辉跳，等到学会了、学好了，再教给方宇，到那时，夜里，只为他一个人起舞。多好。

就这样维持了半个多月。如果确定方宇当天晚上下班回来很晚，不会来天桥等她下班，美桃才会提心吊胆地和阿辉在广场上跳上一会舞。然后再回到出租屋，等着方宇回来，温顺地让他抱着，喊她："小乖……"

美桃觉得这样很好，她是不会背叛方宇的，至少在没分手之前。而美桃，现在还没有明确和方宇分手的打算。一切都按部就班地进行着，方宇在忙业务，美桃在上班、下班，偷欢一样跳舞，阿辉在喝酒、抽烟、上网、逗美桃笑……一切都很平常，也都很好。

直到从方宇那里重又搬回园区的第七天的晚上，正和阿辉跳着呢，美桃看见广场边的过街天桥上有个人影，立即弹出舞池，火灼了一般。弄得阿辉老大不高兴。美桃要逃，阿辉偏要拉住美桃的胳膊，气愤地说："非得跳完！哪有尿到一半就往裤裆里抖鸟儿的？"美桃挣脱他，"不行，我得回去了！"阿辉的长眉毛都气歪了，"你怕他什么，他那样，黑不溜秋的都能做你大叔了！"她和方宇的事，阿辉都知道。或者说，和美桃熟悉的，谁不知道美桃有一个大她几岁看管得很严的男友呢。

美桃堵住他的嘴："不许说，再说我可生气了！"阿辉才不管呢："回去陪你的大叔去吧！"美桃气得顿脚，但来不及再分辩，就慌忙往天桥上赶，近了，却才发现，不是方宇，只是一个和方宇身形有点相似的路人罢了。美桃趴在天桥的栏杆上，想象着方宇每次下班早了都在这里等她的情景，并没有觉得感动，却觉得心里是收紧的沉重。方宇站在这里时，肯定一双眼就如一张网，密切注视着裹挟在三色工衣人流中的美桃，从园区门口一直到天桥，她的每一点旁逸斜出他都收在眼里，包括她是否和别的男孩说笑……美桃站在天桥上，看看舞池那边，也瞅不见阿辉的身影了。美桃抓住护栏，使劲往下弯腰，继续弯，长长的头发流泻下来，遮住她哀愁的脸，她甚至迷离地想，如果一松手，会不会像蝴蝶一样翩跹飞起来呢？

就在这时候，美桃的腰上忽然长出了两只粗壮有力的胳膊，美桃的惊叫刹那间就蹿出嘴边，像烟花一样炸开："啊——不要，快放开我，快，放开！"——可这些反而鼓励了阿辉的倔强。阿辉抽出手，把手指举到嘴边，"嘘"了一声，趁美桃迷惑的间隙，阿辉拉过她的右手，手法熟练地给她中指套上一个东西，美桃睁眼一看，是戒指！美桃的无名指上已经戴了方宇的，阿辉明知道却还要增加一个。阿辉说："摊儿上淘的，你喜欢就戴两天，不喜欢就扔。"话说得开合自如，美桃却承受不起，用左手使劲去拔。阿辉立起眉毛，生了气，一把将她拉入怀里，随即他的嘴就有力地贴了上来。美桃翻过手使劲扑打着，像溺水的人，刚开始她还抿紧嘴唇，可阿辉的舌头执着如刀子又温柔如糖，吮吸着，钻研着，终于一下子撬开她的唇，就像最终打破了糖罐，堤岸崩溃了……阿辉很贪婪，美桃眯着眼看着阿辉霸道的侧脸，悲哀地发现，她真的好喜欢此刻他的样子……夜深了，天桥上几乎没有人，美桃溺在水里，忽而放弃了对一根稻草的努力，垂下头发，如果不能浮起，索性一起美好地沉溺好了……她鼓起嘴唇，绽放如花蕾，回应阿辉的吮吸，一瞬间，仿佛天地间都是明亮的甜……

　　而就在此时，方宇怀揣着一样闪光的东西，他想经过天桥去园区门口接回美桃。他想到了园区门口再给她打电话。经过这七八天的努力，他终于加紧落实了一件事情，他相信他会给美桃一个足够大的惊喜的。

　　他相信会的。

　　这几天，方宇反思了一下，他确实是管得美桃太严了。弄得物极必反，让美桃有一种被束缚感，这样不好，他要改变了。其实他心里压着一个隐痛，没有说给美桃——如果你还记得那天夜晚10086半夜的电话，以方宇的警惕性，他肯定没那么傻。在第二天他烧好水美桃去洗澡的时候，大约八九点的样子，电话又响了，仍然是响了一下就断了，还是10086这个号码。浴室里的水哗哗啦啦地响着，方宇拿着手机，拿起又放下，迟疑了许久，还是拨了出去，"嘟嘟嘟"三声之后，通了，过了一会儿，对方才发出一句声音："今天还来跳舞吗？"……方宇不傻。不过他当时按捺下了，不想让美桃再成为第二个蓝姿，却到底还是忍不住，那天晚上以为美桃已经睡着又半夜起来翻查她的手机。——方宇想想，其实也不怪美桃，不就是跳个舞吗，她一直嚷嚷着要学的，那就让她跳吧，他装作不知道好了。

　　方宇就这样前前后后想着，不知不觉已经来到了天桥下。这回好了，终于落实了，方宇想，大概美桃一下子也不会相信吧。方宇走着走着甚至一朵笑已经率先漫步在嘴角。他是有点太高兴了。不过这件事也确实值得他高兴。他想，见了美桃，一定要把她抱起来，使出所有的劲把她抱起来……

然后他上了天桥，就看到了那一幕。一看那头发他就知道是美桃，再也不会认错的，美桃的头发他不知给她梳洗过多少次，不会认错的。

方宇一下子愣在那里，感觉胸腔里都是雷雨交加，天桥下的车流鸣叫他也听不见了，一切似乎都悬浮起来了，有一种不真实感。他看了一遍，才想起捡起垃圾桶旁边的一块砖头，失控一般一路号叫着奔了过去……

而阿辉在沉溺的间隙里忽然感到背后的风声，他转过身，看到方宇冒火的眼睛。阿辉只是轻巧地侧了一下身子，方宇手里的砖头就扑了个空，错开一点，正好撞上美桃惊恐错乱的喊声……然后两个男人不约而同地发狂喊一声："美桃！"——美桃的头上挨了方宇一砖头，应声缓慢倒地。接着反应过来的阿辉带着青春末期危险而强大的愤怒，一下子爆发了，他怒吼着："都是你！……"紧紧扑过来，他粗壮的手臂只是轻轻一举，瘦薄的方宇便如落花一样从天桥上一路盛开下去……而一件东西从他兜里滑落出来，闪过一道细小的白光——那是他忙活了几个月在这几天终于落实的一套二手房的钥匙，今夜，他刚拿回来就迫不及待地想交给美桃。

在躺倒于天桥上攀着栏杆哭喊的美桃和惊讶掩面的阿辉眼里，方宇和钥匙几乎同时落地。随后，路面上驶过的货车便绝尘而去。

| 千花一瓣 |

打工者的故事很多，即便如凄风苦雨中的烈烈繁花，也依然在诸般摧残中铺天盖地地盛开着同样灼灼的青春年华，这里仅截取一瓣，因其，温暖。

——题记

说起来，一开始张元对楼上的女人确实挺反感的。因为她总是在半夜轰轰响着那个破摩托三轮车，然后"哐喽"一声打开外面的铁门，开门、进车、熄火、上楼、洗漱……这一系列声响让张元很恼火。他的睡眠质量不好，很警觉，有个风吹草动都会醒，而他的屋子就在大门旁边，可谓首当其冲。等院子里重回安静，张元往往眼看着被惊醒的浮浅睡梦，就像平静的水面上被石头砸出一个大窟窿，等涟漪退去，他再培养出睡意又得费一回事，张元只有恨恨地骂一句或者狠狠咳嗽一声。但是没有什么用，日子继续，女人制造的噪声几乎每夜仍在。

终于在一天夜里，当外面循例响起这一串熟悉到残忍的杂音时，女人刚把车子锁住，张元忽然隔着门喊了一句："就不会弄小点声吗？！院子里又不是你一个人住！"他还粗粗拉拉骂了几句，然后使劲摔了一下木门，让它发出愤懑已久的声音。

院子里的女人显然没有想到寂静夜里这突如其来的炸雷，刚要上楼，倒吓得"啊"了一声，身子在楼梯上一个哆嗦，差点儿摔倒了。女人扶住墙，捂住胸口，却捂不住一颗怦怦跳的心。刚才在立交桥那里拉了一个客人，下车的时候不给钱还要造次，她是一路仓惶赶回来的，这一刻，她蹲在楼梯上，心里泛起一阵说不出的委屈和辛酸。

她叫云织。平日里见到门口住着的这个铁塔一样高大寡言的男人，她就有些怯，打个照面，他总是用一种嫌恶甚至略带仇恨的眼神看她，也不知道为什么。现在，男人暗处里这一声吼，已是明确的警告，云织更是心里发紧，以至于一只夜里寻食的老鼠从她跟前倏然闪过，她都忘了发出惊叫。

自此，再回来的时候，她就尽量克制着不弄出声音，提前在路口就把三轮车熄灭，然后推过来，小心地开门，轻手轻脚地牵到院子里，再蹑手蹑脚地上楼……生怕再惊扰了别家，被人喝骂。

一直以来，她都小心得不能再小心地活着，见谁强势她都畏缩地躲着，事实上，她一个弱女子，不这样又有什么办法，她谁都得害怕，谁都惹不起。但她也得活下去啊，晚上她得工作，和院子里人家的睡眠冲突了，她只有多注意些，不然，还能有什么办法？

骂过女人第二天，张元夜里睡到一半，忽然惊觉地想，今天怎么没有惯常的聒噪声，倒不习惯了。每天他都要忍着女人收拾妥当之后才能放心睡下，这回没有这个分界点了，他睡着睡着倒睡不着了，在床上反复了几回，骂了自己一句："真贱！"起来往肩膀上搭了一条毛巾，去楼梯口前的水房里冲凉，冲冲身上黏腻的汗意，再睡。

这一片房子都是外来打工者聚集的地方，还是 20 世纪八九十年代的那种低矮的青灰色老房子，在城中村没改造赔偿之前先租给这些底层讨生活的打工者住着，当然都很简陋，这一个小院子里，上下两层住了大约有五六家，共用楼梯口一个水房。

张元想着院子里的邻居应该都睡了，毕竟这么晚了，身上就穿着一个裤衩，扛着一条毛巾进了水房，拉开电机抽水。新水，凉，冲着爽快。

水房的灯泡坏了，由里而外散发着阵阵新鲜的尿骚味，肯定是哪个哥们刚才接水的时候顺便放了点水。张元从蓄水的缸里舀了一盆泼在地上，冲淡这股气味。却不想随着水落处，黑暗中划起一个模糊的弧，站起一个黑影，分明"啊"的一声，倒把他吓了一跳。

张元后退了一步，待看清，却是楼上的女人。他就有些气愤，大半夜的，你鬼鬼祟祟蹲在这里，不是成心吓人吗？张元粗声武气地说道："哎呀，我还以为撞鬼了呢！"气不顺，闪到一边，要回头走，等女人磨磨叽叽收拾完他再来冲洗。云织却站了起来，捧着水盆走了出来，走到门口的时候脚底下打滑，遂趔趄了一下。

张元站在旁边，不知道怎么就顺势伸手扶住了。

扶住了云织，张元的脸就红了。不光脸红，脖子红，眼睛也红了。只是黑里看不见罢了。因为云织也就是穿一个平底裤，凉裙搭在肩膀上，连乳房都没盖上。张元托住她的胳膊，她站稳了他仍没有放下，一时忘了。直到她怯怯地说："张大哥，你下班回来了？"张元连忙"嗯嗯"着，一时也没有了怒气，避之不迭地倚在墙上，让开路让她过去。低头看看自己，也没穿什么衣裳，一双眼就不敢看云织，但又没地方放，那么粗壮的大个子，竟然起了窘状。张元心里粗糙地骂一句："小婊子货！"

——在张元心里，他一直就是这样带着浓烈反感和成见喊云织的。可就是这个他看也看不起的"小婊子货"这会儿让铁塔一样粗大的他，章法全乱了。

云织从他身边过去的时候，张元看一眼她的眉眼，却看见她湿漉漉的脸上都是水痕。她肯定喝酒了，身上都是酒香。他想，原来女人竟然躲在水房里洗着洗着身子哭了。张元想是不是昨晚上吼的声音太大，吓着了她？这么一想就有一丝隐隐的惭愧。女人当然做得不对，但他这么大个男人，隔着门对人家吼，还把门摔得山响，确实有点鲁莽了。张元心里一软，敌对情绪少了一些，暂且抛却平日对女人的嫌恶，粗声粗气地问她，说："咋，你哭了？"

云织把水盆里的水浇在脚上："没，洗头洗的，是水。"她匆匆抹了一把脸上，回头对张元笑一笑，然而掩不住说话的声音里仍有浓重的水分。

虽然很暗，张元也看见她的头发是干的。他不知说什么了，给她重新接了一盆水，看着她端着水摇摇晃晃地走到楼上。

张元看着她上了楼，站在那里，忽然有些恍惚。外面开始打雷，雨在雷声的召集下马上就要赶过来了。他接了水草草冲了几把，就回屋了。在阖上门的时候，楼上云织把水从栏杆上泼下来，借着闪电，像是泼下来半盆月光。谁知道那洗剩下的水里面有没有她哭出的两行？

张元也不去想，摇开电风扇，把自己搬到湿乎乎的床上，在电风扇和外面隐隐雷声里沉沉睡去，结束这一天重复性的疲惫。

只是梦里，云织刚才那一对雪白的乳房总是在他眼前晃，像是一双鼓胀的翅膀，把他的眼睛都晃乱了。他想喊，喊出的不是云织，而是美玲……想一想美玲此刻不知在谁怀里睡着呢，张元醒来，吐一口恶气。外面雨声茫茫，玻璃窗被打得哗啵作响。他点一根烟，不觉在四面雨声中叹息了一声，对着梦里兀自揭竿而起的胯间那个东西扇了一巴掌，有点气急败坏。抽完一支烟，起来灌了一通凉水，又把自己撂倒在床上，继续顺流而下拾起刚才的睡意。

天刚亮就起来，张元就要往店里赶，收单、买菜，给同事们做好工作餐，每天比别人早到个把小时，一个月可以多得二百多块钱。然后，张元这一天都是在嗞嗞啦啦的油烟爆炒中度过——他是个厨师。老实说，他的厨艺真不错，张元是跟师傅下过苦功夫的。学厨的时候没敢丝毫懈怠过，无论烹炸煎炒、小筵大席，他都弄得来。在店里他做的活不少，但张元的工资也不高，和他一起学厨的几个兄弟都是酒店的厨师长或者都有自己的店面了，他还只是酒店的二厨。这个位子工资高不了多少，但却是承上启下最操心的，可能还是他太笨吧，总是出力不讨好。他也知道，怨不得别人，嘴笨，自恃厨艺高点，说话又带着冲劲，不会为人。

别的厨师或者学厨，比如地水、陈辉他们，在客人少的间隙里，总是截住来下单的包房服务员说点段子活泼一下气氛，哈哈地夸张而浮浪地大笑。他不会说，就被孤立地晾在那儿，一天都像个闷葫芦。起早摸黑上班下班，一天下来，弄得一身油烟臭味。到了晚上，厨师长、大厨、小厨们都走了，服务员、传菜生也都走了，张元还得在店里熬一些火锅底料，第二天备用的，这些都弄好，他才下一碗青菜荷包蛋面条当夜宵，吃完了骑着自行车回住的地方睡觉。

以前和他合租的杨保最爱聊女人，什么哪家店里来了新人，哪家的姑娘漂亮之类。就因为这个张元才不愿意和杨保住一起，每次杨保一说这些，张元都要不胜其烦地吼一声："滚！"张元对聊这个很反感，简直说不清什么道理。杨保却一招毙敌："我又没说美玲，咋了俺哥，还不让我过过嘴瘾？"他还没说出"就是说美玲，你也不至于呀……"话没说完，就被张元杵过来一拳。张元一贯那个鲁莽劲儿，这一拳打得不轻，杨保本来就很瘦削的脸立刻发生了巨大的弹性形变。杨保捂着脸，恼火地说："你除了跟我厉害，要不是打不过你我早练死你了！人美玲眼角都不夹你，愣货，光棍一个，活该！"——就这样，连一个能说说话的朋友也被他得罪了。张元还嘴硬，掀着脸，冲杨保走出的背影说："去你的，不和我好，拉倒！……"

张元想一想，觉得心内凄凄，眼目就有些泫然，猛烈地蹬他的"破驴"，把自行车折腾得吱吱扭扭。疾驶中他撒开车把，前面溅起的风声像是一堵透明的墙，张元一路奔回住的地方。

刚冲完澡，张元就听见楼上云织的电视开着最大的声音，张元狠狠吐一口痰，甩上门。楼上的女人肯定又在营业。电视声音里夹杂着皮肉生意制造的特有呻吟。虽说隔着门，其实也听不到什么，张元还是烦躁得很："真贱，女人都是这么贱，给一点钱就又开大腿！"张元想。

虽然他一双眼睛盯在破电视机上看，但一对耳朵绷紧的弦，时刻关注着楼上的动静。一个法制节目播送完了，张元听见楼上开了门，随即下来一个咳嗽了一声的男人。张元开门去院子里收衣服，对着楼上下来的男人身影暗自"呸"了一下，被前面的男人听得正清，转过身横行地"哼"了一声，发话："嘴里有屎啊？敢给老子龇牙！"

张元看清，是这个片区的地头蛇周猛，五短身材，一脸横肉，经常半夜"咚咚"踢开别人的门收保护费之类，是个无赖加孬种。但张元不怕，瞪着眼还击似的看着他。

周猛说："看，再看，眼珠子给你抠出来！"

但张元根本不理会，把门口盆里的洗脚水朝地上泼过去，周猛跳了一脚，看样子喝了不少酒，醉醺醺地一跳，滑稽可笑。躲过洗脚水，周猛回头点着手指："嘿，你小子有种，没事，咱慢慢算账，爷我慢慢炖你这锅王八汤，等着！"

张元大喝一声，往前又逼近一步。周猛看敌不过，不停后撤，嘴说着："好，好！"然后歪歪扭扭地走了。

张元十分解气地把水盆顿在地下，回头才发现他并没有什么衣服要收的。去水房接盆凉水，准备泼在地上，消消溽热的暑气。楼梯上云织披了睡衣也下来接水，或者说其实张元听见楼梯口有动静才决定去水房的，他就是为了看看女人此时的模样。他甚至有一种莫名其妙高一层的道德立场。就像有一回他见到已是穿金戴银的美玲，坐在一个肥胖男人的车上，在满心自卑、委屈、伤心、气愤之外，竟然还觉得有一种虚妄的道德立场可以唾弃美玲华丽的堕落。

云织棉色的睡衣凌乱地挂在身上，眉眼低低的，脸色酡红，但是没有张元期望的羞耻模样。她的脸上只是疲倦和平常。云织道一声："张大哥，下班啦，今儿这么早？"

张元晃着脊梁，盯住她，忽而觉得她和美玲有点像——所有的坏女人都像是一个样——张元恶声恶气地回说："是啊，你不也挺早吗，我听着还加班啦？"

这话不光是讥讽，已很伤人了。

云织没说话，转过身看着他，看了有片刻，轻轻叹息了一下，默默接了水，出去了。

就像拳头落在棉花上，没有达到既定的效果，张元隐隐地有一些失落，但他很快就否定了这种情绪。愣愣地看着云织一点一点从他身边走过，月光下，她的脸安静而又伤感，交织着柔弱的疲倦。张元看着，没看够的样子，心里的嫌恶慢慢根基不稳，竟掠过一些意料之外的疼惜。对于这种情绪，张元还真是始料不及，就连带着把自己也骂了一顿，怎么可以对和美玲一样又坏又脏的女人怜惜呢？

但是，她的叹息，真好看呵。

张元回过神，不知嘀咕了一句什么，愣茫茫地回屋睡下。却一夜几次梦见云织轻叹时无言的侧脸。

白天上班，临末很平常的一个青菜，张元脑子里都是云织上楼时雾一样哀愁的身影，七想八想，把盐放多了一点，客人反馈回来，被厨师长臭骂一顿。正好老板来后厨巡查，厨师长额外板起脸，做给老板看，把张元前后数落了好几遍。本来都是平常的厨房粗骂，诸如"眼瞎吗，盐和白糖都分不清？""盐不要钱啊，你可着劲地放？"——但今天张元却很不耐烦，不就是一道菜吗，至于叽叽歪歪地嚷嚷半天？张元拎起切菜刀"嗬"的一声砍在砧板上，用的力气太大，刀身颤颤地晃着油腻的寒光。厨师长看看那光芒，再看看张元比那寒光还要冷的脸，才嘟嘟囔囔噤了声。

晚上下班的时候张元被骂得气不顺，顺手抽走了一瓶给厨师长他们那几个后厨的领导层喝的"竹叶青"，夹在外罩里，带回住的地方。反正他又不喝酒，他们怀疑也只会怀疑到地水、陈辉他们身上，管它呢。

张元冲了凉，拿了酒和几包在店里配的上好火锅底料，上了楼梯，云织屋里听动静是在煮饭，张元逡巡一番，最后把东西放在她门口的望春花的花盆里。在门上敲了两声，就下楼去。心说："给你东西，才不是我心疼你，只不过是我不爱喝酒，没地方放罢了。"有了这个借口，张元才满意地下了楼。

日子循例顺流而下，到酒店厨房里，张元每天要切割几百斤的鸡肉、鸭肉、各类鱼肉、猪肉、牛肉……把它们分割成每一道菜需要的形状。灶火明亮，鼓风机不停地吹，油烟一股股扑过来，菜单一张张下到橱窗来……常常忙得他"四脖子流汗"。二十四五岁的人了，从学厨到掌勺，在厨房里前后侍弄了七八年，煎炸烹炒，他确实都可以把所有的菜都做得色香味俱全，但他的生活，连同他的爱情，却与此相反，还是一片寡淡和灰暗。

每天晚上躺在床上睡不着的时候，张元就翻杨保留下的那几本金庸，这个时候他就特别怀念和杨保合租的日子，至少那个时候还可以和杨保斗斗嘴，听他讲一些荤段子解闷。直到那几本武侠都翻烂，再睡不着，张元就没办法了，心里念说着："不想不想，那坏女人不值得想！"但简直忍不住，还是会想起两年前那次和美玲在城市天地广场的情景：

在杨保的数次鼓动下，单相思了这位笑容甜美的前台大半年之后，张元才敢胆战心惊地约美玲吃饭，没想到美玲竟答应了。后来想想美玲其实是让他早从梦里觉醒，赶快拨开眼前他这个旁逸斜出毫无价值的乱枝，省得耽误她往前赶路。美玲一答应，张元激动得不知如何是好，还专门跑去买了身新衣服。

张元请她吃的德克士。从没来过这种场合的他拙笨不堪，不知道怎么点，不知道怎么吃，也不知道怎么付钱，那么大的个子，紧张得带动着桌子都颤抖，窘得脸红了一次又一次。他想，还好，至少美玲表面上没有笑话。吃过饭后，他们又去看了场电影，看得出来看电影的时候美玲已经打了好几个哈欠。他还一个劲地去买零食，买了许多，美玲也没怎么吃，很有可能是出于礼貌，才陪他坐在广场雕塑下的台阶上。坐在台阶上美玲也什么话也不说，只静静地望着不远处的灯火。

晚风习习地吹着，广场上很安静。张元从来没与女孩子这么亲密过，感觉就像在做梦，或者说就像在刚才电影的情节里。广场附近有一个新建的小区，在豪华气派的大门内，是一栋栋漂亮的住宅楼。美玲一直盯着那片住宅楼在看。

张元不知道她是否在幻想拥有其中的一套，他只知道他没有，对他来说，租个民房已经是很奢侈的事情，他只是把那些住宅楼当成城市风景来看。张元看着美玲出神而愈发动人的样子，暗暗鼓了一回劲，握紧拳头，手心出满了汗，又鼓了一回劲，才敢嗫嚅着对美玲说：

"玲子，你看，我，我可以，追你吗？"

美玲看了他一眼，目光仍然聚在那些楼层窗户反射出的好看橘色灯光上面，等他结结巴巴说完，过了好大会儿，美玲才不经意间收回视线，歪着头娇俏地看他，戏谑地说："怎么追呀，骑你的自行车么？"

张元愣住了。美玲咯咯地笑，笑声很好听。他没笑，他笑不出来。他再笨也明白了。

美玲感觉出对他的伤害，又补缀一句找补回来一点："我们都在赶路，可我是上下的，你是水平的，我们不会追尾。"说完，她还一贯好看又好听地笑，浅浅酒窝里涡着的都是笑意。但张元知道，一切都是礼貌而已。

后来他没有再联系她，美玲也没联系张元。美玲从酒店辞职跟了一个玻璃商老板，后来又听说男人玩腻了她，分了，她进了夜总会做"公主"。而他，没有那么多波澜起伏，依旧在后厨里烹炸仅剩不多的青春……他后来想想，其实对美玲也恨不起来，她只是想要过上人上人的繁华生活，并没有什么错。但是他总得去恨一个什么东西，既然恨不起美玲，就只有去恨和她一样甘愿货卖众人的女人，比如云织。

张元正在胡思乱想这些，听见门被"咚咚"敲了两下，很轻、很小心。他照自己大脑袋上扇了一巴掌，把那些回忆齐根斩断，起来开门看看，只见门外放着一个纸盒，盒子里蹲着一个碗。碗里是掺着面粉蒸的槐花，不知道从哪儿弄的，还洒了香油，热气腾腾的，香气扑鼻。

张元知道，是楼上的女人。嘴说着："嘿，还算有点儿良心。"出门看看，唯半月孤悬青天，楼上什么也没发生似的，灯已熄了。张元捧着碗吃了几口，蒸得很好吃，不舍得一下子吃完，便倒在饭盒里慢慢品尝。看来女人的厨艺真不错，蒸得不黏也不散，嚼一嚼，还保留着新鲜槐花的植物香甜味道。张元有一点感动。他家里穷，初中没毕业就辍了学，一年也不定回家一次，好几年没吃到蒸槐花、蒸榆钱这些地道的家常菜了，这一碗菜，不光关乎味蕾、固执己见的脾气，还连着伛偻的父亲母亲，连着炊烟、黄昏、爬树掏鸟、下河摸鱼贫穷也快乐的童年时光。张元却发狠："一碗破菜，谁稀罕，喂狗还差不多！"

结果，没喂狗，他一点不剩地吃完了，看着桌上的空碗，捏在手里，想想，还得去还给女人。

上了楼，来到云织门前，张元屏住气息，刚要敲门，抬起的手指敲下去，却扑了个空。

门开了。

他还没来得及和云织对看一眼，就傻了。一双手臂舒展开，抱住了他。手里的碗就掉了，碎了。声音也很轻，像炸裂的云。张元傻掉了。像一根柱子，立在那儿，就这样被云织藤萝一样抱着。

他想这坏女子到底是太轻佻了。但是这轻佻真好，他还没有这么近地听过一个女人芳香的心跳，他的呼吸暂停，眼神发直，心也乱了。张元感到自己软软的，要站不稳，想要推开，胳膊却自作主张，笨拙地、顺势把云织环绕着抱起入怀。等意识过来，忽然像被烫了，又回到平日里对云织芥蒂和嫌弃的神态："你不要这么缠黏，我又没带钱！"

云织像被蜇了一下，脸上都是和刚才摔碎的碗一样的表情。她低下头，退回来，想重新坐下，却撞到了床边的折叠桌子，她感到一阵剧烈的刺痛，仿佛被狠狠打了一个耳光。她把头转向月亮照进来的方向。云织负气地笑，她笑得有点神经质，那样用力，以至于把眼泪都带出来了，她还笑。

她闭上眼睛，让月光照在脸上，她为自己的自作多情害臊得慌。

张元被她笑得发慌，脸色仍是不服软的倔强，但粗糙的心底终究还是不听话地泛起一层薄薄的凄凉。

其实，在这个地方，那些下岗工人，那些附近乡镇土地被征去了的妇人，那些聚集在这里在命运的翻手覆手里讨一份活路的女人，有许多比云织更甚，一入夜就站在街头，把自己零售。生存是如此的艰辛，这些女人迫不得已出卖自己仅有的身体，也没有什么好笑话的。张元这句话，真是实实伤了云织的心。云织侧过脸，眼泪寂静流下。她什么话也说不出口。

月光下，她虚无仰起的侧脸和脖子，有一种哀伤悄然流淌，并在屋子里弥漫。她也不是多难过，但就是忍不住感伤。云织淡淡地抽烟，烟雾渐渐模糊了她的脸。她这个风尘又妩媚的样子，看得张元暗暗心生惊艳。他咽了几口唾沫，退出来，讪讪地下了楼。

回到屋子里，没有开灯，躺在床上，一颗心犹起伏不定，闭上眼，脑子里全是云织哭泣的身影。怎么都挥之不去，张元就急了，折腾了一身汗，起来冲洗了几次，快到天明才迷糊睡去。

结果，张元天明时就有些鼻塞头重，肯定是昨晚被冷水激着了，他没在意，晕晕乎乎骑着车子就上班去了。张元自恃平常像堵城墙一样强壮，但不病则已，这一感冒就如山倒，还不到中午，身上就滚烫，烧得眼都迷离了，走起路来，脚底下像踩着两团棉花。

做厨师的嘴里都没有好气，都是跟着师傅奉承着从孙子一点一点熬过来的，一翻身做了爷，嘴都很臭。厨师长说："你咋回事，夜里搞鸡去了？"张元心里也不痛快，回嘴道："搞啥呀搞！"厨师长拎着手里卤肉的大马勺照他头上"咣当"敲了一下，张元身手也不差，回击了一脚。这一脚水平挺高，厨师长当即被踹翻在地上，起来就吼："你，给老子滚！"

张元扭头就走。

但出了酒店，张元知道，他并无地方可去，即便换一家，大致也还是这个德行。如今的餐饮业竞争这么厉害，哪里的钱都不是好挣的。张元悲哀地一叹，想，自己也真该想一想这辈子的出路了。

就这样一路烦乱，一直到住的地方，踹开铁门，再踢开屋门，摇摇干涸的水壶，烧上水，也没心思去吃药，鞋也没脱，就把自己掷到床上。张元脸埋在席子上，忽然感到一阵孤独的悲伤，他想就是他现在病了，死了，大概也没有谁会来看看他，这样想着，他就迷迷糊糊睡着了，脑袋懵懵的，像煮烂了的剩饭。迷糊间，张元不知发哪门子呆，想到的竟然是云织柔软的脸。

其间，他似乎闻到塑料烧焦的味道，又似乎有人在屋子里走动。但他烧得实在昏沉，眼皮像两扇沉重的门，阖上了怎么也打不开。张元醒来的时候，天色已是黄昏。他睁开眼，就看到屋子里有一个女人的侧影，蹲在小桌子那儿在煮粥。张元起身，正遇上云织回转的眼神。

"你看，把壶烧坏了你都不知道，"张元记得是烧水了，但"热得快"把壶里的水烧干、烧烂了，他昏睡间都不知道。"我刚回来吃饭，闻到味儿来看看，以为你屋子里着火了呢。"

云织笑："起来，喝点粥吧，平常健健壮壮的人一病就来得重，喝点粥顺顺，再吃点药，隔天也就好了。"

张元才发现人病了，原来女人关怀的声音，是这么好听，温暖而柔和，软软的。张元侧过身，羞愧交织着感动。黄昏不再那么滚烫的光线被建筑物分割之后，仍有一缕照进屋子里来，晕染着落日苍茫的温情。

张元站起来，却犟着说一句："谁让你管我的？我病死不也就那回事……"近乎顽童般无赖。

门开着，外面，院子里的绳索上晾晒的都是他的衣服，干净的脉络在光线里摇摆，屋子里也收拾得干干净净，张元一句话噎满喉咙，底下的话他说不下去了。

云织停顿了一下，望着他，慨然地笑："你看不起我，不是么？我也就是邻里之间尽点情分罢了，什么都不是……"云织敛起眼睛，眼里有迷离又无所谓的泪影。都收拾好了，云织说："你吃吧，我走了。"

云织就上楼换了一身衣服，要发动三轮车出去了。她换的是一身碎花的蕾丝凉裙，看着很美，但质地肯定是劣质的，裙子下摆都皱了。张元赶到门口，问："你去哪里……"

云织停住，回头："能去哪里，还不是西街口吗？"

谁都知道，西街口是这个小城市下等的红灯区。云织眯着眼，含住夕阳的光线，望着他。张元也看她，两个人都没什么话。云织上了车，打响引擎，发动车子，车身颠簸着上路走远了。云织也说不出为什么，迎着夕阳，走着走着眼角就湿了。

张元倚在墙边，久久地看着拥挤的青灰色低矮楼群后面灿烂的夕阳，直看到夕阳落山，隐没不见，他才回屋里。平常狭小的屋子忽然显得阔大了起来，他坐下来，喝着桌子上的粥，心里有一个地方忽然涌动着柔韧的疼，刚才有一句话憋着没说出口，他很想说："云织，我不想让你去……"

天慢慢黑下来，小区下了工的人们慢慢喧闹起来，张元觑眼望着天际并不分明的一钩儿月，风吹来，他感觉到心里辽阔而葳蕤的寂寞。张元觉得这屋子里实在少了些什么。少了什么呢？他心里清楚，但又不敢去想。这么多年，和他一起学厨的哥儿们结婚的结婚生子的生子，有的女友都换好几拨了，他还是笨手笨脚的没一点起色。张元躺在床上，盯着黑魆魆的屋顶，在屋顶那些陈渍和霉斑中又浮现出云织风尘而柔弱的脸。

当铁门被拨开，张元睡得很浅，马上知道是云织回来。事实上他人在床上，耳朵却长在门外，一直等着外面铁门的门闩被拨响如琴弦。以往聒噪他睡眠的噪声现在却成了他的期待。

但隔着门缝，张元看见随同云织一起上楼的，是披着一件汗衫袒胸露背的周猛。当楼上在深夜循例响起不协调的电视声时，张元心里像是吃了一个青柿子，说不出的酸、涩、苦，还有隐隐妒忌的恶心。电视声音被逼得消下去之后，升起的就是吵骂的杂音。主要是周猛在花样翻新地开骂，听得出来，云织很少说话。楼下的住户在骂声高昂处忍不住不满地咳嗽一声，嘀咕着骂一声，但也没有什么实际行动。谁都知道周猛是个流氓，没谁愿意去惹这个愣头青。

张元却一刻也等不下去。蹑手蹑脚上了楼，潜在窗户下面，那里有泄露出的昏黄光线。张元看见屋子里，周猛近乎赤身裸体在吃着凉菜喝着啤酒，云织在煤气灶上忙碌什么。周猛喝着啤酒好像还不尽兴，顺手拿起床头前的一瓶竹叶青，要拧开，却被云织回过身用锅铲拍了一下他的爪子，给夺回来放在另一边。周猛骂："上都上了，还不让我喝那点破酒？"云织并不作声，一身睡衣估计也都是被周猛用烟蒂烫出的大小窟窿。

那瓶竹叶青是他给云织的。她珍惜。

云织炒好菜，背对着周猛把一些菜用饭盒装起来，放在盆里，然后端着去楼下打水。周猛犹在那里喝着酒骂骂咧咧的含混不清。

云织拉开门，就看见伏在窗下的张元。云织惊愕地张大嘴巴和眼睛，反手关了门，忙扑下来抱住他的手，说："哥，你千万别，他不值当你……"张元都不知道什么时候手里已经拎起窗户上压着的板砖，并举得老高。云织拉着他往楼下去，近乎拖拽着他。张元瞪着她，云织还是把他往下面拉。直到楼梯口的水房处，云织才放开他，说："你病了还不好好休息，不怕再晾着了？"

张元气呼呼地说："要你管？"

云织默言。

叹一口气，把水盆里的饭盒递给他，说："我原想着早点回呢，谁知在街口又遇上他了。都到这时候了，你也吃点吧。"

张元一巴掌打开："我才不吃！"

水盆跌落地上，饭盒号啕大哭，饭菜啜泣于地。

张元头也不回地宣判："狗男女！"

云织站在那里，冻住了一般，望着张元的身影，弯下身子，捡起地上的东西，进水房去接水。楼上的周猛已喝得酒兴阑珊，扯着嗓子喊："你死哪儿去了，给哥哥我倒点茶！"

……

天要下雨是谁也阻挡不住的事情。入夜，杨保趁下班的时间来酒店里找到他，并且嬉皮笑脸说着："哥们儿，中日之间那么深的仇恨还不妨建立邦交呢，你虽然也很日本，但我决定还是抛弃前嫌，来和你恢复邦交，走吧，哥们，去街口请我吃碗大骨头面，哥哥卖你个面子，算是我们和好。"还没说完，天上就一阵电闪雷鸣，把耳朵里劈得都是嗡嗡声。张元换下后厨的衣服，说："你不吃了？打雷劈死你！"杨保说："大哥你还好意思说，都两个月了，要是我不来找你，你是不是就不会主动去认个错？"

张元收好衣服，猛地佯装劈过来一巴掌，杨保用熟稔而夸张的姿势躲开，张元没忍住，哈哈笑了起来，说："再给你个表现的机会，就这吧，下回再惹毛了老哥就真的玩完了。"张元从放衣服的柜子里掏出一个铁盒子，"喏，都给你留着呢。"铁盒子里都是烟，平常送菜的人给的，他很少抽，都给杨保留着。

杨保拨拉几下，挑出一支好烟，说："嘿，算你有点儿良心。"抽了烟，才说，"哥们儿给你说正事。"

张元抢白他："就你，能有什么正事？"

杨保问他："你有多少钱？"很正式的神色。

张元说："怎么，借钱？你都快要做厨师长了，一个月比我多一倍还会找我借钱？"

杨保说："嗨，看你那出息，最多也就是能想到我借你钱，你就不会想想把你那点儿存死的钱让它们下点儿小崽儿，就知道闷哧闷哧苦做，笨死了。"

张元也不气，拍他一巴掌："我笨也不是一天两天了，还用你在这儿唠叨。说，又想打什么主意？"

杨保掐灭烟蒂："大学城那边儿，兄弟准备盘一个小店，你干不干？"杨保把烟蒂戳到他眉毛前，"干不干？不干就借我钱，干的话连人带钱统统都给我拿来！"

张元推他一把："美得你！"

杨保从来就不安分，老是想着自己弄一个店面单干。"你又不是不知道，那些小摊小店的手艺，做个菜都没法看！咱弄点小吃再弄点快餐，晚上整点火锅烧烤之类的，我合计了一下，应该不会差。"

杨保脑子转得快，他说他合计过，那确实差不了。

杨保踢踢他："干不干吧，别磨磨叽叽的，像个娘们儿。"杨保继续说，"要是你觉着在这破酒店里窝囊气还没受够，你就接着受！"杨保起身就要走。

张元拦住他："哎，哎，你这人还长脾气了，我也没说不干啊，我总得想想啊。"

杨保抢过他的话茬："你那脑子，想啥，再想就又没主意了，有啥想的，趁年轻，咱自己干一把，不成拉倒，挣多挣少心里痛快不是？"

张元思忖着："也是。嗯？是不是你当老板我当厨子？"

杨保笑，像个大领导似的起身拍拍张元的肩膀，说："小伙子这回还是很聪明的嘛，好好干，很有希望嘛。"

张元并不生气，为人处事的周旋，杨保比他强，让他做老板他也做不来。张元说："美死你，早着呢，你先弄好店面我去看看再定。"

杨保说："喳，好嘞，这是必须的，为了挣点娶媳妇生娃娃的钱，是得考虑周全。"吐了几个烟圈，一回头，杨保问："哎，哎，这人，正说着话呢，你去哪儿？"

张元打着一把伞，又把杨保的一把伞也夹在胳肢窝下，已经一头扎进雨里，想起来什么似的，"噗噗"奔跑起来，把杨保留在酒店门口的屋檐下急。杨保要是知道张元的动机，肯定会在后面拍着巴掌骂："见色忘义的家伙，为了个破女人就把兄弟晾在大雨里，可真有你的！"

张元深一脚浅一脚，脚步带着他最后奔跑的方向竟然是西街口。

这一场雨下得如狂草，太即兴，张元赶到西街口的小广场，看到云织和一些路人都在广场边一个银行卷闸门前伸出的长檐下躲雨。云织把手遮在眼睛前，她的三轮车停在路边，薄薄的车篷被粗大的雨点打得哔啵繁响。隔着雨帘，张元把伞掀在一边，看着云织湿漉漉的脸庞，他挥挥手里的伞，云织眼里闪过一道光，在雨中将他照亮。云织淋着雨欲跳过水洼奔过来，被他抢先一步用伞罩上。云织踏着溅起的雨线，发出夸张而快乐的尖叫，是他没见过的明亮模样，雨水中，云织仍笑得金黄，引得檐下的人都往这边看她。

云织在伞下大声斥责他："你不是感冒还没好利索吗，怎么敢乱淋雨啊？"

张元也不知道他怎么会跑到这里给她送伞，本来想着把伞丢给她就算完事，但看她那副由内而外、突如其来的快乐样子，张元平日里那些对她刻薄的言辞就没说出口，只把大一点的伞倾覆其上，说："走吧，回去吧，趁这一会雨小了。"

云织伸手接着伞角滴落的水花，说："不，我要淋雨！"明亮的眸子望着他，完全就是女孩子的任性脾气。张元心里一麻，似乎也有水注满了，要往外溢，那都是欢喜。云织的孩子气，反衬他显出稳重的父性气质来，拉住云织的手，说："听话，回去吧。"

云织就笑了，说："好。"却撒开伞，在雨中沿着人行道尖叫着奔跑了一段，像一只蝴蝶，跑出不远，再回头看着他，他赶上来，她又撒欢一样跑了一段，再回头看他，笑。

云织这样水洗过一样清澈地一笑，张元忍不住要原谅她所有的过往，心里的芥蒂变得稀薄。张元心说，她多像一个小妹妹啊，只可惜她沾了一点灰。

过了刚才那一阵，雨已经不是太大了。她的翅膀淋湿了，飞不起来，但她看着天上，眼睛里也是快乐的。张元心想，她平日里背负的风尘太多了，是该在雨里好好洗洗了。

天色已经很黑了，街旁的路灯细脚伶仃地站着，一副对人世间的悲喜撇清的样子。云织像是尽了性，不再奔跑和喊叫，乖顺地回到张元身边，仰看他的脸，说："我今天好快乐，谢谢你来……"

张元也有一丝说不出的辛酸和感动，喉头发哽，不再是平日粗门大嗓的语气，而是轻柔，说："云织，你又哭了么？"

云织笑，那笑是一瓣一瓣打开给他看的，如同花开，云织说："是雨，我才没哭。"

云织说完还向他吐舌头，舌头调皮得像一只小狐狸。张元看着她，他觉得云织现在的样子才真好，可以这样灿烂地笑，而非平日心事重重安静小心的云织。张元此时很想听听她的故事，想和她说话，好像她的过去未来都和他关联。她坦诚的笑，让他感觉和她亲切。

云织在街边买了许多小菜，让张元坐车上拿着，发动三轮车回去了。坐在车里，张元不知道这个夜晚接下来会发生什么，拎着一大兜子卤菜、凉菜，张元甚至有些紧张和兴奋。

夏天的雨就是这样，大赦天下一般，云收雨散，暑热也被洗刷而去，没过多久，一轮皎月便出现在干净得让人心旷气爽的天空，独自清莹地亮。云织停放好车子，站在院子里，看着天，忍不住说一句："好月亮！"

上楼前，张元把手里的袋子给云织，云织笑了："你不上去吗？"

张元有点局促。云织拉他一把："你这么大个子，怕啥，我又不会吃了你呀。"云织笑，问他，"哎，你说这月亮好么？"

张元才发现和云织的落落大方比起来，他连个小学生都不如，胳膊腿哪儿都不合适，局促得要死。也不敢看云织，结结巴巴地说："好。"

云织却偏要逗他，"那你说，为什么好？"

张元看看月亮，又看看云织，终于憋出一句："你说好，就好。"

云织清泠泠地笑。搬出折叠桌子，摆好菜，拿出上次他偷偷给的那瓶竹叶青，也不开灯，就坐在门口那一汪月明里。张元没喝酒，人已先醉了几分。这一会，他却连云织的来历故事也不想听了，只要在月亮下这么相对坐着也是好的。平日里他很少喝酒，今天却频频举杯，啜一盏月光，看一看云织，落眼处再经过阳台花盆里凤仙花的浮香，张元想，原来酒也是好的。

再这样喝下去他准会醉的。他起身，带动一桌子的天光云影，言语间已经带着可爱的度数了，摆摆手，说："不喝了，不喝了。"要往楼下走，却迈不出去步子，待要坐下，又不好意思。踟蹰不舍间，还是云织爽利，直接拉住他，看他的眼，云织眼睛里藏着两枚小月亮，看着他，也不说话。张元舌头鼓动了几次，终究也没破土而出成一句完整的字眼，看着云织，早呆住了。等他想吞吞吐吐说点什么来打破这危险而芳香的氛围，刚要启唇，却被云织一手堵住。她怕他再说出"我没带钱啊"之类的浑话，她怕啊。张元也怕，还是堵住了好，什么都可以不用说了。

张元想起什么似的，"噢"了一声，飞快地下了楼又上来，手里捧着一个小包裹，递给云织。云织口说着："什么呀，还包这么严实。"然而等到她打开，就屏住了气息，抱在脸前，像抱着一件稀世珍宝一样。

其实也不过是一件碎花裙子。云织就欢喜地落了泪，张元也心有感应，抿了抿眼睛，然后憨憨地说："我看你那天穿的那个，都打皱了，前几天路过店面就买了一件，不会买，不知道合适不？"

云织就在他面前，脱掉衣裳换上，裙子显然瘦了一些，云织仍然像葵花一样灿烂旋转，口里说着："真好看，真好看，我真喜欢……"听得张元又心酸又温暖，真想抱住她，再给她买一百件、一千件。张元喊了一声："云织……"咽了咽喉咙，欲言又止，很渴的样子，又喊了一声："云织……"

云织转过身，揩了揩眼睛上的水星，心照不宣地望着他笑，笑得很坏，很美好。

窗帘敞开怀抱，月亮翻过破旧的门窗，将整个床都照亮。张元像做梦一样，那么大一块月光像一个池塘，他不会凫水，唯一能抓持住的，就是池塘中央的云织。张元伤感而感动地想，女人真好啊，原来女人是这么好，怪道杨保这人老是和他说女人呢，怪道有的人为了女人命都不要了呢，有温暖的女人真好啊！

云织拿着张元的手，一直放在她的胸口。月光下，她的乳房洁白饱满，是张元在梦里想象过无数次的模样，像一对睡熟了的白鸽子，并且收起了翅膀。云织拿起他的手，覆盖在上面，张元想了想，用平常择菜的手法显然不合适，就换了勾芡的匠心和雕花的耐心。云织说："傻人，摸摸它吧，说不定过一段时间就没有了。"张元不明就里，还愣愣地说："飞走了么？"云织也按着另一只白鸽："你摸摸里面，硬，前一段查出来的，增生。"云织做了个切菜的动作，"割掉了，就没有了。"云织还笑着，倒像是说别人的事情。张元想起来了，那天夜里，云织躲在水房里哭，可能就是因为这吧。张元笨拙地亲吻着身下的云织，心中柔情发作，忽然很想流泪，也说不清为什么。

云织不让他多想，张元也想使劲疼她。两人温柔得太用力气，近于绝望和凶狠。到了后来，张元汗涔涔的，要撒开手喘口气。云织不让，依然把他箍得很紧，让他继续用劲，抱着。张元溺在云织布置的水里，张元还想继续往下沉溺，张元想淹死我吧，淹死才好啊。

云织咬着他的耳朵："我是一个坏女人啊……"

张元也贴着她的耳朵："别说了，我知道！"

云织箍紧他，气喘吁吁地说："哥，我是又怕你又欢喜你啊……"

张元也气喘吁吁地说："别说了，我知道啊。"

云织说："哥，你很笨啊，笨得很啊！"

张元说："我知道啊。"

云织说："他们都欺负我，我心里苦，你不要再嫌弃我，对我吼……哥，你要对我好！"云织哭了。

张元也流了泪："好，我对你好，对你好……"

月偏下弦时，云织正在和张元讲她的故事，云织说："俺男人是亲戚介绍的，陈四楼煤矿你知道吧，就在城北那边，他原先就在那儿干活，下窑，他没得手艺，但有膀子好力气，就下矿出力，挣钱也不少，够我们俩用的了。他人不坏，可命不好。"云织接着说，"我的命也不好。"张元没问她，过了一会儿云织又简略地说下去了，"下矿的人最怕见啥，知道不？——白老鼠。就像地上临逝的人怕见乌鸦。那天他们一个小队七个人都扒出来了，我去看，许多小白鼠在地上跑……你说，这不是命是什么？"云织抵在他的胸口，神情陷入久远的回忆而呈现出哀然的迷离，"刚一开始，脚下'轰隆'一下，塌了，村里的人膝盖都软了一下，就往矿区跑，都说不好，肯定是瓦斯爆炸，后来才知道是进水了，挖到水龙王了，就往洞里填黄豆，吸水啊，我疯了似的从家里背豆子，背了几十次……填不满那个漆黑的无底洞呵。结果，赔了十五万，没给我一分钱，让他爷娘弟兄分了，说是替我保管，我要是能守住过个十年二十年这钱再给我。我守了两年，不是守不住，是受气，在人家眼角缝里活日子，守到我都记不得那死鬼的脸了，我就说，不守了，没意思了，就偷跑出来了，自己挣自己吃。不说了，说也没意思。"

张元不吭声。他才觉得以往对云织站着说话不腰疼的厌弃和讥刺，是多么的肤浅和幼稚。憋了很久他才说："云织，你勇敢！"

旧事已散，好梦阑珊，那一点回忆也像失落在黑暗里的烟花。她不是孤独，因为早已习惯了；也不敢说寂寞，因为还要辛苦挣扎咬牙生活。这个夜里，对着月色，她只是有些皎洁的哀感，云织说："好几年我都没这样和人说过话了。"

张元撩开她脸颊上萦绕的鬓发，在月色掩映下，她其实还算姣好，还很年轻，却不知他是发癫还是故意，偏说："你不和周猛说这些话吗，他天天来你这里。"

云织的脸色急转直下，近于低吼："别提这个赖货！"她的眼睛里是祈求的神色，"别提他，好吗？"

他没动。

云织忽然就打他，在他门板一样的胸脯上雨点一样捶打，她打着打着自己的眼睛也禁不住下雨了："我一个女子，有什么办法，我要出车，我要拉客人，我要过生活，他是地头蛇，我不让他睡不让他打骂我能过安生吗？"云织仍打他，"你说，你说，谁会护着我？"

张元十分孟浪地翻起身，巨大的身躯像一排浪头，一下子就把云织席卷入怀，像摇晃一朵花一样摇晃云织的肩膀，张元说："我，我！"

老实说，云织被他粗鲁的又抱又摇，很疼，但云织心里却幸福得很，像烟花一样炸开，再一次从眼眶里从嘴角里都溢出来。她觉得不行了，必须得大声哭出来，想哭她就热烈地哭了，哭得繁花似锦、绮丽多彩，云织想，原来哭也可以是这么好啊……

这一夜云织哭了个痛快。

张元想说："别做这个事了，我和我兄弟要做个快餐店，你来帮我吧，干干净净挣点钱堂堂正正地活！"还没等他说呢，外面的铁门就粗暴地响了一下，在云织所营造的温馨之夜里，这响声如惊雷，显得特别不合时宜和刺耳。云织侧过脸警觉地听了一下，就知道了，此时最不愿听到的声音响起了。周猛在院子里往楼上走的时候，经过张元的屋门，啐了一口，骂一句："这房东也真够抠门的，连个灯也不装！"

云织在屋里道一声："不好，他来了，你快走吧！"

张元不理会云织的手忙脚乱，反而脸上镇定到摩拳擦掌，跃跃欲试，说："这样一个癫子，你怕个啥？！"张元起来，云织要拉住他，被他一把推倒在床上；云织欲要再拽住他的鲁莽，被他一句话溅开，"要么我给你钱，不白睡你，咱俩两讫；要么我睡了你，你就是我的人！"张元粗嗓大喉地逼到云织眼前，"你说，你要哪个？"

云织愣住了。这几句话说得硬斩斩的，近于蛮不讲理，云织被他推倒，斜躺在床边，头也被床头柜撞得生疼，但云织多想他再这样莽撞地推她一次，再这样吼她一次。云织想着想着脸上就漾满了笑意，眼睛里浮着一层水花，云织彻底倒在地上，倒下之前，她抚摸着落下的裙子，说："傻大个，即便你说的都是醉话，我就是现在死了，也值了。"

张元继续吼她："死？你想得美！过几天还等着你进店里刷盘子洗碗呢，饶不了你！"

张元撩起被子撒过去，罩在云织头上，这边一手拉门，一手送出去一丝寒光，光芒落处，应声溅起一声上天入地的嚎叫。云织埋在被子里，心里抽紧，随着这声惨叫，她却看到了一道彩虹迸发似的在黑暗中闪耀。

周猛的胳膊上挨了一菜刀。

张元"呼"地推开门，周猛只感觉带动一阵风声，就被一只脚从楼梯口踹下去了，周猛的叫声于是也呈现出遍地滚落的破碎之状。他很快明白过来所处的形势，这一次连一句"你等着"都没说，只高叫了几声，就抱着胳膊冲出门去。

张元回过身，翻过刀背，这不过是一柄苍老到年久失修的小菜刀，张元握惯了厨房里厨师用的大厚刀，对这把刀其实看不上，但很满意刚才它的表现，冲探出头的云织说："你不是怕他吗，跑了，哈，跑得比兔子都快！"

云织没他想的那样简单，问他："你真砍住了？"

张元不喜欢见她这样胆小怕事的样子："咋了？难不成你还请他坐下来喝酒吗？"

云织说："喝你个头！"推他，"你快走吧，他肯定不肯罢休，很可能是叫他那些狐朋狗友去了，你走，黑里他不一定看见是你砍的，你快走！"

张元说："把你留下，说是你干的？我不走，我才不走，一人一百多斤，我还怕他不成？"

云织起急，用肩膀往外扛他，急得浑身打战，嘴里说："不是怕不怕，是咱不值当吃这眼前亏，待会儿他们人多势众，你斗不过！"

张元的犟脾气上来了，"别推我，要走你走！"

云织停下来，久久看着他，说："我作孽啊，把你诱上来喝酒，我真是作孽！"心里想的却是，"天啊，你怎么突然对我这样好，我还会遇到这样的男人呵！"

很快，铁门再次啪啪作响，这一回来了有四五个黑影，都带着棍子，往楼上挺进。他们踹开门，高度矿用探照灯直对着张元的脸，强光下张元来不及遮挡刺痛的眼睛，就听为首的周猛说："立交桥下通缉的强奸犯就是他，我看着像，打！打完送派出所！"

拳脚和电棍就铺天盖地下来了。张元心里分明，这样打群架他没一点胜算，不死也残，他只有抢住一个人一下子打趴下，才能震慑住其他人。但是在一阵闷棍中，他护着头，根本没有还手的机会，先是背上被砸了几棍，接着肩膀也疼得发麻，然后耳朵上掠过一丝风声，太阳穴那里就洇出一片血红……张元咬着牙，脑袋被砸得嗡嗡叫，在一派纷乱中只听见云织在喊："别打了，你们别打了！"……云织不停地喊，"不关他的事，你们别打了，求你们了……"终于被周猛骂一声："小婊子货，敢勾着野男人对付我，我弄不死你！"然后一脚踢在她肚子上，云织痛得脸都灰白了，惨白的脸上不断往下滴汗。云织的哭声在一个高音之后就是隐忍的悲泣，而那烂仔的骂辞却不断推陈出新，接着噼噼啪啪，不知道是不是打骂中骨头碎裂的声音。

这个烂仔，他仗着是这个片区的地头蛇，仗着云织想要在这儿生存得傍着他，他花她的钱，使用她的身体，打骂……只是因为他比她强大，比她无赖。周猛还在嚷："我说这小子最近敢给我龇牙，原来你俩早勾搭上了啊！"

云织的哭声渐渐矮下去，她的那种哭声一开始就像是一种哀鸣，不是示弱，倒像是悲愤。她对周猛说："我求你了，不关他的事儿，你叫他们别打了！"周猛却更加恼怒，薅住云织的头发，往墙上撞她的头。

这些，张元捂着一只被砸伤的眼，在棍棒挥舞中，也都看见了。张元奋起一声，觑个空隙，用胳膊死死夹住身边挨得最近的一个人，他的眉梢都被砸得血肉翻卷着，他像个狮子在吼叫，一直推着那人往墙上去，他用的劲那样大，撞到墙的时候整个屋子都震动了一下。张元握起的拳头还想往周猛脸上送，旁边的棍子更加凶猛，眼看着张元就被打得支撑不住，他的头上、脸上、脊背上都是血痕，张元犹破口大骂，这骂声换来更惨烈的殴打。他刚想护住头，却听见脑门上掠过一道凶狠的风，接着嗡地一下，眼前就有黑的、红的蝴蝶纷乱地飞……蝴蝶都不飞了，都消失了，他艰难地抬起沉重的眼皮，只听见云织撕心裂肺地高喊："你们都给我住手！"

菜刀砍的不是周猛，而是她自己的胸口。

周猛停住了打她的手。云织的头发披散着，脸颊和嘴角都是血迹，她一手捂着胸口的刀子，一手指着周猛说："我以前怕你，受你打骂就为了车子载个客不被你们扣留，我受够了，我有男人了！你敢打他，你不是有种吗，刀就在这儿，你再往我心口里捅一下，你来啊！"

周猛惊愕地看着云织，刀锋没入她的身体，露在外面的部分一点点朝着他逼近，云织的眼睛炯炯发亮，破烂血污的嘴唇也奇异地笑着，逼视着他，往他跟前走近。云织朝他脸上吐一口，说："你来啊，捅死我啊，你不是有种吗？！"

周猛一节节往后退，直退到墙角，反手胡乱摸着墙，终于扶住，他看着云织，眼神都软了，他巡防队所有的弟兄也都停下了，脸上带着一种被霜打的神情惊讶地看着云织。看着看着就和周猛一样，眼睛深处写满冰冷的恐惧。云织仍旧笑着，胸口的血往外涌出，染红了衣服，像一朵太肥大的鲜花，她继续朝周猛走着。周猛扶住墙，慌张得像将要倒下的人抓住一个拐杖，他终于支撑不住，近乎狼狈溃逃地说："你、你、你厉害，我服了……"周猛的话里似乎带着哭音。

那一群人看真的要出人命了，吓得连连后退，然后纷纷下楼，一哄而散。

张元已经躺在地上，闭上眼睛。在闭眼之前，她看见云织的身体也像一道缓慢的流星，在往下坠落。他心里骂："傻女人，你真是个笨蛋啊，扎自己，你傻啊！"他落下两行泪，并不觉得浑身的痛，只是想："傻女人，我不再嫌你，再也不大声跟你说话了，这一回我认定你了！"他的眼泪落下来，砸在地板上，发出轰隆隆的寂静声响。

云织瘫坐在地上，还对他笑，说："好了，这下好了，没人再来了……"张元两只眼都肿胀着伸出手寻找她的，云织抓住，说："让你走，你不走，好了吧，本来就丑这下更丑啦。"张元笑一笑浑身牵扯得疼，疼得咝咝吸气，张元攥住云织的手，说："傻婆娘，你个傻婆娘，想和你好，还得出生入死一回啊。"张元掰开肿胀的眼皮，露出眼珠，才能看到她，样子特别滑稽，像在做鬼脸，张元龇牙咧嘴地说："你还笑！你那扎得严重吗，疼吗？"

云织扒开衣服给他看，"喏，我才不傻，就扎在乳房上，不深，就一点，反正这个说不定也要割掉呢，哎哟，你快别让我笑了，一笑可疼！"但她还忍不住，一朵笑就漫步到了嘴角。

张元摸摸身上，摸了一圈，发现一个零件也没少，骂一句："这帮混蛋，也就这回事嘛，不也没把老子打咋的嘛？"他还有心说笑，云织看着青一块紫一块的他，过来捧住他的脸，笑着笑着，眼泪落了他一脸。张元想翻过身抱抱她却"哎呀"一下，云织问"怎了，哪儿疼？"张元说："估计是肋骨断了，使不上劲，这混蛋打的还真狠呀！"

云织就匍匐到床边去拨电话，张元说："你是报警吗？"

云织说："得说说理，不能就这样便宜他们！"

张元苦笑，"以前杨保老说我傻，他个坏蛋爱说俏皮话，老说俺们那儿穷，肯定是当初制造我的时候停电了，活儿是摸黑做的，偷工减料了，所以我才这么智商可疑。你说他多能耐！他说我笨，我看你比我还笨，还报什么警啊，赶快给杨保打电话，平常他老损我，这回叫他也别想睡个好觉！"

云织被他转述杨保的俏皮话说得又笑又疼，疼，她也笑得很尽兴。张元念了杨保的号码，云织打过去，张元粗声吼一声："三分钟之内，快来，我想好了，把我存着的所有的钱都投在开店上，快来拿！"挂了电话，张元就哈哈笑。他想现在他也真值了，有一个好朋友，还有一个他自认为比他还笨的傻女人，他斜着肿起的右眼，眨巴着说："咱俩算是笨到一块去啦！"

张元说："混蛋，他们嚣张蹦跶不了几天啦，我现在也不恨他们，要不是闹这一出，我也不会和你亲呢，杨保认识的人多，报不报警等会咱听他的。"张元挪不动身子，就生气了，说："你就不会往我这边动动呀？"

云织说："怎么啦，还生气了！"

张元说："报不报警我不知道，抱抱你我总是知道的吧。"但是他已经没有力气抬起胳膊，只小范围地做了个手势，就算是抱了，张元说："腰上使不上劲，我要是真的瘫了，那可咋办？"

云织堵住他的嘴，说："不许说，我还盼着你和杨大哥开店挣了钱，给我这个乳房开刀做手术呢，你说，我可不可以盼着这天啊？"

张元咬她的手指头，"那有什么不可以，可以！一定的！云织，你看，月亮又从云后面出来了，我身上疼，心里却美得很，杨保这家伙估计在路上耽搁啦，云织你给我唱个歌吧，我以前常听你在水房里洗澡的时候唱，我喜欢听。"

云织说："你坏蛋啊，见面板着脸对我吼，背地里却偷听我洗澡呢，看着老实，你也真坏啊！"

张元嘿嘿笑，央告她："云织，你唱啊，我要听。"

云织坐在地上，月光洒下来，落满她身上，云织把伤口包扎好，把裙子理好，云织的脸色有一种像水一样的温柔，连她用手拢长发的动作也很柔软。云织启唇，轻轻唱，歌声在屋子里回环迂回。他掰开眼睛，抬头看看天，天上的月亮好亮，像是被泪水洗过的脸庞。张元回过身，觉得云织好美，一种他不能描述的美。窗外，阳台的花盆里，凤仙花殷红的小酒杯盛满月光，尚未破碎。

| 朱鹮 |

1

　　隔着窗户她望了望远处，外面空茫茫的，星星点点的灯光浮漾在夜色里，从她这里看，模糊成一片。她当然知道，具体到那每一扇橘色灯光后面，可能是其乐融融的家常温暖，也有可能是争吵不断。好在两者她都经历过。她错错嘴唇，像在嘲笑什么，抚平裙角，给自己倒了点儿红酒，看着万家灯火，不时地啜两口，以此消磨时间。

　　似乎很久了，总得有半个小时了。按说不该她等，对方虽被邀约，但在她眼里怎么说也是个没多大出息的弱者，几千块的小钱就吊得他眼巴巴的。她对他有充分的掌控。之所以等着，是因为她突然厌倦了商会的虚与委蛇，觥筹交错里大家各怀鬼胎，擎着酒杯，游走在一堵堵撑着笑脸被冠以各种名头的肉体之间，巧妙地周旋，一场晚会下来，笑得脸疼。她常促狭地想，要是有一种笑容面具就好了，这样的场合，直接严丝合缝地戴上，笑得饱满又绵长，宾主尽欢。

　　当然，晚会筵席的丛林法则里，自有它的一套秩序，一般她坐在狮子左边，狮子想喝酒就喝酒，不想喝就不喝，自有狐狸替他挡下。啃完一块牛排，狮子正悠闲地剔牙，偶尔也漫不经心瞥几眼她的胸部……她是狮子身边乖巧的小白兔。可是这几天她不打算乖巧了，因为狮子好像还有另外的小白兔，更年轻，更风情。她生气。所以今晚的商会聚餐，她不打算去，不能这么贱呢，她想，总要表明一点儿态度。她恨恨骂了一句，脸上搅动了一些涟漪。

她继续等下去。

其实也不一定是为了等他，她要的是这种情绪，她等的是自己。旧时光汩汩流淌过去，在和他见面聊天之前，她要先去这水面下探探，是否还有些坚固的值得怀念的东西，她要这么一个恰到好处的寂寥，趁着这次聊天，来回顾自己这些年经过的那些人和事。

2

"要不我们开聊吧，朱总？"他说。

之前他已为自己的迟到而反复道了歉，看得出来，确实是有什么事耽搁了，那种郑重而讨好的歉疚，一脑门汗涔涔的。她想笑，却觉出一丝熟悉的悲哀味道，十年前，做业务的时候，自己不也是这个样子吗。她摆摆手，掀过这回事："好吧，从哪儿聊呢？"她说，"你引着点儿，一下子，不知道从哪儿开始说起了。"

她把主动权给他，让他释怀迟到的事儿，果然，她信任的目光让他声气茁壮了些，他拿出录音笔，在记录的本子上划拉了一下，清清喉咙："那就从您的童年聊起吧。"说完了，又追加了一句试探，"您看呢，朱总？"

她唇角微动，面前这个男人，眼目殷殷；一双大手，关节凸起，不自觉地交叉着；喉结孤立，起伏着，像天平上的砝码，在平衡着该输送什么样的词句。整个人带着青春末尾的气息，还有些残存的冲击力，却被生活捆绑了手脚，试图让自己稳妥老成。她很想摸摸他的寸头，别着急，放松一点。她喜欢他谨慎的聪明，也享受他微微紧张的郑重，她说："好，就先聊聊小时候，那么久了，我想想哈。"

其实小时候有什么说的呢，不过是个话头，借以舒缓气氛、打开局面。和这样的女人单独交谈，他有点不自在，不知道对方的价值观、趣味、避讳，所以深浅都不是，只能慢慢摸索。

她微微仰躺在沙发靠枕上："到我这个年纪，很多事都模糊成一团，反而小时候总记得清楚，那时候，多好玩啊，下河逮鱼，上树捉鸟，过年还有新衣服穿……"

"您不是在县城长大的吗？"他刚说出就觉得冒失了，赶紧再找补一句，"我是说我以为只有我们这样的乡下孩子才爱这么野着玩儿。"

"哦。"她怔了一下的，这个人看来做了点功课，能搜到的关于她的那几篇采访报道应该都看了，怎么办呢，那就只能按公开的资料自圆其说了，"我说的是假期，在乡下我外婆家，跟着表哥们淘气。"

他理解地笑了，他记得她采访里曾说过母亲是大家闺秀的，但是不能再追究了，她说得开心就好。他只是要为她写一篇粉饰性的报道，而非来找她身世的纰漏的。

"您父亲是银行领导，一生清正，想必他老人家对您有影响吧？"

"那肯定了。"她说，"你看我这直性子，风风火火的，眼里容不得半点沙子，都随他。为这没少得罪人，错过了很多机会，你知道的，那时候做业务，喝了酒，难免搂搂抱抱的暧昧，我不行，始终做不来，看同事们那样，也不自在，就起身走开了，酒桌一下子冷了场……你说我多傻。"她眨着眼看他，他反应过来，赶快竖起大拇指，赞叹。

"为一点儿蝇头小利零售了自己，多恶心呀，是吧，你看当年那些在酒场上八面玲珑的女孩呢，有几个有好下场。"她说，"当时她们还笑话我呢。鼠目寸光！"

他瞪大着眼，不知话头从何接起，试图拉回正题："据说老爷子多才多艺，能写一手好字，二胡也拉得好，朱总文艺上的天赋是不是得自遗传？"

她低眉抚弄桌上的插花，明显是懒得再捡拾这个话题。他心内焦灼，只得再另辟蹊径，就像小时候翻地，左一下，右一下，都是硬邦邦的生地，挺费劲。他当然不想一上来谈话就陷入僵局，可想了又想，一时也开辟不出什么新意，只得硬着头皮说："听说朱总您十几岁就在县报上发表文章，从小在唱歌上就显露天赋，能谈谈家庭对您的影响吗？"

他是想着让她借机发挥一番，优渥平和的原生家庭，儒雅开通的父母，诗书熏染的生长环境，这些，她说起来体面，他回头写起来也方便。他自以为铺好台阶，可她却不买账："肖旭，别老朱总朱总的，没外人，叫姐就成。"

他得听，点头应承。对他的问题，却忽略而过。让她怎么说呢，这些年，真真假假，她语言上编织的花环也够多了，把自己的履历打扮得高贵而清洁，有时候觉得是挺无聊的，可是呢，又是必要的，要不怎么办呢，让她坦承陪酒场上左右逢源的其实是她自己，或者坦言她和父亲积攒了多年的恶劣关系？总得挑拣那些光鲜的、符合社会预期的一面，然后呈现给众人，谁不是这样呢？

实际上，她的父亲只是当地储蓄银行一个小小的收纳员，每年要为信贷业务蹬着自行车去村子里宣传，常常为那些收不上来的贷款发愁，在单位沉默寡言，不会来事，一辈子郁郁不得志。他们父女关系一度很紧张，那种紧张来自她青春期的叛逆，之前父亲一直是她的偶像，或者说，哪个父亲小时候不是小儿女心中崇拜的对象呢，父亲年轻时剑眉分明，有一股挺拔的英气，高兴了一把就可以把她举过头顶，任她笑声倾泻一地……可随着他事业上的沉闷，他暴躁的脾气开始显山露水，喝了点酒，眼珠通红，对着家人吼叫，龇牙咧嘴，满目狰狞……偶像坍塌了，变成了一腔愤怒。她开始逃课，跟着小混混耍，处朋友，抽烟，让男孩子为她争风吃醋、打架，多了去了。这些，她能对面前这个眼巴巴的男人说吗？他怎么能想象？

"你不喝点么，"她说，并且倒上，"陪姐喝点儿。"她说，"夜还早着呢，不急，我们慢慢聊。"

3

古人云：有美一人，婉如清扬；清气含芳，绮丽难忘。清雅流丽的气质，踏实干练的作风，饱满自信的话语，给初见者留下很深的印象，与其深谈，你会不禁感叹，这是一位被岁月恩宠的女性，时光几乎没在她身上留下多少痕迹，而内心笃定的芳香，却得以慢慢累积。

一位驰骋商场的女强人，一位深具文艺情怀、典雅温婉的女子，一位歌声悠扬不输专业歌手的才女，一位掌控全场秩序井然的客串女主持……这一连串身份交织，是常人难以想象的才情和坚强意志，这就是她——朱鹮……

这是为她在商会年刊上写的一篇报道性小传的前两段，根据她提供的材料写的，她没工夫和他聊，事实上，他能写这个材料，还是电视台的朋友老宋介绍的。写完给她看了，吹捧得也肉麻，却好在不那么假，似与不似之间，很文艺化，看得出来小伙子是下了一番力气的，不像之前采访她的那些货色，从网上扒拉拼凑一下，就完事了。后边在微信里短暂地聊了几次，他的表现，挺合她心意。当然，这也是一种假象罢了。就像两个说相声的，在台上，他是捧哏，不管主角说什么，他都揣摩着、逢迎着、圆活着，能不合她心意吗？前两天她提议，见面深入地聊一下，写一篇更详尽的小传，配上照片，做一本画册，也算个纪念的意思。于是才有了今晚上这个夜约。

甫一见面，肖旭一个惊心，这个女人不好伺候，她是那种淡淡的凛然，站在那儿，气势很足，周身体现着优越女人那种真正的酷。她走过来，带出一股微风，伸出手："你好，我是朱鹮。"

……这场约谈他曾很犹豫，约在夜里，多少总给人一点想象的歧义空间。老宋眨巴着醉眼，说得更猥琐："她身上有很多故事哟，你可要好好挖掘哦。"老宋在电视台是个小编导，喝点酒满嘴昆汀马丁大卫之类，常对着桌上来路不明的妹子卖弄他那导演梦，一副牛哄哄舍我其谁的样子，酒醒了，屁颠屁颠跑去给企业单位拍点宣传片，据说糊弄了不少钱，有时高兴了，也分他点写字的活儿，挣个仨瓜俩枣。老实说，他并不喜欢老宋，甚至是厌恶，特别在酒桌上，老宋把持着话语权，手舞足蹈，唾沫飞溅，恨不得翱翔起来，他是嗨了，菜他妈全没法吃了，都是唾沫星子。老宋当然也不一定喜欢穷酸的他，可是又互相需要，他要从老宋这里分一杯羹，老宋要借助他宽宏的酒量陪场助兴。

人与人之间，无非如此啊，他想，江湖聚散，深深浅浅，都是利益使然。一如眼前，跑来陪这个驾驭不了的老女人聊天，也不过想挣她点可怜的小钱。报社效益不好，纸媒如年华老矣的风尘女子，渐露荒凉之质。领导却分派给他这个合同工那么多采访任务，对他辛苦熬夜递交的稿子，常两根手指夹住，举在半空一抖，再抖，像捏着一缕垃圾，很嫌弃地啧啧叹息，然后摇头晃脑地聒噪："肖旭啊，创意，要写出创意来啊！"——屁大的事都要"创意"，他很想把稿子劈头糊在他油腻的脸上，再恶狠狠骂上一顿，吼一句："老子不干了，去你大爷的！"然后华丽转身，留下一个解气的背影……可想想房子，再想想银行余额，气愤就无以为继了，人便矮了下去，连忙接过稿子，唯唯点头，"主任说得是，我再改，再改！"

一股浊气涌来，他很沮丧地叹了一声，叹了一半，才发现她正盯着呢，又出神了，真是。唉，看她那眼神，似乎都有警告的意味了，肖旭强忍着想抽一支烟的欲望，暗暗攥着指头，打起精神："姐，谈谈你当初来南方打拼的那段岁月吧。"

"你最落魄的时候，睡过哪儿，肖旭？"

他弄不懂她的路数，不敢说得太惨："睡过地板，在哥们儿家，搭了个地铺。"她忘了他是野路子出来，受罪的地儿多了去，但是肖旭知道她可能要铺垫惨淡，以示自己的成功是一步步打拼来的，是有根基的，而非靠摇曳姿色。果不其然，朱鹮拔出一支烟，修长的手指漂亮地点燃，抽了一口，然后在手里把玩，像某种道具："我睡过公园长椅，"她说，"一夜被管理员撵了几回。"

"姐你不说，谁能想象得出？"他说。

她忘了说，她所渲染的公园长椅的悲惨一晚，也是自作自受。离婚之后她投奔儿时的好友，住在人家家里，却和好友当时的预备男友眉来眼去，一次喝了酒，做了点手脚，被好友发觉了，吵了一架，她负气离开，没地方可去，才灰溜溜地踅摸进公园里，其实也只是睡了半夜。这么多年，好友的恩情她没记得，一次赌气，倒挂在心里。

"第一次去药业公司面试那天，下着大雨，还打着炸雷，地方不熟悉，转了半天，也没找到面试的地点，雷雨交加，既害怕又茫然，那一瞬间，内心背井离乡的苍凉油然而生，泪水汹涌而出，想着回老家算了，亲人的笑脸，安逸的生活，熟悉的朋友圈，是我温暖的港湾……可是，一出来，我这性格，不弄出点名堂是不会回去的，哭完了，雨也停了，甩甩头发上的水珠，路在脚下，继续走。"她说，"就这样走到今天的。"

他伏着身，仰着脸，想象着自己伸展成沙滩，承接住她所有的语言、动作、情绪，配合着实时表达赞叹和惊奇，像以前园子里的戏迷，在下面候着尺寸为台上的角儿叫好。一番话下来，确实挺累。这点儿钱不好挣。

朱鹮却刚动情，陷入纷纭往事里，回忆让她的眼睛泛起了一片雾意，在紫色壁灯下，显得悠远而迷离。红色的液体在她手里旋转着，烟气缭绕："那时业务不好跑，都从早上七八点就坐车下乡镇，经过三四个小时的车程，对晕车的人来说，你不知道那种痛苦，一趟车下来，脸色苍白，浑身疲倦，下来补好妆，忍受着枯燥的等待、白眼和斥责，到了晚上十点才启程回住处，那个时间点镇区已经没有了回市区的公交车，只能沿路拦截长途大巴车，又要经历三四个小时的车程，拖着身体回到住处，凑合着吃一点，洗个澡倒头就睡。这样的节奏经常是一天只吃一顿饭，我坚持了两年，最苦的时候一个星期瘦了六斤……"她说，"当时这里的治安很乱，拎包党骑个摩托车，从后面冷不防的，嗖地一下拽住你的挎包，就加大油门往前冲，前几次还好，最多包包被抢，有一次也不知是当时追我的小男友送的包质量太好还是怎么着，背带扯了几下都没扯断，哎呀，被那背带绊倒，让摩托车在地上生生拖了十来米远，那一头一身的血呀……"

烟气袅袅，声调婉转，她叙述得很生动，辅以手势、表情、叹息，带点不自觉的表演性，说完了，忽然神色收敛，躲在烟雾后面继续抽烟、品酒。肖旭看不出她内心的波澜，所以也无法判断真假，只好陪她唏嘘感叹一番，说些太不容易了之类的话。肖旭知道，她无非在表明自己的光鲜是一手挣来的，是有依有据的，而非传言找了商会会长做靠山。在她叙述筚路蓝缕的间隙，某个瞬间肖旭甚至促狭地想："行了，差不多得了，知道你是凭能耐打熬出来的，别编了吧。"

"你知道吗，肖旭，不是姐喝了酒说矫情的话，有时忍不住，真想隔着时光抱抱那时候的自己，那个瘦弱的倔强奔波的小女人……"烟气散去，水落石出一般，是朱鹮潮湿的双眼，很亮，酒精烘托出一种魅惑，她忽然说，"你来，替姐抱抱我，那时的我。"

肖旭从听众的角色里忽然被拽出来，望着她，很迷惑，也很警觉，喉结幅度很大地吞咽了几下，似乎想站起来，又一下没领会要干什么。

朱鹮笑了："和你开玩笑呢，来吧，姐拿点甜食当夜宵，我们边吃边聊。"她着重看他一眼，然后迤逦而去。

似乎越来越好玩了。

4

两支烟之后，朱鹮才出现，肖旭刚平叛了烟瘾，不再那么百爪挠心，细看端着零食和水果走来的朱鹮，换了一身紫色真丝旗袍，上面镶着金线状的大花朵，眼带笑意，随着走动，身上有一种款款的流动性。有个词叫烟视媚行，朱鹮这一路诠释下来，肖旭心想，这女人，这身段，不见不知道，这时候，鬼才相信她是凭自己清白的辛苦打来的天下呢。

"真漂亮，"肖旭赞叹道，"跟明星一样！"

朱鹮也很满意，原地俏皮地转了个圈，让这个年轻男人的视线不留死角地抚摸过她风韵犹存的曲线。换衣裳的时候狮子还是给她发了短信，询问："晚上怎么不来？"倒像是责怪，朱鹮握着手机，却笑了，他还是关心她的，虽则还是那么居高临下。她回他："约会，抽不开身。"火力不够，再加两颗子弹，"小鲜肉。"她知道如何致命。男人这种动物在丛林法则里很悲哀，硬邦邦的时候往往身无长物，熬到有了点权势却常常肉身力不从心。不出所料，对方发来警告，带着俩叹号："别闹！！"

——偏要闹。许你玩，老娘凭啥撂荒守着，我何不解放一下？她想，就在今夜，为什么不呢？她想，沙发上这个男人和她的圈子不会有任何交集，就像某种刺激的一次性自慰器，用完也就随手丢了，对她有什么关系呢，丝毫没有影响。所以临时起意，换了一件开叉很高的旗袍，进退都灵活。什么进退呢？她笑了，被自己忽然雀跃的小心思逗了一下。

"别干坐着，"她说，"我也没当成采访，要不也不会让你来家，我们就闲聊天，不用那么拘束，就当来姐家玩。"

本来肖旭没那么紧张了，被她这么着重一说，不禁又绷紧了弦，为了缓解，挪挪屁股，清清嗓子，又开腿，呈簸箕之状，自觉放松得也有点夸张了，挠挠头："姐，主要是你自带着一股气场，让人不由地紧张。"

这个马屁拍得好。朱鹮满目含笑，主动为他倾酒一回，抛了个眼风："姐看你呀，也就是看着老实。"

这就很挑逗了。

肖旭搓搓手，喉结浮起了几次，又沉下。他放不开。朱鹮挨近了一点，摇晃着手里的高脚酒杯："一下子回忆了那么多旧事，还真的挺伤感……时间哗的一下，几十年就过去了。"她说，"你能理解吗，肖旭？女人都和时间是死对头，经不住，就老了，乳房坍塌，皮肤松垮，眼睛无光，想想，多可怕……"

"你还年轻着呢，姐。"

"是吗？"她转过头，看着他，哈了一口气，很调皮，奇怪的是，她大大方方地做出来，却很得体。酒气扑过来，在耳际，黏黏的，热热的，肖旭鼓动了一下，很轻，但被她捕捉到了，"那些往事，不喝酒的时候说不出来，一下说了这么多，也喝了这么多……"她说，并且展示出摇摇欲坠的醉态。

肖旭此刻要是再不接住就有点太愣了，他明白她的旁逸斜出的意图，一开始让他来这别墅里约谈，其实就心照不宣。无非一场并不高明的暧昧，如果需要的话，他愿意极力配合，只因为，他要挣到这笔钱。虽然在她看来，也不过是施舍似的几千元。

可是今晚，肖旭情绪始终恢恢的，调动不起来。这种不对等的人生阶层，带着不自觉的欺压性，他尽力保持平静，内心却被逼出一种辛酸的寒碜。人生的境地是如此悬殊，即便喝了一点酒，肖旭也不敢轻举妄动，酒醒了呢，怎么收场？她旗袍的边角缭绕过来，距离就在于他一伸手，恍惚的瞬间，他甚至有一把剥开的恶狠狠念头，手指抖了抖，最后还是功亏一篑。裙裾上的金色花朵，灯光下继续卖弄着富贵的光泽……

他想起被扔在溽热出租屋里的妻子，整个夜晚他都试图忽略自己的那一半底色，却还是本能地发现，那才是他的生活——没有空调的出租屋，搭满衣物，蟑螂出没，烟头零乱，这是属于他的，庸常、灰暗、寒酸，却也安稳、踏实。他想，陈婧这时候在家干什么呢，大概睡了，也可能在洗衣服、收拾屋子。出来的时候，他们刚吵了一架。吵架的原因是陈婧抱怨他去年应该把首付交了，而不是随大流去炒股："现在倒好，涨成这样，我看跟着你这辈子也别想买上房了，"陈婧说，"就你那熊样，也不撒泡尿照照自己，也是炒股的料？我算瞎了眼！"陈婧生了气，说得就刺耳了点，其实他炒股也没敢投进去多少，不过亏了大几千块钱而已，陈婧无非是找个攻击的托词。

"房价涨了，怨我？"他回说，"再说去年为啥没凑够首付，你还不知道吗，你爸住院我出了两万，那不是钱？""肖旭，结婚我一分彩礼没问你要，我爸手术你出点钱不应该？天天挂嘴上了，你还是不是东西！"战线越拉越大，越吵越乱，原来情感维系的一对夫妻，不知何时，已变成彼此的差评师，互相攻击。肖旭想起晚上的约谈，抓起包就走，把战斗力旺盛的陈婧晾在原地，陈婧审视地问他干嘛去？他气急败坏地说："死去！"陈婧因为没有吵到痛快，一腔情绪被生生截断，也就甩了门，冲着肖旭的背影喊道："有本事别回来！"

最近他们的关系是出了点问题，具体什么问题呢，也说不清，两人上班、下班、吃饭、做爱、争吵、睡觉，看上去，和大多数工薪阶层的小夫妻没什么不同，可是心里呢，都憋着一种淤积的疲惫，这疲累来自流水一样重复的日子，也来自艰辛的日子。刚一开始，两人还协商好，下班后，尽量不把坏情绪带到家里，攒了一定小数目的时候，一起拉着手去银行把钱存上，然后小心而开心地吃上一顿小小的大餐来犒劳彼此。肖旭以为即便这样的日子要过很久，也挺好的，可才两年，一切就已悄悄变了，彼此都越来越没耐心，常常因为一点小事就起争端，肖旭感慨地想，日子真不禁过啊，柴米油盐的磕磕碰碰，很容易就沉溺了当初的那点儿爱情……

朱鹮眼见开屏般的动作他没有响应，心底先是不解，立刻又转化为愤怒：他凭什么无动于衷，他怎么可以？一个晚上都很配合，怎么到了节骨眼上反而不圆转了呢，她想，是不是自己的意图太直接了，一下子吓着了这傻小子，让他没了贼胆？好吧，老娘再和你兜转一圈，慢慢来。

她侧身，吐一个烟圈："1996 年，我开始了人生中的第一次创业，开了一间紫玫瑰的歌厅。在卡拉 OK 刚开始在内地兴起的年代，生意兴隆得你没法想象，很快又开了第二家，也风生水起，在当地很有名气，没过两年，规模更大的歌厅开业了，我和一帮唱歌的朋友常在歌厅里献唱，并经常邀请一些专业乐队来表演，许多人为我疯狂，排着队献花献酒，那时候我 26 岁，那是我的盛世。"她轻飘飘地说，"像烟花，很耀眼，可是，回不去了。"

"后来为什么不开了呢？"

"人心可畏，肖旭，你能体会吗？你最亲昵的姐妹儿，嫉妒你的风头，匿名举报你包间里有情色交易。"

肖旭想问："那到底有没有呢？"不合适，"就是，姐，人心叵测。我有一同事，平常一起喝酒聊天笑呵呵的，谁想到，暗地里却向宣传办举报我采访稿里有敏感内容……有些人，就是这样，看不得你比他好。"

朱鹮点头，深以为然，呷一口酒："不说这些破事了，来，我们去唱歌。"

她带他下了楼梯，下面有一个单独的房间，推开门，浑然的紫色，铺设地毯，悬挂吊灯壁灯，音响投影麦克风一应俱全。这又超出肖旭的经验，有人在家弄了这么一个高规格的 KTV，"心情不好的时候，我就来这里唱唱，"她说，"人总得给自己过去的时光留点念想。"她坐下来，开始选歌，"你也选一首，唱吧，告诉你，平常我很少让人进这个屋的。"这就是特殊优待了，肖旭赶快选了一首，然后忐忑坐下。

朱鹮唱的是一首罕见的粤语老歌，叶德娴的《赤子》："远远近近里，城市高高低低间，沿路断断折折哪有终站，跌跌碰碰里，投进声声色色间，谁伴你看长夜变蓝，笑笑喊喊里，情绪仿仿佛佛间，谁愿永永远远变得短暂，冷冷暖暖里，情意亲亲疏疏间，人大了要长聚更难，一生人只一个，血脉跳得那样近，而相处如同陌生阔别却又觉得亲……"一曲终了，余音袅袅，她握着话筒，似是自言自问，"一生中能有几人，血脉跳得这样近……"

肖旭忽然心中一恸，不清楚这情绪来自何处，只觉得如此孤独。妻子不理解，老宋那样的朋友靠不住，在这城市里，如同置身荒野，孤独的感觉一时如此强烈。这半老的女人，是否也是一样？他很想抱抱谁。

朱鹮呈打开状态，身体撩起荧惑的曲线，在那儿，需要他的冒犯。肖旭吞咽着喉头，想启动自己，试了几次，却悲哀地发现，像坏掉了的开关，他制动不起来，这个女人……他没那个胆。

这一边朱鹮保持着那个姿势，腰都快撑断了，却还不见他有行动，失望转化为恼火，怎么，打包给狮子他不珍惜，无偿送给你个傻小子，竟也不领情，太伤人了。

"你今天好像不在状态呀？"她松懈下来，脸上很冷，很突兀地甩出一句。像一块砖头，迎面砸来："之前还以为你是紧张，现在看你是没提起精神来，怎么了？"

"唔，嗯……"她恢复成杀伐果断的企业家做派，对他今晚的表现有生杀予夺之权利，这几句话类似于总结性的声讨了，他想，不好，钱要危险，可是上帝啊，你让我怎么伺候你才能满意，感恩戴德，抑或匍匐于地？肖旭本来汗涔涔的，看她那副清冷的样子，近乎幸灾乐祸地定眼看着他如何选择一些取悦的词汇，向她新一轮献媚，讨取她的原谅。肖旭心里作祟，反而杠上了，不解释，也不讨好，往椅子上一躺，任它空荡荡地冷场……不让我写算了，大不了不挣这个钱，反正买房子首付还差得多呢，也就不差这几千了，再说自己这么辛辛苦苦地挣，陈婧还不是常常嫌弃没本事。这么一想，肖旭反倒觉出一股怪异的坦然，从包里掏出自己不上台面的烟，点上，松弛地抽了起来。

辛辣的烟雾飘来，朱鹮渐渐眉头蹙起，厌恶写在脸上，而他的手机在响，他直接接了："噢，不生气了，还让我回去呀……好，没喝酒，这就回了，老婆。"陈婧刀子嘴豆腐心，冷静下来，还是记挂他的，肖旭很欣慰。咧开嘴，笑了。

"没想到你这么年轻，就已结婚了。"

"你也没问呀，朱总。"

朱鹮抱着臂膊，像在揶揄："对你老婆还挺上心的嘛。"

他笑笑，不置可否。肖旭知道，这么大个城市，也就她一个亲人。他还记得上次喝醉了，最新的人事变动公布了，屁事不做的同事升职加薪，就因为他有编制，而他一个合同工，累得臭死，却天天挨骂，他喝了很多闷酒，回到出租屋，想起这些年的艰难、不如意，扑到她怀里大哭，一直哭，止不住，陈婧抚摸着他的头，像安慰一个坏脾气的孩子，还逗他："羞不羞啊，大老爷们家，哭哭啼啼的，哭啥嘛……"他说："我想俺娘啊……"哭得打噎，很委屈的样子。可是娘都病逝七八年了。陈婧的眼泪也一下子下来了，他不容易，她也是。妻子抱紧他的头，往自己胸口摁，乳房往他嘴上贴："别哭了，乖，吃娘的奶……"

肖旭忽然一阵凄恻，眼目泫然。不能再待下去了，留着她一人在家守着，等他。她脾气现在多火爆啊，这个小娘们儿，吵吵啥呢，还不是要接着过，肖旭忽而恨恨对自己说，这个月哪怕去打劫，也要先把空调装上，好让她度过这个炎热的夏天……直到烟蒂灼了手指，他才发觉，激灵了一下，猛地站起来，很唐突了，可是又不好再坐下，转眼发现朱鹮在摆弄手机，和谁聊着什么，嘴角都是费解的笑意，然后电话便响起，她走去包房灯光黯淡的一角，声音婉转的，带着魅惑的慵懒和娇气，讨价还价似的，咯咯笑着，和对方拉锯着、勾引着、撩拨着……肖旭想和她道个别，一时也寻不到空隙，她只顾在那里风情弥漫地密不透风，顾不上。肖旭想，大约是和那个传言里的商会大佬吧……起身往外走，离开包房的时候，小心掩上朱门的刹那，忽然回头瞥见她的手机屏幕黑着，而她还在那里巧笑嫣然，言辞繁复……

肖旭出了别墅，赶上最后一班午夜巴士，仍然忘不了偌大的包房里，伫立角落一隅不知真假讲电话的她，他一边给妻子留言这就到家，一边闲着搜索，在边角的报道里，竟然有一处写着她原名——朱彩环，这么说，朱鹮这个名字是自己后来改的。他查找词条，念道：

> 朱鹮，鹮科，留鸟，性孤僻而沉静，除起飞求偶时鸣叫，一般活动时默然。常单独或成对或呈小群出行，极少与别的鸟合群。行动时步履迟缓，飞行时两翅鼓动亦较慢。白天活动觅食，晚上栖于高大树上。
>
> ……

下了车，夜风吹来，竟有一些凉，肖旭回头再看那栋别墅的方向，陷在一片黑茫茫中，没有灯光。裹紧外罩，肖旭发觉采访本和录音笔都还忘在二楼沙发上。

雨夜

1

搬进租来的民房那天，一只身形矫健的老鼠就不友好地和他打了个照面，陈海花了一百多块钱租了这间阴暗潮湿的小房子，倒像是侵犯了它的地盘。刚一开始它当然有点宣示领土的意思，带着家属，夜里叽叽喳喳个不停，但一段时间相处下来，倒也相安无事。结果，本家叔叔帮他买的几包灭鼠灵，他也没用。因为初来，人地生疏，无人可以倾诉，反倒是夜里这几只小鼠喁喁私语，让长夜显得不那么寂寞。

这一年，陈海不到十六岁，初中毕业，来到这个沿江的城市，在酒店学厨。工作是本家叔叔帮他介绍的，叔叔在酒店干了很多年，和一些有头脸的厨师深浅有点交集，所以，陈海才得以进到这个酒店里。

叔叔对陈海说，你要忍得住，来了是为了学手艺，不是为了来惹事儿的。叔叔之所以要交代这么一句话，是因为酒店的厨房里对一个小学厨来说，根本就不是人待的地方。学厨刚开始是没有资格掂刀挨案板的，得从择菜、倒垃圾、给师傅们洗工衣、传菜、打扫厨房等干起。当然陈海刚一开始不这么想，他原想着这下好了，至少可以天天有鱼有肉吃得肚皮鼓鼓了，其实满不是那么回事儿。

　　第一天他就领教了。拖地的时候，他拿拖把是往前一直拖的，被二厨照屁股上踢了一脚，说，你在家就没拖过地吗？陈海老实，说，没拖过。确实，他家院子里是泥地，扫帚扫扫就行了。二厨哭笑不得，骂了他一句，笨，拖地时往后卷着，不是往前！陈海就记住了，以后都拖得很干净。所得的报偿是以后厨房所有拖地之类的卫生都交给他了，其他几个资历稍微老一点的学厨甩甩手不干了。这不算什么，接下来的一件事才让陈海认清厨房里的阶级关系。午间打烊的时候，暂时告一个段落，小厨师除做工作餐之外，还下了一锅青菜面条，陈海想着自己初来乍到，肯定只有吃面条的份儿。就拿起碗去盛了，谁知道刚拿起勺子，几根面条还没舀到碗里，厨师长手里正翻看卤肉的大铁勺就飞过来了，虎虎生威，真准！一下子打得他晕头转向直冒金星，头上应声破土而出一个丰收的大疙瘩。陈海愣愣地站在那儿，连委屈带吓，几乎潸然而又泪下，厨师长立着眼乜他，知道为什么打你吗？

　　陈海塌着眼皮，说，不、不知道。

　　潘地水、赵金生、张猛他们都要笑疯了，在厨师长面前，却只能憋着，憋得这几个龟孙儿几乎要打摆子了。

　　大厨是个胖子，胖得几乎要绽放那种，比较厚道一点，也有说话的权利，打个哈哈，说，算了，这小孩刚来，算了。又对陈海说，以后学着点儿，规矩还是要依随的。

　　稍后陈海才知道，他们做久了大鱼大肉，油烟熏腻，才下点清淡的面条吃吃，是给厨师们吃的，剩下了才有小学厨的份儿，何况他连个学厨都还不是，太冒失了。自此以后，在桌子上吃饭，每一道菜不等他们吃一遍，陈海是不敢动筷子的。陈海在家也是有点野性的，一上午下来，想起叔叔的话，下班后，对着"宝丽香都"的大招牌恨恨地在心里骂一句，混蛋！

　　午间的时候，叔叔还专程趁午休来看看他，见他正撅着屁股在清洗厕所的踏垫，叔叔才放心地点点头，丢给他一支烟，鼓励地说，点上吧，是大人了，以后什么事儿都自己担着点儿。叔叔又交代一遍，忍住事儿，千万别和人急眼，记住喽，陈海！

陈海把这句话一直装在心里。直到小可的到来。

小可是第三天下午来的。领班阿燕从老家县里带出来几个女孩，其中一个就是小可。这几个女孩都很好看，是那种鹅黄初覆的鲜嫩养眼，像是刚从田野上掐来的小脸颊的风铃花，还带着未涉世的清澈露水呢。而小可，就是其中最皎洁的一朵。阿燕介绍完了，说，都不许欺负她们啊，这可都是我的姐们儿！

地水、金生、耗子他们立刻应声说，好啊好啊，咱哪舍得欺负呀！却都心照不宣地交换了一下眼神，然后哄笑起来，他们笑得那样脏，那些笑声像是一群苍蝇，"哄"的一声从他们大张的嘴里往外飞。陈海皱皱眉，没他什么事儿，把烧好的开水往每一个包房的热水壶里灌，努力不让勺子洒出一点儿。

小可经过的时候，他看了一眼，就低头继续做自己的事。却不知怎么，手一抖，溅起的水花烫在指尖。心也跳得有些乱。恍惚间，以为碰到了水壶，连忙伸手扶住，勺子却掉了，铝制水勺铿铿锵锵，水伴着声响流了一地。金生挖苦道，真可以，见个女的看你"鸡"动的！

陈海的脸一下子红到脖颈，嗫嚅着嘴唇，想说什么，终究还是沉默了，只叹了一口气。赶忙去抹掉地上的水，并且小心地对她们说，对不起……当然没什么好对不起的，又没溅出热水烫了她们。阿燕笑笑，就带着新来的女孩们去熟悉酒店的各个包房去了。走过时，小可却弯下腰，拾起地上的勺子，交给他。陈海有一点愣怔，反应过来，赶忙接了，一句谢谢尚未在嘴边长出枝叶，小可已经消失在转角处。

陈海的心一下午都是轻盈的，如同飘雪。他都在回想小可把勺子递到他手上时，睫毛扑闪，扑闪，扑闪了两下，如蝴蝶。不知道为什么，之后的许多年，一想到小可，陈海都随之会联想到雪花或者蝴蝶之类，可能是他愿意一直把她想成这么柔弱和纯洁吧。

陈海是半个月后才和她说上话的。是午休的时候，他住得远，每天上班要走大半个小时，中午的时候他就不回去了，把地水他们额外交付给他的活计做完，还可以在储物室里坐在杂物上看一会书。

他是喜欢看书的。没必要渲染他家里单薄上不起高中之类的，以后他经历的事儿太多了，做过保安、配货员、码头搬运、建筑工等，并不觉得自己是多么的不幸或悲惨。他们那个几省交界的破地方，小孩子都出来得早，见惯不怪，没什么自怨自怜的。但陈海就是改不了，爱看个书。为这，他没少被嘲讽过，因为和他所处的环境太不协调，讥讽的多了，他也不当回事了。不过刚一开始在这酒店里，他还是很小心，把书放在储藏室的夹缝里，正好趁中午休息的时候关上门看一会儿。这种感觉很好，虽然面对的是一堆堆抹布、桶装洗洁精、洗衣粉、酒瓶、拖把等杂物，打开书，他却觉得这一会儿这个小天地都是他的了。打开一本书就如打开一个世界，超越这狭窄的现实空间和逼仄灰暗的人生，看到翩跹的蝴蝶，闻到芬芳的花香……陈海正在投入看一本皱巴巴的书，是他从地摊上花两块钱淘来的，因为没有"门脸儿"了，很破，后来才知道是卢梭的《忏悔录》，正看到作者在钟表店做学徒的那一节，联想到自己现在的学厨，陈海合上书叹了一口气。门却被推开了。陈海把书扔到身后，赶紧站起，一看，却是小可。

你怎么没有回去啊？是小可先说话的。

陈海结结巴巴，好像是做了错事一样，说，我、我……小可笑了，说，我就这么可怕呀，半个多月了，就你没和我说话呢！

这么一说，陈海就更结巴啦。过了一会，因为太紧张反而松弛下来了，咧嘴笑了，抓耳挠腮的，想不出要说什么。

小可呵呵笑，笑得好像珠子落地，是叮咚悠扬之声。小可说，他们都说你哪！

陈海抬起脸，想知道下文，说我什么呢？

说你笨啊！小可说。

陈海听了，羞赧到直不起头，地水他们当然不会说他好的。

小可走近一点，说，我倒不觉得呢，我觉得你不笨——小可用手指点了一下他的脑门儿——就是有点傻！

陈海看着她，傻痴痴地笑了。

小可捡起地上的书，问他，这是什么啊，你看的吗，这么厚，你都认得？小可眼里掠过一丝亮亮的颜色。

陈海不好意思地点点头，却急忙岔开话题说，你不回去休息吗？

小可说，我值班啊，你出来啊，到吧台边陪我玩呗，一个人在这儿挺无聊的，你不觉得吗？

陈海有些尴尬，他确实不怎么会说话，围在吧台边上也无济于事，不会像地水他们那样手法娴熟地打情骂俏说那些让女孩子婉转巧笑的话。

陈海忽然很恨自己的笨，恨不得扒开自己的心，让小可看，他是多么想和她说的，这半个月来他是怎样偷偷地看她，几乎她的每一个笑每一下蹙眉他都悄悄收藏到心里去了，还常常在夜里回想呢……他想说，小可，你笑得好看，你要常笑才好……可他就是表达不出来。陈海在吧台边上面红耳赤地盘桓了一会儿，拉开门，快快地走了出去。

偌大的大厅并没有风，小可忽而感觉很冷，抱紧了臂膊，轻轻悠地长叹了一声。小可虽然才来了几天，但她是读过一点书，知道一些人心深浅的。地水、金生他们也都和她说话，黏着她，其实小可嘴上应付着，心里是不喜欢的。他们都太贫了，三句话不离脐下那点儿事儿，而且目的明确，约出去吃个河粉公园里划个船就想占点便宜。小可不喜欢。这里边，就数陈海倒还老实，可是，想和他说说话呢，他又是个木头人。小可吹吹额前滑落的一绺儿刘海，趴在那儿，拿笔在餐巾纸上画着玩儿。

潘地水猛地从吧台前面站起来的时候，吓了小可一跳。吧台很高，地水猫着腰蹑手蹑脚走进来，到吧台下面，然后忽然站起来，小可捂着胸口惊叫着说，啊呀，你要死啊？

然而，地水坏坏地笑着，把藏在后面的手举出来，就是两串水晶冰莹的糖葫芦，还有一大包薯片，地水把这些都堆到小可跟前，怎么样，哥哥对你好吧？

小可虽然不怎么喜欢他，但还是节制地笑了。咬了一口糖葫芦，又酸又甜，甚至忽然发现地水眯着眼笑的样子也没有那么讨厌啦。小可刚咬下第一颗，就被地水夺过去也咬了一颗，然后隔着吧台对小可眨着眼哈哈笑。地水还没笑完，陈海进来了，地水绷住脸说，你来干什么？

这就很不客气了。陈海也不怵他，说，谁让你吃的，我又不是给你买的！

地水想制止他，陈海一根筋，还在那儿说，你从门口抢我的也就算了，可我是给小可买的，又不是给你，你吃什么？

地水一把推开陈海，说，嚷嚷什么，嚷嚷什么，大人说话哪有你这小毛孩儿插的嘴，去去去，一边儿凉快去！

小可却走出来拉住趔趄的陈海，说，地水，你太霸道啦！

地水弄巧成拙，扬着脸，不屑地说，切，一串糖葫芦算个什么，哥哥明儿给你买好的哈！脸上讪讪的，说着就上了楼上。

等地水走了，小可数落陈海，你笨啊，笨死啦！你就不会自己送给我呀？

陈海不好意思地低头笑了。小可把另外一串糖葫芦递到他跟前，给，你吃！

他看着小可的眼睛，小可的眼睛是那样清澈，似乎能看到他咚咚心跳的倒影。

自此，两个人就亲密了一些，每天上班的时候相视笑一笑，就是打招呼了。然后各自去做事情，有时候陈海传菜，如果是去小可服务的包房，陈海的心就额外轻快，是那种张灯结彩的快乐在心里打转。而小可呢，在喧嚷的人群里，她的眼神像初生的羊羔，一泓溪水那样幽深清纯，对他无遮拦的一笑，陈海的心里铺满了阳光。

2

先是陈海发现储藏室里的书被扔进垃圾桶里，沾满汤汁渣滓，然后储藏室也被锁上了，而钥匙就在地水身上。而接下来，打架就是在这样一个很寻常的下午发生的。

事实上，对于潘地水，陈海很快就知道他的嚣张是有根基的，因为酒店老板是他姨妈的侄子，有了这样的一层遥远的亲戚关系，地水在后厨就自觉担当一个管家的角色，有点狐假虎威代老板发号施令的意思。陈海当然知道地水不怎么待见他，好在他很快就学会了些眼色，干活格外勤快，拖地、装热水、传菜，甚至洗菜、择菜这些本来不属于他的活儿他得空也帮着干，基本上只要是个厨师，中午把白色工衣一脱，往旁边篮子里一扔，随口说一句，小陈，上午搞一下！陈海就趁着午休的时候，在洗碗间用洗洁精细致地洗，然后烘干，不耽误厨师们第二天的换洗。如此一来，连挑剔的厨师长也不说什么了，大家觉得他虽是新来的，但很卖力气。陈海在后厨至少算是被承认了下来。

可这天，午后的时候，厨师们吃了工作餐先回去休息了，小可因为包房里城建局的领导喝酒延迟了时间，等到收拾完，已经两点多了，小可就没回出租屋里休息，而是在包房沙发上蜷缩着睡一会儿，下午好有精力。

陈海洗完衣服，开始来回往各个包房里的热水壶里灌开水，却看见地水溜进小可休息的那个包房里，依稀看见小可趴在沙发靠背上打盹儿。眼看着地水要对小可下手，陈海在走廊上猛地大声咳嗽。小可被吵醒了，揉着眼拢紧低胸的工作服，说，地水，你进来干什么？地水咕哝一句，悻悻地退出来，倒挂的三角眼后面射出凶光，扬扬拳头，冲陈海骂道，你嗓子里有毛啊，瞎咳嗽什么！

但还有几个服务员也没走，地水还不敢太张扬。

每天下午的时候，也就是在厨师们到来之前，陈海要把封上的炉灶引着，把要卤的牛肉之类先煮上。这项工作不好做，经常弄了半天，鼓风机不是吹灭了就是把火头吹得窜出老高。可这天，陈海到后厨发现所有的炉灶都熄灭了，显然是有人浇了水。陈海在那里怎么引也引不着，眼看着厨师长他们就要上班了，心急火燎的，陈海就用勺子挖了一勺食用油洒在灶底，然后用打火机去点，油着了，谁知一开鼓风机，灶里的火苗像蒲公英一样被吹得乱飞，整个厨房都是窜出的火头，一时间火光满天。地水好像就在后面等着呢，冲过来一看，随手抄起一个碟子砸在陈海身上，陈海在他的拳脚挥舞中忙去关电源开关。电源关了，水洒在火上，激起的烟雾缭绕在整个后厨里，地水一边骂着，我叫你多管闲事，再管！一边就在这一片油烟中拿锅铲揍他，每一下都带着恶狠狠的力道，陈海反抗了几下，可惜他那时还太瘦小，根本就不是地水的对手。地水一下一下揍得很欢快，自始至终陈海都没有一句求饶，也没有叫出来，这反而更加激怒了地水，直到大厨、二厨、学厨们来了，地水才改口骂道，你是想把厨房烧掉啊，老子打你是让你长点记性！

他还打得义正词严了。陈海刚要分辩，金生和张猛就率先拦截住他的话锋，说，打你是小，这一下子被你弄得浓烟滚滚的，老板知道了不开了你才怪！

陈海不敢再言语。结果，被罚了当月的全勤奖，才算平息。

晚上，回到出租屋里，陈海越想越气，恨不得再和地水打上一架才解气。冲了凉，气呼呼地躺在床上，侧着身子把一支烟用蹩脚的姿势抽了一半，就想到了小可，因为烟都是小可给他的。小可收拾包房的时候，客人不时有剩下的烟，小可把沾着菜汁液的一段掐掉，所以烟支长长短短，但都是好烟，小可积攒着放在盛酒的铁盒子里，过一段时间就给他，让他抽着玩。陈海在袅袅烟雾里拼贴出小可野花一样的脸，想着小可的笑脸，心里的愤怒才抵消了一些，心里说，幸好早早下班就回来了，要不脸上花斑斑的，让她看见，知道被打了，多难为情呢……又想，小可，可惜酒店里是这样的脏，你莫要被污染才好……这样想着，反刍一样咀嚼着平日里收集的小可的微笑，渐渐地，似乎身上的疼痛也忘了，连墙角老鼠的吵闹也不那么烦躁了。

半夜里，陈海从梦中惊醒了。他梦见和小可一起沿着街道下班回家，路灯单脚立着，远处的霓虹悠远地闪烁，街上很寂寥也很美好，正说着话，小可还笑着呢，突然冲出来几个黑头黑脸的人来抓她，张牙舞爪的，围着她，披头散发，蛇一样的舌头垂下来，发出骇人的怪叫，他们对着小可狂浪地大笑。陈海的心跳得都要跑出来了，想抬脚跑追赶那些人，把小可夺回来，却怎么也拽不起两只脚来，脚仿佛被钉在了地上，只能上身拼命地动，而小可还在前面不住地喊，喊他，陈海，你快来救救我啊，快来啊……陈海伸手喊着小可小可……蓦地睁开眼，大块的黑暗堆积在脸前，老鼠在叽叽地叫，一弯残月蹲在窗户上。陈海一身冷汗，吁了一口气，只感觉心的那个地方空空荡荡的，年轻而又荒凉……原来是魇住了。陈海起来到楼梯下的公用水房冲了一遍凉，洗去身上溽热的汗意，把电风扇扭到最大，念着小可的名字，才又辗转睡去。

3

天明的时候，陈海就感觉浑身沉沉的，像堵塞的河道，呼吸不通，眼泪鼻涕却很丰盛，估计是被夜里的凉水激着了。强撑着去上班，还迟到了。本该他把店门口菜贩送来的蔬菜、油米等等搬进厨房的，却直到地水来了还没搬完。他身子软塌塌的，使不上劲，上楼梯的时候踩空了一脚，肩头上做凉菜的松花蛋掉了一包，摔在地上，似乎发出轰隆隆的声响。地水见状，跨了几个台阶上去劈头就赏了他一巴掌。

陈海一下子被打得晕头转向，扶住栏杆才没把肩膀上的东西洒在地上，摇摇晃晃把食材背到厨房，转身出来就抄了把菜刀，陈海一双眼瞪得像铜铃，大喝一声，脸上残留的伤疤都发亮，跑下楼梯，举着刀上的寒光追地水。

地水一看也傻了眼，一骗腿说了声"妈呀"夺路就跑，心说陈海这个闷鳖这回是玩儿真的了，先跑要紧哪！

这时候，厨师们都还没上班，只后勤的保洁和洗碗阿姨在，根本没人拦得住陈海，活该地水被追得围着大厅狼奔豕突，间歇性地站在那儿呼哧呼哧大喘气，然后继续和陈海手里的菜刀赛跑……这样的局面直到金生、张猛他们来到才反转过来。三人用椅子隔住陈海，陈海仍气冲如牛地挣扎，金生比较聪明，虚晃一枪指着门口说，看，小可来啦！陈海忍不住扭头去看，被金生随即一下砸在手腕上，这才把菜刀震落。

接着就不难预料，摆脱了困境的地水立马凶狠了起来，拉着陈海想往楼上拐角最隐蔽的包房里拖，金生和张猛也帮着。陈海瘦小的身躯死死抠着楼梯扶手不松开，而地水就去掰他的手指。陈海在三人的合力中呈现一种倾斜的绝望和愤怒姿势，以至于脸上都散发着类似于金属质地的光芒。

小可就是这时候走进来的。

在陈海的记忆里，过了许多年，直到他终于不必再为了基本的生存而咬牙挣扎于底层的泥泞之后，每当他想起小可奔跑而来的殷红身影，依然每一次都心生汹涌的辛酸和感动。那一天，就在陈海支撑不住要被他们拖走的时候，小可从外面进来，来不及询问什么，就喊一声，潘地水、赵金生、张猛，你们干什么？——并且说着小可就奔跑过来，因为跑得太快，小可红色衣服里蓄满了鼓动的风，跑过来就拉住陈海的手，加入他的阵营，一双眼睛瞪着地水。

地水根本不理会小可瞪大的眼睛，只想赶紧在大家都没上班之前把陈海拖到包房里再狠狠教训一顿，出出气。小可站在那儿，忽然不拉陈海了，只定定地说了一句话，地水就害怕了。小可说，地水，你们再欺负他，我就直接给老板打电话，把你们和阿燕串通卖酒的事情说出来！

——包房里的酒水客人往往不会喝完，剩下的，就被服务员积攒着倒在一起，积满一瓶再趁着合适的场合偷偷和未开封的酒调包，这得需要那种婉转伶俐的服务员，比如阿燕，她一个月可以这样调换出两三瓶酒，都是好酒，然后这些未开瓶的酒再被地水处理掉，折换成现钱。地水虽和酒店老板有一层远亲，在酒店里可以骄横些，但工资其实并不很高，远远不够他泡妞、蹦迪、喝酒、打牌的开销，而酒店的日常打理，老板是聘用了酒店管理专业的资深经理，每一笔财务、物资都有数据，地水也只能串通阿燕从酒水里搞点猫腻，贴补亏空。却不曾想被新来不久的小可看得分明。

地水因为震惊而张大了嘴巴。这对于他实在不啻一个雷霆，他之所以能在酒店里人模人样还是因为这一层他一头热的亲戚关系，而如果老板知道他这样背地里搞猫腻，丧失了信任，他就灰溜溜地没法立足了。

地水怔住了，金生和张猛似乎也不知道他们巴结的潘哥还有这样一手，也都看着他。地水松开陈海，但还是色厉内荏地踹上一脚，并且对小可说，识相点，不要乱讲，老子让你们走掉还不是分分钟的事儿！

然后地水就上楼了，金生和张猛也尾随着上去了。陈海听他们在嘀咕什么，他也不管了，只望着旁边的小可，看着看着，他忽然落了泪，心里却很温暖……陈海低声说，谢谢你，小可……

小可说，你呀，笨木头，唉，这么瘦弱，还和他们硬碰，傻不傻？

陈海笑了。心说，傻。

然而，上午地水就要求大堂经理开除掉陈海，在那里极力陈述陈海这几个月来的过失：拖地不干净啦、开水没烧开啦、炉灶引火不用心啦、搬运东西磕磕碰碰啦……净是这些琐碎的小事，而没有一件致命的必须开除的。经理开玩笑地说，小潘，拖地不干净那也比你不拖好点儿呀！

地水讨了一脸没趣，就当着经理给老板打电话，添油加醋地把陈海的恶劣行径绘声绘色地讲了半天，老板最后就说一句话，现在先听经理的，等我回来看看再说。地水可得意了，忽略了前半句，而紧抓着后半句放大了说，怎么样，看着吧，我哥回来立马开除你——一定的！

4

第二天午休的时候，叔叔就蹬着自行车来找陈海了，原来店里和叔叔熟识的厨师已经把陈海和地水之间的干戈说给他了。在外面的花坛边见了面，叔叔就把陈海一通骂，说，叔给你找个工作容易吗，嘱咐你凡事忍着点儿，在外面，不当是在咱村里，由不得你使性儿，小海，你怎么就不听呢？叔叔把一支烟抽得愁肠百结，不住地连连叹气，说，这下好了，得罪了老板的表弟，还学什么厨师！

陈海不敢言语。虽然心里很委屈，但想想自己来了几个月了，正式的厨艺还没学到，眼看着刚要挨着案板能跟着学点儿真格的东西，又一时管不住自己闹了这么一出。叔叔一说，陈海心里也有点后悔，毕竟他来酒店里不是为了和地水干架的。

叔叔抽完一支烟，语重心长地说，好好的，向人家诚心赔个礼道个歉，再请人家吃顿饭，搭上一晌儿笑脸，把这事儿化开，万不能结梁子，听见没，回去这就办，这不是咱的地儿，得服管！叔叔说，你这酒店里的几个师傅虽然脾气都坏点，但本事还是有的，比你叔叔强得多！你来的目的是跟他们好好学，不是来置气来的，知道吗？

临末，叔叔叹一声，说，男子汉，得能屈能伸哪！重重拍拍陈海正在加宽的肩膀，弓着身子依旧蹬着自行车回去了。

陈海看着叔叔佝偻的背影，在太阳下忍不住叹了一口气。心里说，算了，就像叔叔说的，就算他们混账不是东西，我又何必跟他们一般见识呢，我是来学东西的。

这样想着，他去对面的商店里买了三包好点的烟，返回酒店里，趁下班的时候，依次塞给地水、金生和张猛，都道了歉，请他们原谅，并请赏脸一起去吃个饭！

陈海这么说的时候，心里很憋屈，以至于都有一丝悲哀了。地水阴鸷地笑笑，说，哎哟哟，哥几个看看，太阳今儿个打他妈西边儿出来啦，你牛气的陈海竟邀我老潘吃饭啦？爷得想想，别是鸿门宴哪！地水说着就哈哈笑，金生和张猛也附和着哈哈了两声。

陈海早就想一口啐到地水粉刺们争夺地盘硝烟弥漫的脸上，但还是近乎卑贱地笑着，一直笑着，笑得自己都恶心了。

第二天午休的时候，地水才给他准确的答复，说，可以啊，哥哥我想了一夜，一夜哪，弟弟！地水拍着他，哥哥还是决定跟你不计前嫌，咱低头不见抬头见不是，我得有个当大哥的样子不是，你做错了事当哥哥的也得包容着不是，好，就这，哥答应你，一起吃个饭，化解开，没啥说的，咱还是好哥们儿！

地水揽着他的肩膀，很亲热的样子，喷着烟圈，说，哥哥为你想得周到，你那点儿工资，大酒店请客我看就算了，咱也不糟蹋你那点儿钱，这样吧，这周末去你出租屋里搞一顿火锅，哥儿们吃吃喝点酒，热闹一下，就行啦，哥几个就知道你孝敬的意思啦！

陈海没有想到地水会这么随和，不停地点头，说着，嗯，嗯，好。陈海几乎因为和解的顺利而笑出来了。

但是，地水接着说，不过，吃饭那天得让小可陪着，要不，几个老爷们儿干吃多没意思，你说呢？地水冲金生、张猛挤挤眼，对陈海说。

陈海想了想，小可应该没有问题的，就吃一顿饭，吃完就拉倒，再不惹这几个祸害了。陈海当下说，好，就这样，那就这个周末吧，潘哥。

地水打个榧子，金生、张猛也都和陈海一起击掌，纷纷说，好，就这么定了！就这个周末！哥儿们，酒多备点儿，好好喝喝哪！

<h1 style="text-align:center">5</h1>

周末的时候，下了一天的雨，到了夜里仍然淅淅沥沥没个停的意思。

小可下了班就早早赶到陈海住的地方，帮他买菜、择菜、淘洗，为晚上的饭做准备。做这些的时候，陈海还感激地对小可说，叔叔劝我不要和他们那些人结梁子，你常在包间里，会说场面话，待会吃饭的时候要是喝酒你帮我圆着点儿，小可……陈海看着小可，想说出感谢的话，小可点了陈海的鼻尖一下，说，哟，我说叫上我呢，原来这饭不是白吃的啊……小可虽这样笑说着，但陈海看着小可的眼睛，他知道他的心意她已经懂了。就相视一笑，似乎看得见彼此的心跳。陈海觉得和她，真的很亲，亲人一样的那种亲。

俩人刚把饭煮上，地水领着金生、张猛就来了。地水手里拎着一只塑料袋，进了门就说，就住这黑咕隆咚的破地儿啊？把拎着的东西扔给陈海，原来是一只甲鱼，地水连说，煮上煮上，杀好了的，这东西，对男人补着哪！金生、张猛也尾随着笑了，笑得快乐而猥琐，露出愚蠢淫亵的底色。

随后，张猛从手提袋里掏出白酒，金生嚷嚷着这点儿酒怎么够咱潘哥发挥的？就又去附近的商店里搞了一箱啤酒。菜刚出锅，他们就嚷嚷着上桌坐下，却都拉拉扯扯，笑得很叵测，一致要小可坐在正中间。他们仨一来，屋子里的味道都变了，弥漫着一种不怀好意而腥膻的味道，还很蓬勃。陈海想帮着说几句，但根本插不上话，他们三个的声音就把屋子撑满了。小可推脱了几次也不管用，近乎挟持着，小可还是被他们给按在了桌子正当中，那样子就如中间一只羊羔被三匹狼环绕。

陈海确认了心里的担忧，让小可来本身就是一个错。

可错误就这样开始了。

陈海差不多被临时指派成一个服务员，只有给他们倒酒添菜的份儿，他们嚷嚷着，笑着，说话的声音近于喧哗，一会指使陈海去看看锅里的王八成色怎么样了，一会让陈海去店里买包花生，把陈海使唤得团团转。小可终于看不惯了，说，陈海，你也坐下吃点儿啊！

小可话还没落地，已被他们接住并话分三路，哎呦，心疼啦呀！嗬，你看小可多会疼人啊！嘿，就是啊，可儿，心疼啦！哈哈，来，陈海，你咋也得喝几个，对得起人家小可对你的情意哪，来吧！……

几乎是被拽着，陈海一人挨了他们一杯，却还不放过，要喝第二轮。这帮孙子，给陈海喝的都是白酒，一圈下来，三杯下去，陈海就觉得胃里呼啦啦燃起一阵大火，大火猛地蹿起来了，撞到嗓子眼上，陈海感觉眼前一下子就缥缈了。可地水又把着酒瓶给他满上了，立着眼说，来，哥们儿，咱得喝啊，把你拿刀追我那劲儿拿出来，咱得好好喝喝！金生、张猛也强硬地站起来，鬼叫一样借着酒劲说，喝啊，喝完这儿还有呐，几个月啦，是得好好喝喝啦！

陈海忽然像是陷进了恶臭的泥淖里，四处都是险恶的陷阱。陈海想，我真是傻啊，怎么想起这一出，引狼入室地请他们吃哪门子饭啊！陈海脚底发飘，心里却打起精神，小可在这儿呢，他得提防着啊。就虚飘飘地站起来，咬咬牙，扶住酒瓶，要接过森林一样密集的酒杯，负气地喝下去。

而陈海再喝了两杯就呛出了眼泪，再喝下去，他肯定要出事。他停在那儿，剧烈地咳嗽，急忙捂住嘴才没吐出来……小可站起来，叫了一声，够了，你们太过分了，拿来，我替他喝！

地水他们也站起来，鼓起掌，打着呼哨和响指，呜呜啊啊地吆喝着，纷纷喝彩，好啊，小可发威啦，来呀，喝，满上！——哥最喜欢你这股劲儿了！

小可梗着脖子，赌着气，连续将递过来的三杯都喝干了，地水仍们鼓噪地叫好，纷纷满上，再和小可碰杯，带着怂恿的热情起哄。小可明知是诈，却一时激烈负气，很快又将三杯旋转露底，都喝进胃里。

陈海看得目瞪口呆，心疼得热血澎湃，眼泪强忍着在眼眶里打转。

地水踩在板凳上，亢奋地高喊着，好，好，好啊！陈海，你过来，你不是请我来喝酒吗，爷今儿个非得要和你喝个痛快，去，再去弄一箱来，快！

地水他们两眼带光，盯着醉倒的小可，一种看得清的下流欲望混合着荷尔蒙在扭曲的脸上冲锋，控制不住的样子，手舞足蹈的，像一群疯子。在地水的威胁下，陈海不敢不去，以最快的速度去就近的商店买了几瓶啤酒，然而，饶是如此，陈海打开门，屋子里仍然是一道洁白的意外。

这洁白来自小可的裙子。小可已经醉倒了，脸上红彤彤的，昏昏然不省人事。地水和金生正把她往床上抬，同时，张猛迫不及待将小可的裙子撕开……那棉布裙子破裂的声音如同霹雳，小可腰部迸绽出的雪白爆炸一样刺痛了陈海的双眼，完全禁不住，他的眼泪崩塌一样滚落下来，陈海带着所有的愤怒吼叫着撞上去……在陈海面前，他仿佛看见红色的呼啸，黑色的纷飞，然后是骨头破碎裂帛一样繁华的喊叫……他仆三个狞笑着，算总账一样，很快就将他揍得抱着头蜷缩在地上。

陈海在地上贴着泥地，发出野蛮而绝望的悲伤，却喊不出一声完整的凄凉……他的头被地水用脚踩着，牙齿咬在泥里。然后，地水把他提起来，一把就拽去小可的衣裳，把陈海推上去，邪恶地笑着，说，看清楚了，金生，给他用手机照个相，哈哈，怎么样，哥们儿对你多好！

陈海被几双手绞着，匍匐在小可裸露的身上，他梗着脖子上，从牙缝里传来压抑的哭声，却到底还是被地水按下去，他低垂在小可的下腹，闻到一种特别清香而绝望的气味，像他小时候坐在河边闻到新涨春水的气味，他源源流下辛辣的眼泪……

地水折腾够了，才停了手，把陈海摔在地上，似乎清醒了一些，望望床上的小可，眯着眼笑了，一点也不急，随时唾手可得的样子。地水又招呼金生和张猛坐下来喝酒，淫亵地眼神交换了一下，不约而同地笑了，说，好，吃完锅里的那只大王八，弟兄们再干活儿，一夜早着呢，不耽误！

他们举着杯子笑得很欢腾。

地水踢踢地上的陈海，让他去厨房里看看甲鱼怎么样了，端过来，伺候好爷们儿几个！

陈海扶着墙站起来，眼里似乎流着血，他转眼看着躺在那儿的小可，小可已经睡着了，很安然的样子，睡得正香，似乎这个世界即便再肮脏，梦里都有一方纯净的地方。小可的胳膊伸着，鼻子薄薄的，在灯光下，几乎呈透明的，那么薄的鼻翼居然在拉鼾，一张一张的……陈海盯着一直看，一直看，心里和涌出的眼泪一样的柔软，他十分真切地感到这一呼一吸与自己心底某个地方连着，扯着，一下一下地，他疼啊……

陈海似乎想起来什么，一咬牙，转身进了厨房。灶上的甲鱼汤在文火中正炖得汤浓汁旺，分外鲜香，就连隐藏在洞里的老鼠也探头想来尝尝……陈海一瞥眼看见墙角里一直没用的"鼠毒灵"，随着更加汹涌的眼泪陈海慢慢蹲下来，蹲下来，颤抖地伸出手……陈海似乎听见墙角里的老鼠肥硕地笑，在这隐秘的笑声和汹涌的眼泪中，世界似乎突然安静了下来。

逝水沉香

1

我忘不了那样一种情景。

那时候，雪湖两边的堤岸上还到处是绿得不行的老槐树，遍地阴凉。初夏的午后，太阳暖暖地洒下来，槐花的清香弥漫在空气里，铺天盖地的是一种醉人的馥郁。我和姐姐在浅水边捞满了水浮莲，篮子放在一边，坐在草地上，晒着太阳说闲话。阳光在我们身体上投下斑驳的影子，时而有槐花洒下来，雪一样飘落在姐姐身上，而柔软的微风从芦苇间磕磕绊绊地走来，带着河水清凉的愿望，停泊在脸上……

直到现在，一闻见槐花香，我就会想起姐姐那时的美丽模样。

姐姐是姑妈次第开花的长女，姑妈生了四个女儿。

自我记事起，姐姐从小在我家的时候居多，但都是断断续续的。我们都知道姑妈和姑父两人不和，但究竟为了什么却一直讳莫如深。只知道爱喝酒爱骂人的姑父经过了将近十年漫长的铺垫和渴盼之后才终于迎来了一个儿子。

可我的母亲却命里无女，生下了我和弟弟，计划生育一来，也就不敢要了。长大后我还跟妈妈玩笑说，你是怕再生出一个儿子吧。母亲笑说那可不，还真有点怕。谁都知道，计划生育惩罚的多厉害啊。

这样一来，姐姐一来我家里我都祈求着母亲能把她留下，我是多想有一个姐姐和一个妹妹呵，我不想让她再回姑妈家。每当我留她的时候姐姐都会掉眼泪，蹲下来，百般安慰我，但是等我不哭闹了，她还是得跟随姑父回家。

我就在家眼巴巴地盼着姐姐下一次再来，一天一天地盼啊盼，还和母亲闹嚷，想姐姐来。

后来和蕙好的时候，有一次出差，在外地，想她，想得很苦，却问她，想我了吗？蕙说想了啊。我问她怎么想的呢。蕙说，一天一天地想……

蕙一字一顿的这一句话，让我的心一下子柔软得不行。一天一天地想。可不是，还能怎么想呢。

就像那时候我盼我的姐姐一个样。

太阳落下去，月亮升起来。鸡每天下一个蛋，我就留着，谁也不许吃，一天攒一个，等姐姐归来，把一堆鸡蛋给她看。我笑啊笑，姐姐就泪花开满了脸。

姐姐巧祯大我五岁，她在我的成长里扮演着多么重要的角色，怎么说都不为过。青春的叛逆期，我跟谁也不想说话，只想跟姐姐说。到后来，恋爱了，第一个告诉姐姐；分手了，第一个哭诉的对象还是姐姐；取得成绩了，也是先告诉她。父亲平和沉默，我的母亲便不免硬气粗略，巧祯她是我的姐姐，在一定程度上，说是我的小妈妈，也不为过。

在夏天的夜里，我又想起我的姐姐。

夜晚的村庄，一方池塘盛满清凉的月光。青蛙在浅草中吹拉弹唱，蛐蛐们呢喃着。我尚未远嫁的姐姐，喜欢在荷花里洗出一身香气。我则抱紧姐姐的衣服，背对月光，为姐姐守望整个池塘的风吹草动……

姐姐是姑妈的女儿。姑妈次第开花，生了四个女儿，直到十年之后，才为那不成器的丈夫生下一个儿子。生下儿子不久，她便选择了死。我要讲的就是她们的故事。好了，在我还不至于哽咽的时候，开始吧。

2

父亲是乡村小学的教师，算是民间最低一级的知识分子。肚子里装着一些道理，有一些书卷气息，做事一向从容缓和，从小就教我《菜根谭》上的两句话：

仁人心地宽舒，便福厚而庆长，事事成个宽舒气象；
鄙夫念头迫促，便禄薄而泽短，事事得个迫促规模。

他一生的为人处世就是这样的安详不争，虽然也没有多少福禄来报偿。

但是母亲却是爽利的风格，我们那里的话叫"括利"，形容母亲最合适不过。真不知道他们怎么结成夫妻的。也幸好是这样的组合，母亲唠叨几句、数落几声，就像雨滴落在水里，父亲笑一笑，连个涟漪都看不见。美满虽谈不上，落得个眼前的和睦是真。

要说也怪不得母亲，父亲那时的代课工资低得都不好意思给人说。他一去上课，家里地里的活儿就都撂给母亲了，而且父亲有一个雷打不动的习惯，那就是只要有他的课他几乎从来不请假。这就让母亲很恼火，你说正赶上麦收赶上播豆子种玉米的节气你一个大老爷们儿不在家干活偏上学校教那几节课，工资多点儿也就罢了，就那一点儿钱你还好意思去啊……这都是母亲连珠炮似的原话。我想，依着母亲的性格，打他的心都有了。每逢这样的时候，总是落得我心里发笑，拿着工具跟唠叨不停的母亲上地，父亲尴尬地笑笑。父亲得小孩子喜欢，适逢路过的学生远远喊他一声，李老师，走啊，上学去了……他们是要他在路上接着讲上回没讲完的故事。父亲这时就怯怯地看着母亲，眼睛里是委屈和冒险的柔弱光亮，他此刻的眼神像是家里小羊吃草时的叫声，都是温顺和柔情，甚至有点低声下气的讨好，低声跚蹰说，喊我呢，他们……母亲不看他，也不言语，分不清是生气还是无奈的默许。看母亲没明确地反对，父亲就得了鼓励似的，轻手轻脚地说，那我，要不，出去看看？稍许，用熟稔的经验分析着母亲脸上的天气情况，稍感明朗，就试探着走出去一点，回头看看，若是母亲没有脸色阴得更厉害，他这一出去看看就又看到了学校里。

母亲看着父亲走远的身影，也只是继续磨着镰刀磨着锄头，轻轻一叹。

吵吵闹闹，倒省得日子寂寞了。

这时候我就想，姐姐要是这个家里的，也参与这些日常的磕磕碰碰、说说笑笑，该多好。父亲也不是没有给姑父提过，但那个赖货红唇白牙张嘴就说，我的闺女，我宁愿饿死也不叫她跟别人，要不别人还以为我连养活个丫头的本事都没有呢。

对此，心直口快的母亲私下里撇撇嘴，哼，三棍儿，你看你多有本事！

三棍儿是人们对姑父的称呼，说是结婚前这个长着一张风流脸好吃懒做的男子叫四棍儿，自从娶了我貌美如花不露笑色的姑姑，就去了一棍儿，只剩下酒棍、赌棍、恶棍三棍儿了，但是总算已经收敛了许多。

至于姑妈为什么下嫁给这样的男子，长大之前我一直不得其解，家里人也从来不说这个话题，避讳着。等我真的知道了的时候，姑妈已经不在了。我也终于明白她这一生为什么从来不笑了。明白了之后，姐姐哭了，我也哭了。

村庄的夏天，夜晚寂寥而漫长。路边水塘里蓄满蛙声，漫天的星光总使我想起一吹即散的蒲公英，风一吹，满天星，叮铃叮铃……母亲在昏黄的灯光下衲着鞋底，针线在她的指间跳跃，间或在头发上抿一抿针脚，循例随声数落几句父亲，有一搭没一搭地说话。父亲抱着弟弟，对着夜空教他咿咿呀呀辨认星座，我显然更喜欢自己对着星空任意搭配它们的形状，父亲说像狮子，我则手指一划又把旁边几颗星也圈进去，说就是像绵羊，父亲赖不过我，我就缠着他说古、讲故事。我最喜欢听的是三国水浒三侠五义之类英雄气概的故事。

父亲说书很有气势，一板一眼起承转合简直扣人心弦，母亲在一旁慢慢也听得入迷了，甚至忘了数落和手里的活儿，正说到豹子头林冲一世英名却时有不遇，不得不向鄙薄小儿王伦纳那投名状之事，父亲说到兴处，正听得我唏嘘不已，却忽然听得姐姐一路跑来，气喘吁吁，我刚要惊喜地扑过去邀姐姐一同听父亲讲古，猛看见姐姐脸上满是残余的泪痕。母亲赶快放下针线，起身急问，这咋了，巧祯？

姐姐一把扑在母亲怀里放声大哭了起来。母亲揽过姐姐叹息一声，也就明白了，把我和姐姐都紧紧搂在怀里，摸着姐姐的头发，说，哎，我苦命的孩子……

肯定是姑父又借酒撒疯和姑妈吵架了。

实际上姑妈从来不和他争吵，后来我写了几年小说，才知道那是一个多么骄傲和绝望的生命对另一个不对等的生命发自骨子里的冷漠和不屑。姑妈在落花般飘零的美丽和无可诉说的深深绝望中日夜煎熬地度过了她荒凉的一生。她的内心是多么的孤独和丰盛，在她离去的多少年之后，我们依然都无法完全读懂。

可他们一吵架那个姓张的赖货姑父打的最多的都是姐姐，对于姑妈他也只是敢骂，几乎不敢动粗。妈妈说那是因为姑妈身上有功夫，那人打不过她。这一点倒让我觉得姑妈更神秘了。

等到姐姐平息了，母亲问，还是因为那死货怪你妈妈没给他生个儿子？

其实不问也知。

我忙活着烧水给姐姐煮最新鲜的玉米，切西瓜、煮鸡蛋……姐姐咬了一口我递上的刚煮熟的玉米，看我手忙脚乱地弄了一大桌子，"扑哧"一声破涕笑了，都怪妈妈说了一句，就知道跟姐姐亲。姐姐又哭了。

睡觉前我宣布了两件事，一件事就是入秋我要去莽山脚下学武，另一件就是姐姐在家时我要睡在姐姐身边。对于前者父母不过以为是小孩子心血来潮随口一说而已；至于后者，母亲好说歹说看拗不过我，只好把我的小床搬到姐姐那间屋里。我说放在门口，母亲不得已也只好给我放在门口。我对姐姐说你好好睡吧，我看着。我怕姑父那个二流子再回来把姐姐拉回家，我就堵着门口，谁也进不来了。

姐姐又要流下眼泪，我不愿意了，偎着她，喊她，姐姐，我不要你哭……姐姐的眼睛像两个小湖泊，长睫毛湿漉漉地扑闪一下，沿着脸庞便分开两条水路，一直流到我心里最深的地方……姐姐的眼泪种下我这一生对女人的柔软和忧伤。

接下来的这个夏天里，我和姐姐度过了一段快乐的时光。我们随着母亲下田割草、喂羊、弄庄稼，去雪湖洗衣裳，倾听万物寂静生长，闲看水流云在、蝴蝶穿花、蜻蜓点水，姐姐还在湖边种了一片指甲花，等待染红她的豆蔻年华。

等鸡鸭上架，喂好了猪，收拾好院子，撒了水，我们开始在院子里的大梧桐树下吃饭或者吃西瓜，然后再缠着父亲讲那些离奇的故事，说说笑笑，日子琐碎而美好。休息的时候我依然睡在门口，反正我是下定决心不放姐姐走了。

只是午睡的时候姐姐发现了我的一个秘密。我喜欢趁她睡着的时候看她的样子，小心翼翼地屏住呼吸，挨着她，像看着一朵花，姐姐闭着眼睛，呼吸均匀，我似乎能听到睫毛下面湖水流动的声音，因为热，姐姐脸上有点好看的红晕……我正看得着迷，却不想姐姐一下子睁开了眼睛，我像个进房的小偷忽然被拉开了门，吓了我一跳，脸也红了。就看见一个微笑开始漫步在姐姐的嘴角，看着我的窘状，姐姐终于忍不住弯腰笑了起来，她说，傻样儿，你以为我不知道啊……

当然了，这个夏天最动人的还是姐姐在夏夜随手拨弄的水色和声音。许多年过去了，每到夏天，我还记得那样的一些夜晚：

从庄稼地里劳累了一天的少女们，天真烂漫，美丽而丰满，吃罢晚饭，三三两两地说笑着相约去池塘里洗去一身疲倦，走着闹着，笑声就洒满了一路。夜色笼罩下，村头的一方池塘盛满清凉的月光，草虫唧唧，一切都是那么悠远而宁静。她们先是在草丛中匆匆忙忙喜悦和羞涩，你推我扯地笑闹着脱去浸着庄稼和汗香的衣裳，不知谁说了一句什么，就笑成一团，然后竖着手指压住笑声，嘘——向四周悄悄拨弄草丛，拿眼睛细细观察河边的夜晚，忽而白光闪闪扑通扑通跳进荷花之间，迫不及待一般，洁白的身躯跳进清凉的池塘。这个时候，单身的月亮面色羞红，吩咐夜星严守天空，青蛙们则忽然吓得默不作声。她们，村庄上朴实美好的女孩子们，在水中安静却也肆无忌惮地嬉闹，笑声在夜里来来回回，村庄上的二流子，往往在远远的月光下，如痴如醉……

我勤劳而美丽的姐姐，收了工之后，也喜欢在荷花里洗出一身清香。姐姐手持一颗月亮，鬓角随意插几朵星光，撩动水声，她和村庄中的女孩子们开始在水中嬉闹着讨论少女们的话题，不时地发出一阵笑声。

我有时会枕着一丛河风，睡着在岸边的草丛，梦中一条洁白的水蛇轻盈地衔来莲花一朵……

$$3$$

这个夏天过完，我就八岁了。背上新麦做的煎饼，我就要去莽山的破庙武校学武去了。家里人拧不过我。母亲老了还口气伤感和欣慰地对我说，也不知道你怎么想的呵，从小就主见这么多。这是我自己的意愿。很简单，因为我家男丁不旺，上一辈就父亲一个还是文弱清瘦的模样，要不是仗着母亲要强，在村子里还不知要听多少夹生的话语。还有就是弟弟是不足月生下的，底子薄，我想要是我再不粗大强壮些，肯定难免受人欺负。

再有就是我的姐姐。我总有不好的想象，想万一姐姐有什么事了，我得像个男子汉那样，顶得起天立得住地，保护她不被人欺负。打着这样的主意，从春天开始我就跟父亲母亲闹，我才不管他们舍得不舍得，一有空就念叨一遍，直闹得他们烦不胜烦、不敢忽略过去。就这样从春天闹缠到秋天，最终还是我赢了。

在这之前，还有一个小事件，更加坚定了我去学武的信念。

那天上午，父亲和母亲在地里挥着汗水割麦子，我家的，还有爷爷家的，一垄一垄满地的金子，麦香滚滚直冲天空九重，让人幸福死也能累死。中午，我和姐姐回家做饭，姐姐说，割麦活儿累人，咱擀一锅硬面给大人吃。姐姐擀面我烧火，把木柴塞炉灶里任它燃着，我在一旁剥蒜、捣蒜泥、切咸鸭蛋。我都没有看见摇子这个游手好闲的孬货啥时候进院子来的，他悄没声息地坐在梧桐树下的废弃磨盘石头上，挨着姐姐看。因厨房里热，案板就放在梧桐树下，姐姐背对着他也没有察觉，一收一送地使劲擀面。

那天姐姐穿的是一件草绿的裙子，那个流氓货就仰着脸在姐姐的裙子后面，两个眼珠子瞪着看，随着擀面的动作姐姐的腰和臀也一紧一松地前后微动，裙子跟着也是。他看着姐姐自上而下刚开始发育的曲线，大嘴一张一合两个眼珠子凸着不停地抖动着喉结咽唾沫，伸手在后面一撩一撩地想做猥亵的动作，在这个狗东西眼里好像姐姐的裙子是门帘，他的贱手总要忍不住掀开看看……随着姐姐前后的用力幅度，他堆着满脸烂笑，伸出的手一撩，又一撩……

我在厨房一转身猛地看见，骂了一声。在地上寻了把给猪砍草的刀就奔过来砍这流氓，他的贱手再收慢一点我就砍上了，但是就是这一瞬间他还是扯住了姐姐的裙角，那露出的一点洁白炸开成耀眼的光线，一下子刺痛了我的双眼。那个赖货兴奋地流出涎水，我全身的血液都往上涌，我的眼泪流了出来！我再捡起刀挥舞着朝他脸上猛砍，姐姐也拿着擀面杖朝他身上使劲打。但是，我终究是太小了，他只一脚就把我踹开了，姐姐怕他再伤着我，拿着擀面杖护在我前面，只听得那人还死皮赖脸地说，装什么正经呢小妹妹，早晚不还是得让人看吗，你家破鞋的门风还指望着你这个漂亮的脸蛋发扬光大呢，哈哈哈哎呦……他没笑完姐姐就把擀面杖使劲砸到他头上去了。看着姐姐又举起切菜刀，他也只能悻悻而逃。

……

所以，临行时我对姐姐说，你等着吧，不用过多长时间就没有人敢再欺负你一点点了。我攥了攥拳头，说，我不依，我要护着你，姐姐。

姐姐再打点一下行李，给我在手腕上系上她用桃木雕成的护身牌，使劲点点头，说，嗯，姐姐等着呢。

4

我看似大大咧咧大包大揽的母亲，并不只是持家有方粗枝大叶的女人。

确实，母亲初嫁时，长发半挽，汁液丰满。父亲的旱烟勾勒出她洁白的温暖，老实的誓言驻扎于她内部的柔软。从此母亲就是左手持勺，右手握锄，一生操劳，让日子和土地都是温情平坦，让它开出花，结成果，丈夫和儿子们都衣着体面，穿出贫穷却从容的尊严。这是我母亲一生的奉献。我，弟弟，还有父亲，都是她一手打理出的最好的作品。

但是母亲年轻时也吃过醋，也有过少女之心。

前面说过，我的父亲是乡村儒雅而安静的人，经常穿一身对襟的深色中山装，身形颀长，是英俊和安详的模样。很不同于村庄中那些蓬头垢面眼神呆滞的粗野男人。当然，父亲也不会在意村里男人说他两手加起来也没有四两的劲。他是内心有世界的人。

父亲一生为人处世、对我的教诲，除了安宁不争这份内心的柔和（父亲说有的强大是貌似的，真正的强大却往往是柔和的）之外，就是让我知道一个人仅有现实的生活是不够的，还得有一个内心的世界，他让我知道有一些更高远和辽阔的风景和生活，即使你不曾抵达，但它们就在那儿。

他其实不善于和人打交道，但因写得一手好字，免不了村庄中红白喜事被叫去悬腕写上半天，对联、喜字、礼单、挽联等，父亲用他瘦硬的颜体见证了村庄中许多的欢喜和悲伤。父亲这个人呢，用得着的时候称声先生，用不着的当然也还是尊敬，但在村庄的男人眼里，这点儿尊重其实还是故意的陌生，有点瞧不起的意味。一个穷教书的整天衣洁衫整，从头发到鞋子都干净，怎么都和响亮吃饭大口吐痰的他们划不到一起。

但是，我发现村庄里的女人们是真的喜爱和父亲说话。母亲当然比我更早就发现了。每次他在家吃过饭，不疾不徐地从穿过村庄的大道上步行到村北的小学里，两边总有妇人主动和他搭讪。

李老师，俺闺女生了个小子，你给寻摸个好听的名字呗……

先生上学堂呵，俺家的娃娃不听话你就狠打……

甚至：俺昨儿赶集买了件衣裳，俺家那死鬼非说花里胡哨的，李老师那你给评评……

……

父亲穿过这些妇人的目光，笑一笑，并不放在心上，继续走他的路。

美感其实一直都在人心里的。即使是在那样穷困的没有美感的生活里。比如村庄里这些女人，也许刚才还在大声叽喳，打骂孩子，当看着父亲走过时，她们的眼神也许在一瞬间有如梅花的飘落，都有了些安静，又类似于叹息。

作为女人，母亲的大声武气，对父亲也是一种本能的警惕。但母亲其实是有一点骄傲在里面的。她的男人，看着赏心，不猥琐。

母亲真正的醋意来自那年父亲在县里进修学习。三个月的进修期，中间父亲回来了一次。完全出乎意料的是和他一起回来的还有一个女人！

并且那女人，很美。

尽管后来父亲一再说明这是当年的同学，丈夫过世得早，就在她那里吃了几次饭，人家顺道也来咱这儿看看。可看着父亲里面穿着的新的白衬衣，我也看出不是同学那么简单，更何况是母亲。

这一次倒让我见识了母亲深藏的大气。我的母亲她真不简单，至少我看到母亲一直都在微笑，张罗着买菜、做饭，去邻居那里借东西，还一边说俺家那口子他同学来了，城里的，三婶子，借您几个鸳鸯蛋，也让人家吃吃新鲜。她对三婶子说说，三婶子的兴兴劲儿就跑我家看看；她对二大娘随口说说，二大娘就同她的几个正说话的老太婆也来看。看的人站了半院子，都知道大海他爹领来了一个举止温婉的女人。

母亲还在做饭的间隙赶人家瞎闹的孩子，有什么好看的有什么好看的去去……看一眼母亲，我往灶里猛添柴火，都要笑出来，真有她的。

母亲使唤我，大海，打酒去！

结果，母亲一再挽留那个女人在家过夜，说来了就住几天，明儿个俺娘几个挖些野菜来给妹妹蒸着吃，好吃！……

自始至终没说一句负气的话，女人第二天就走了，还是在母亲热情洋溢的挽留以及挽留不住的情况下欢送走的。女人的眼里有一丝失落，就走了。

送走了女人，母亲收拾完杯盏，父亲在一边和平常一样抽着烟，但是烟气弥漫里多了些沉默，踟蹰了一会，方才孩子气地说，她非要来家看看……接着又问了一句，你看，我还接着去学习吗？

母亲这边扛着铁锹上地，没看他，撂下一句话，去，今年你给我把编制考上，要不往后就跟我下地干活！

父亲去了。

再接下来一个多月父亲不在家的日子里，往常说话响亮办事利落的母亲忽然一下子安静了下来。但是她的表情却看不出什么来。离这么远，我不相信母亲真的就对父亲和那女人放心，我也不知道她的内心经历过什么样的煎熬。后来姐姐说有次跟她一起去雪湖边洗衣服，姐姐在远处捞水草，一转眼却发现母亲的眼泪掉在水里，又赶快抹了一把脸……她装作没看见继续捞水草。

他们的日子还是那样的过，父亲沉默，母亲亮堂。但父亲进修回来后，母亲有半年多都没有理过他。直到母亲大闹乡里管教育的办公室主任。

父亲平和，别人就以为他懦弱呢，考编制时本来他的分数考得很好的，主任也不知怎么捣鼓的关系，却把名额给了另一个送了他礼的亲戚。

这可惹恼火了我的母亲。

父亲没说完呢，她还没来得及骂父亲，就气呼呼地找到村小学的校长，大骂一通，骂过了才知道关节不在学校这儿，便拎了一大兜子鸡蛋一把铁锹直奔乡里管教育的主任，到地方"扑通"一声把一兜子鸡蛋扔在主任桌子上，蛋浆就开始往下流淌。母亲高大的身子堵在门边上，用她那惊艳四方的大嗓门嚷一句，都知道周主任您做事凭良心，俺们农村家庭却摊上了这个肩不能提手不能拿的穷教书的，比不得人家，俺家就这点儿值钱的东西主任咋说您好歹也得收下！连个停顿都没有，双手攥拳在地板上狠狠地拍了一铁锨，吓得主任在办公椅上随之激灵一颤，母亲说，俺男人是懦弱，可谁要是坏了良心占了他的名额俺娘们家先跟他拼了！

……

父亲终于工资有保证了，最后还是转成了正式编制。因为谁也不敢忽略母亲的愤怒。她也不说不骂，就那样每天掂个铁锨五大三粗地站在主任办公室门面。站了不到一星期，父亲的名额就归还给父亲了。

转成的那天，父亲打了酒，亲自做了饭，摆满了一桌子，低眉顺眼地伺候母亲吃饭。自打城里的同学来了之后半年来父亲第一次对母亲这么柔软、体贴。父亲倒酒夹菜刚要总结说都过去了，喝一杯吧。父亲倒满的酒杯举了好大一会，母亲沉着脸，才忽然动作幅度很大的接过酒杯，说，一码归一码，你别想给我打马虎眼！但是端着酒杯，看着父亲和满桌子的菜，母亲突然委屈地号啕大哭了起来。

……

多少年了，我和姐姐依然都觉得母亲掂着铁锨当门而立的那些天，真美。

5

相熟如父之后，晚年我曾问我的师父：师父，你是否后悔过学武？

师父看着伤残跛足，喝一杯酒，缓缓说，大海，这没有后悔不后悔的，你所恨只是一己之力改变不了什么，就像山脚下的这些武校教给孩子们的都是些强猛和报复，播下没有爱和仁慈的种子，收获的当然也尽是些弱肉强食。他还说到，就像你们做报道写文章，和武术一样，习武为文，最终不过都是出于心中的柔软和悲悯。

我的师父是大境界的人，这一席话我终生铭记于心。

我是在莽山学了近两年后，才知道有这样一个性情怪僻寡言的跛脚人身怀一套十分厉害的拳法。这个跛脚的人，人们称他为陈师傅，却从来没有人见识过他的真功夫，至于那一套拳法众口相传的说法是脱胎于扑食之饿虎，精猛异常，并越传越神奇。我心里痒痒，十分好奇。

这一处破山像北方大多数的山一样，低矮、浑浊，于是便显出一派蜿蜒的苍茫气象。因是那个流氓英雄的所谓汉兴之地，此地民间遂有尚武的风气。所以自古以来多出流氓和英雄，或者说流氓动静大了著名了也就是英雄了。仅山脚下就分列有十来家大大小小的武校。

我来到这里，从最基本的开始，没什么好说的，日复一日不过是跑步、扎腿、负重、登山、伤筋动骨、挨打以及挨打。一招一式，跟着屠夫一样的师傅们勤学苦练。反复折腾了小三年，算是练出了点结实皮肉，以下也就靠自己了。但自从听说了陈师傅的拳法，我就一直想学到手。但是这个怪异的拖拉着一条废腿的人，在拜入门之前的冷淡算是把我折磨透了，性子也差不多磨平了。

他住在约一公里外的山脚下，师母开了一个小卖部，兼给学生们缝洗衣服，师父在一家学校做武术指导，他们还有一个可爱的女孩。

师父的右腿是怎样的一段故事，在我为其执酒唯一称他为师父而不是陈师傅之后，我也从来没有问过。有人说是他比武夺冠，被人嫉妒；有人说是激于义气，被人报复，众说纷纭。不管怎样这是他来到这里的原因。但是他是那样寡言的人，根本不理睬我，也不理睬被我缠得没办法陪我一起登门致礼的父亲，问及拳法，只一句，那是谣言，我不会。

那我只能从师母和小可那里打主意了，小可就是他和师母的女儿。

这一段就不多说了，是另一个故事了，总之折腾得我总是山重水复的感觉。我用尽方法逗引小可开心，百般用心帮助师母干活，处处给他费心搜寻好酒让父亲买来——因为他那条腿雨天会疼，喝酒来止疼。到最后师母也看不下去了，小可早就闹她父亲了，他才终于答应。答应之前，师父问：

学武何为？

我已经十一岁，又想起姐姐的经历，诸如此类，还有更甚的，遂答师父：

因我心有火焰和眼泪。

师父说：倒酒！

接着我就给师父倒了许多年的酒。

因为父亲督促教诲，几年学武之后我直接转回村小学四年级时学习还行，于是从小学到初中，利用寒暑假和周末跟着师父学艺和做人，学会这一生的为人——认真地去爱和恨。

6

我记忆中姑妈一生的表情，就像一面冰凉的古镜面对着冬天寂寞的星空。

她很少笑，哪怕是一丝真正的笑容。

小的时候我有点怕她，又觉得她冰冷中带有神秘，和她并不觉得亲，实际上谁也无法和她表现得亲热，她拒绝了所有类似亲密的动作。她把自己的心彻底封死了，她不需要光和热，别人也没有办法给。

在她死后，我大约知道了她的故事，我悲伤地落泪，何必呢，我美丽而绝望的姑妈，你何必呢，命运既然没有把他给你，你又何必这样摧残自己……你拿一生的美丽来空旷地等待，而他根本就不会再归来，你用这样绝望的方式在泥泞里保持着撕裂般鲜艳的盛开，悬挂在枝头，你的美丽在风中摇摆，直到开完，直到颓败，直到你为他把青春耗成落花，青丝又熬成白发……他还是没来啊。我的姑姑，我在你坟前哭了……

在旁人眼里，这只不过是戏子一段情，你和他曾同门学艺，你们相遇了，相爱了，你们好了……在这样偏见的乡间，戏子是受尽歧视的下九流行当。姑姑，我不知道作为小女儿的你是怎样和守旧的祖母激烈地争吵才入的这一行，我只有参照那些戏曲名伶们来想象台上的他一颦一蹙有多么的迷人多么的潇洒，以至于你满村庄地追着听他的唱腔看他的扮相，还一脸的幸福模样。当他唱到伤情的地方会止不住泪眼迷离，你不知道他那是在台上做戏，你的双眼早已下雨……

你反复又反复地和祖母吵闹，甚至绝食以死相逼，终于得以和他同门学艺……姑姑，中间的细节我都为你省略，我不想只把你们的相爱叙说成寻常男女的盲目热烈，因这是你一生中唯一的一段爱呵……

三个月后雪湖边的月夜，槐花缤纷若雪，你的心跳动着，羞红的脸颊等待为他绽放第一抹皎洁。

两个人，推推扯扯，把誓言分解、妥帖，再逐渐商榷、探索、组合。你说说，我说说，一生一世就这样私自相约终老了。

好归好，但是他终究不甘愿做这小地方的麻雀，和戏文里那些有才艺有墨水却压抑在小地方受人糟践的秀才举人一样，他也想往大地方试试翅膀，所以有一天，他说，小钰，我要去南京，那里有大舞台，在那里我可以拜师，可以红起来，成名成角儿……

他陷入自己的幻想里，好看的眉脸上散发着类似于金属的迷醉光芒。你说你也要和他一起去，我的傻姑姑，你甚至用了私奔这个词，他连犹豫都无，便拒绝了这个提议，只说我到了那里安顿下来就来接你。

　　我到了那里安顿下来就来接你……就这一句话活活苦了你一辈子，姑姑，你值也不值？

　　可我的姑姑还顾不上想这些，他一去就杳无音讯，从此消失，像一阵风。姑姑还没来得及去找他，却悲哀地发现自己已经有身孕了……他终究只是一个戏子罢了。

　　她托人满世界打听她心里的那个人，先是南京，再苏州、开封、西安……能打听的她都打听了，没有。没有他，都没有。像一滴泪落进水里，只在她一人的湖面上留一点涟漪，谁也没有在意。

　　熬了三四个月，姑姑出嫁了。她唯一的条件就是要把孩子生下来，至于嫁给谁，她拖着肚子都不去想了。她已经死过一回，也就不怕在这肮脏中再活下去了。

　　如蛹破出蝶，六个月后姑妈生下了我的姐姐，继续她在这尘世里的命运辗转。

　　姐姐说，她就是这么的刚烈和决绝，让我们说什么好呢。

　　书上说生得相亲，死亦何恨……竟是这样刚烈且痴的女心，至死犹是一往情深……我为女子，薄命如斯，君是丈夫，负心若此……还没好好地看透，就匆忙轻薄地等候。

　　我的姑姑死在生过小五后第三年的那个春天。

　　男人在她生了一个又一个闺女之后，虽不敢打她，但终日出口就是咒骂，说他日夜都白忙活了，大腿叉了几千回也生不出一个带把的……她的男人就是这样的货。入夜则喷着酒气在她身上做的都是摔桌子打板凳的动作，她知道这个没有本事且小心眼子的孬种男人是在想方设法折磨她。思前想后，她也不觉得有多难过，只是觉得深深的蚀骨的，寂寞。

　　十来年过去，现在她终于为这个无赖的男人生了一个可以传宗接代的儿子，她在这世上谁也不欠了。

她一生干净如玉，即使在那样的贫穷和肮脏中也保持着一种得体的素洁。

走的那天，阳光明亮，鸟鸣悠扬，破院子里的月季花在窗前正开得烂漫，是春天里常见的好天气。姑姑里里外外洒扫庭院，收拾得一尘不染，哄睡了已经不需要吃奶的小五子，把几个闺女都支了出去，她换了压在箱子底的戏服，事后邻居说有唱腔飘出，那是姑姑结合自己一生的经历，唱的一出《思凡》，他们第一次一起登台唱的就是这一场戏：

> 正青春，被师傅削了头发。
> 每日里，在佛殿上烧香换水，
> 见几个子弟游戏在山门下。
> 他把眼儿瞧着咱，
> 咱把眼儿觑着他。
> 他与咱，咱共他，
> 两下里多牵挂。
> 冤家，怎能够成就了姻缘，
> 死在阎王殿前由他。
> 把那碾来舂，锯来解，把磨来挨，
> 放在油锅里去炸，
> 啊呀，由他！
> 则见那活人受罪，
> 哪曾见死鬼带枷？
> 啊呀，由他……

她爱过一个人，烈火熬油的心，男人说我会来的，她信了，就傻傻痴痴地信了。她不信又能怎样呢。

这是她选择的命。她愿意。

姐姐赶来时姑姑已经不行了，她吃了整整一包老鼠药，她真是去意已决。这世上没什么可留恋的了，甚至都没有喊那负心人的名字，她就是要去死。她来到世上，该看的看了，该爱的爱了，该受的也都受了。她就走了。

姐姐扑进家门时众人正协助姑父往姑姑嘴里灌屎尿水，姑姑在做最后的挣扎，他们还想让她呕吐出来……

姐姐扑上去把它打翻在地上，发狂一样号叫着把所有人都轰走，然后把门窗打开，让秽气散出去，清扫净地上，给姑姑整理好衣裳，窗前采一朵含苞的月季跪在地下给姑姑插在依然茂盛的头发上……

姑姑笑了。

她笑的是这样解脱和释怀，姐姐的眼泪一直流着，姑姑还想伸手摸摸姐姐的脸，给她的女儿擦一擦泪水，但是她已经不能了，只断续地说，巧祯，我走了啊……

姐姐跪在地上，哭着，应着她，娘，你走吧，你在这世上活的苦……

姑姑又笑了，手放在心口，说，乖，不哭，娘不苦……

入土的时候，姐姐在姑姑的坟上一遍又一遍地撒上红糖，她想让她走的路上会有些甜。

……

她走的那个春天，她四十岁。

她的一生，没有衰老，只有美。

7

生活残忍和美好的地方就在于日子一直在往前走。

　　我家渐渐好过了些，父亲也少受数落了，因为他的工资高了，他可以好好地腻在学校里教学了。弟弟也长大了。母亲依旧大包大揽忙活着家里地里的活计，此外还喂了一圈猪。我则按照自己预期方向几乎是愤怒地命令身体成长，初具男子汉的规模，好在我不是父亲那个瘦弱的体型，双肩也在夜以继日地加宽着，我似乎都能听见骨头膨胀拔节的声音。所以渐渐也没有人敢轻易欺负我的亲人了。连摇子这个无赖再看见我都及早躲着远远地走，怕挨揍。

　　最好的当然是我的姐姐可以经常来家里了。姑姑走后，姑父那个混球更加混账，种地嫌累，又没有什么本事，便又干起了以前的勾当，偷偷摸摸，混吃混喝。小儿子有他爷爷奶奶管着，女儿就没有人问了，连带着我的几个表姐表妹都饥一顿饱一顿的，三个妹妹，也多亏有姐姐照顾，才能走一步算一步。所以姐姐虽然能常来，却不能住下了，她放心不下几个妹妹在家。她怕那个昏货喝点酒回到家再打骂她们。

　　有一回好几天都没有见姐姐来了，给她留的她最爱吃的西瓜再不吃就熟过了，我忍不住，骑着车带着瓜去她家找她。姑姑家离我家有十多里的路，也就是一顿饭的工夫。

　　到了家我发现姐姐的眼睛红肿，我问她，她说没哭，烧火迷住了。我怎么会信呢。再一看，她急忙将手背在身后不让我看见手上缠着的纱布。我难受得不行，拉过她的手，急问，姐姐你快说啊，怎么了？

　　我一再问她，姐姐她"哇啦"一声哭了满嘴的泪，说，好弟弟我可就你一个亲人哪，你可不能说出去一个字啊……

　　姑父这个下流男人真不是个东西！

　　他喝醉了，回到家，嘟嘟啦啦地说酒话：你说你娘一辈子都没正眼瞧过我，她傲的她！她是长得好，长得好又怎么样？！还不正眼看我，就是欠拾掇！我是打不过，打过的话我能弄死她！噢，她死了。你也不是什么好东西，六个月就落地了，合计着骗老子呢！老子不傻！……

这个混球就这样颠三倒四说着期期艾艾的胡话。姐姐懒得理他，在灶前烧水煮饭，几个妹妹还饿着呢。

带着有度数的酒精脸，他晕晕乎乎地踱到灶前，指着姐姐，喷出恶臭的酒气，你说你哪点像我，你喊过我爹吗？告诉你，不像！养你这么些年，也该跟你算账了！

借着酒劲，他打量着姐姐，有一瞬间他分不出哪是姑姑哪是姐姐，像镜花水月，两个影子都在姐姐身上重叠，姐姐出落得和姑姑当年没有什么分别，这个烂货忽然一跃扑过去，带着一股子仇恨和邪恶！

姐姐开始没明白过来，毕竟这是她爹，明白过来姐姐就喊，巧英，巧凤，快来啊！瞬间姐姐的衣服已经被撕烂，挣扎中姐姐掀开锅盖抓勺舀起沸水就迎面泼过去，"哇"一声鬼叫狼嚎，他才松了手，姐姐的手上也被烫的满是水泡。

自此，再在家睡觉时，姐姐的枕头下面都放着一把磨亮的剪刀。

……

听得我心里疼得流血，怒不可遏！已经不是小时候了，三棍儿，我等着你！

姐姐看我脸上青筋都起来了，怕我惹祸，说，大海，你回去吧，姐姐过天就去。

我不走。我等着。我一直等到天黑，才见三棍儿的影子，迎着夜色我劈面一脚就把他踹到路边的粪池子里去了，他不敢再上来，只在那儿叫骂，反了天了反了天了……我捡起一块砖头，被姐姐夺下，大海，你别当个人待他，不值得！

就这样，姐姐一年中大多数时间都是在我家度过的。但是那边终究是她的家，隔一段时间，她就要回去拾掇一下，再和妹妹一起来我家，有时是和巧英，有时是和巧凤，有时是和巧月，她不好意思一起带着妹妹都来，我的傻姐姐啊，她还怕拖累我家。

随着日历，日子安安静静地一天天翻过，家长里短的，只要没有邪恶的打扰，便很平和。姐姐和几个妹妹在我家院子里摆了几个花架绣花，绣那种城里人家地毯上墙壁上装饰用的图案。闲时就绣上半天，可以挣点零钱。

入夏了，夏日昼长，梧桐树下阴凉里，阳光的影子筛落下来，落在身上，风一吹，像碎金子。几个姐姐穿针引线在花架上飞舞耕耘，女孩子做这些，手法漂亮、熟稔，一个话题又一个话题在嘴巴上接力，说笑声不时散开来，像雨后春笋，是她们青春里快乐的一段时光。

我在一旁看着，也觉得快乐，嘴角不自觉地就是上扬的。最亲的人都在一起，就是这种感觉。

若雨后水涨，那就更好了，就像我和姐姐那时候满地里乱跑一样，弟弟小海也已经长到了这个年纪，光着脚丫抱着木桶和他差不多大的巧月满地里寻河沟，因为有泥鳅，因为姐姐掺着红薯粉面做的泥鳅，我们总也吃不够。

父亲的讲话已经不能满足我的求知欲望，可到入夜父亲多多少少还要讲上一段，因为围绕着他有好几双殷殷的目光，弟弟、巧英、巧凤，还有巧月。要升高中了，我在昏黄的灯光下看书，一抬眼，姐姐端着一碗绿豆汤放在桌上，坐在旁边和母亲一起分拣麦子里的小石粒……

真想时间就定格在这里，亲爱的人都在身边，那些苦痛已经走远，灾祸都不再来，生活永远展现的是它仁慈和幸福的一面，该多好。

平安地过了还没有一年，灾难便再一次降临到姐姐身上。那一天我正在县城的学校里上课，台上的老师在那里马不停蹄地灌输着学说，听得人昏昏欲睡。这时校园门口小卖部的刘叔找我，他是我们村的，平常周末不回家都是在他那儿给家里打个电话，怕家里有啥事，留的也是他那个号码，刘叔说大海你赶快回家，你家里好像出啥事了，刚才打电话的是你妹妹吧，都哭了……

我一听立马就往外跑，一气跑到车站，跳上一班到乡里的车，心里的翅膀扑棱棱地飞，但车就是不紧不慢地走，急得人牙根痒痒，恨不得能带着车飞翔。下了车，拔脚就往家奔，到家里一看，巧英、巧月都在，独不见姐姐和巧凤，姑姑去世后很少再来我家的那个无赖竟然也在，平常不常抽烟的父亲手里的烟灰多长，母亲满脸焦灼，看见我，说，乖儿，你可回来了……

我问咋了，妈？

母亲说，你姐姐和巧凤昨天从咱家回去，我觉着一会就到家了，经常来来去去，也没在意，谁知到现在两边都不见她俩的影……

还没等母亲说完"你说这俩孩子会到哪里去呢"，我一把捞起倚坐在梧桐树边的姑父，一手拽着他的衣领，一手举起拳头，质问，你把我姐姐弄哪里去了，你又捣的什么鬼！他惊恐地睁大眼看着暴怒的拳头，两手乱摆护住那扇失血的风流脸，悬空的身子踢着腿"哎哎"地叫唤，我还没找你们算账呢，我的两个大姑娘就这样没影了，你还敢……"打我"两个字他还没说完，拳头就落在他那张烂脸上，把他一把掼在地上，他捂住脸，闭上了嘴。

父亲已经报了案，也气得想踢地上的那个混蛋。父亲说你再想想你最近有没有得罪了谁。他只在地上鬼哭狼叫，说，你们赔我的女儿，我卖了还能买点酒喝，这倒好，你们得赔我……父亲也气得点一把他的脑袋瓜子，深深叹一口气。

一时间一筹莫展，只好和几个派出所的老民警沿着去姑姑家的路再走一遍，结果也是徒劳无功，问谁都说没见过。正是玉米拔节的季候，路两边都是齐肩的玉米地，一望绿茫茫的一大片，就是里边藏个人也没法看清楚。

几个民警立了案，摇摇头，表示也无可奈何。询查了一番，天黑就要走。我拉住他们的手哀求，不让他们走，求他们再派一些人来，求他们把我姐姐找回来……但是他们叹息着，还是走了。

我沿着玉米地中间夹着的小路来来回回地跑，一遍一遍疯了一样喊着姐姐的名字，姐姐，姐姐……喊着喊着眼泪就下来了，眼泪一直流一直流，止不住，拼命地喊，姐姐，姐姐，你在哪里，姐姐你在哪里啊……直到把喉咙喊哑了，只一声一声张着嘴，再发不出一点声音，我还要喊……母亲也已经哭得要晕厥，由弟弟和巧英搀扶着，父亲也跟着喊，我们沿着路，一路哭，一路对着黑茫茫的玉米地喊着……

天已经黑下来了。

8

师父曾对我说，大海，你为人沉和，但性情有时暴烈，不知道学武对你是好还是坏。

师父阅人多矣。

上高中的时候，很少给他倒酒了，临末，他背着师母给我一柄自制的匕首，短小，月牙形，可以套在右手四个指头上，出击凌厉。师父说，不到万不得已不能用。我明白师父的意思，这个匕首是危险时用来划割对方脚腱的。毁树动根，伤人攻足。师父说当年我要是没有它，两条腿就都要搭上了。

我没想到第一次用它是为了我的姐姐。

观察了将近两个月，日子恢复平静了，他们觉得没事了，我才动手。

我叫上了在武校时结识的两个弟兄长恒和大永，把我两个姐姐的遭遇大致给他们说了，我们的心都在滴血！我对他们说我不要你们动手，他们这一伙有三个人，我一个一个处理过了，只要你们把前两个都弄到第三个的家里——我都查看好了。

长恒和大永一遍一遍地把愤怒释放在畜生们身上，倒是我拉住他们的手，劝，给他们留口气。他们两一人手里拽一个，都拖到第三个那家，三个糟蹋我姐姐的畜生都齐了。该打的打了。

有什么用呢。我垂下手来，满心的悲哀……一点也回不到当初，一点也不能弥补了。我呜呜地哭了，我的姐姐，我为你做的，只能是这些了。

我让长恒、大永和我父亲一起去派出所，说两个月前糟践两个少女的凶手都找到了。我在夜里来到姑姑的坟前，我跪下，扑在她坟前，骂她，你苦受了一辈子，还连累我的姐姐受这些罪孽，你在那边就不会睁开眼看着她们吗……星月都只是照下来，冷眼看着。哭声呜咽回旋，没有人来回答我。

一切还都源于我那不成器的姑父。

他重回旧路，净干一些偷偷摸摸的勾当。我们这个地方是几个省的交界，确实也有点乱，这样的小偷小摸一旦多了上面也懒得管，于是他们越偷胆子越大了，搅得临近几个乡都不得安生。他又是干啥啥不行的货，做个小偷也只能在外面做个接应，有一回一看有风吹草动，还没来得及通知里面的人他自己就撒腿跑了，没被同伙打死算他命大。仍然死性不改，终于这一回喝了点酒，别人都跑散了，就他翻墙没翻过去，被人家毒打一顿擒到派出所。禁不住打，一五一十地全都招了，何时何地和谁偷了什么，招了大半夜，密密麻麻地记了一案册。他挨了几顿，关了几个月出来了，可那些同伙们犯得可不是光偷窃一项，糟践人家姑娘，抢劫行凶，都是有案底的，不死也得掉几层皮。你想这些人出来了怎么会饶得了他。

那天姐姐和二妹巧凤回家，惦记着看看地里的豆子是不是该收了。临走时母亲还吩咐着在家过一天还来啊，该收了的话叫小海帮着去收，姐姐答应着出了门，和巧凤一路上说说笑笑地就走了。下了官道有一段路是穿过田地的，平常的时候路还挺宽，但现在两边被玉米叶子遮掩，显得狭窄而寂寥，两边高高的玉米把路给吞没了，往前走几步就陷入玉米的包围里。刚过了正午时分，路上没有人，只有蝉在拼命地叫，头顶的日光静默猛烈倾泻，走在路上白花花的太阳下反而更显得阴森可怕。巧凤走了一段，心里发怵，缩着脖颈，出着汗却很冷的样子，说，姐，要不咱绕远点走陈观庄过吧。姐姐说，太远了，放着近路不走绕那么远干啥。又说，就这一段，大正午的，怕啥，走快点，二凤。

听见玉米丛里似乎有窸窣的响动，两人也没有在意，以为是风。

姐姐率先前行，二姐巧凤也只好骑车跟上。

这条路的中间一段有一片坟地，这也不算什么，农村，出了门就是祖宗留下的坟包也不稀奇，但现在两旁都是密不透风黑压压的玉米，人就像走在漆黑的夜里，两旁都是坟地，蝉声撕裂，但是心里面静得掉一根针都能听见，所有的恐惧可怖的故事、传言的画面都涌上来绷在草木皆兵的心弦上，她们屏住呼吸，走一步心里一紧张，走近坟包时巧凤心"咕咚咕咚"地跳，她在后面紧跟着姐姐，干脆闭上眼睛，狠踩一下踏板，风声从耳朵两边掠过去，捂住胸口刚要睁开眼，大姐二姐同时魂飞魄散一声"啊——"

——坟后面跳出来几个蒙脸的人！

……

他们这些丧尽天良的畜生把我的两个姐姐拉到玉米地深处看水渠的破屋里蹂躏了两天一夜！

两天一夜啊我的姐姐！

9

我去了广州。

我在学校里待了几天，实在没有心思再上学，没跟父亲也没有跟任何人说，就跟随同学的哥哥一起坐火车走了。我的心里奔涌着愤怒的河，我受不了了。

先是给一家迪厅看场子，不喜欢那个环境，进了厂子，后又出来，端过盘子，在厦门的码头扛过海鲜，当过保安、配货员……干的太多了。无所谓了，我孤独地活着，内心始终无法摆脱那份深深的耻辱，心里盛满内疚和痛苦。

是我没能保护好我的姐姐。

我始终无法忘记姐姐把自己关在屋子里一个多月，出来后的那个眼神，她灰黑色的眼神像是从墓地里发出的芽，长在苍白到不能再苍白的脸上。姐姐的嘴唇一直颤抖着，久不见阳光的眼眶刺痛出参差的泪水，她都不觉得，许久许久，姐姐还是对着我笑了……那是怎样的一种笑呵，她一笑我转过身去攥着拳头哭了，我宁愿自己死去也不愿她受那样的伤害……

半年后父亲给我打电话，他显然老了，声音仍然温和，他说大海，你回来吧，没有事了。那几个畜生罪有应得，都判了。他们不会判你的刑，长恒和大永没说是你打的，拘留了他们俩一段时间，爸爸都打点好了，你回来吧……

我的眼泪流下来，我知道长恒和大永我的两个兄弟为我受罪了，我也知道父亲花了不少钱，但是现在我还不想这些，我想问一句我的姐姐，从出来我就没有再看见她一眼，我不忍心再看。

父亲接着说，你姐巧祯和巧凤都在杭州呢，制衣厂，挺好的……你妈妈想你了，回来吧。

我挂了电话，手心里攥着那年学武时姐姐给我辟邪的桃木串，在遥远的南方，看着天空，在心底喊了一声，姐姐。

我却两年以后才回家，这中间也没有给姐姐打一个电话，我不知道第一句话该说什么。我想既然出来了，就受些罪吧，如果真有上天的话，我多受些，就让我的姐姐少受点罪吧。

两年后我回家，是因为我的姐姐要结婚了。

自那以后，姐姐就出门打工去了，这两年里我不知道她是怎么过的，我断续从父亲的电话里或者同乡的口中知道姐姐在厂子里很平顺，先是投奔一家远亲，从盯着一台缝纫机到熟练管着四台机子，工资也从几百元涨到了两千多，又过了有一年，听说姐姐找了一个人家，对她可好了。再过了将近一年，父亲说你姐要出嫁了，你总得回来吧。

我就回来了。

再站在院子里，对面都是我的亲人，都是在我生命的风景里最重要的人，发生在这个院子里的事一幕幕浮现在眼前，我有一种落泪的恍惚感。时光和心绪交织，阳光忽然显得不真实，风掀动树叶子发出哗哗哗的声音，这声音将亲人投过来的眼神都漂浮起来，仿佛其他的人离得那么远，只有姐姐的笑脸盛开在我的眼前……我放下行李，左一脚想念，右一脚想念，还没有喊出一声凝噎的"姐姐"，久违的眼泪便兀自迎出，我蹲在地上，默默地哭了。

姐姐也蹲下来，抚摸我的头，说，傻弟弟，傻弟弟呵……

我知道以后不用再为姐姐流泪了，日子好过了。

这一回上天总算没有瞎了眼，给了我姐姐一个好男人。

要说这个唤作小满的男子乍一看也是配不上姐姐的，他黝黑、老相，也不高大，反过来也可以说是结实、持重，会体贴人。看得出来他们是一点一点处出来的，这样的情意让人只觉得亲，很少需要言语，彼此看一眼对方的眼神，那一份疼惜和眷恋就源源不断从身体里流出来的，这种情分，安静而温馨，姐姐很满意。小满知道对她好，会心疼人。

姐姐需要的是小满这样的人。

办完宴席之后，小满和姐姐就要走了。临走的时候，我不知道素来坚强的母亲怎么会哭得这么伤心，眼泪大颗大颗地扑簌簌滚落，姐姐抱着母亲，也哭了。我看着他们，我生命中最亲的人，想劝劝母亲，我的姐姐终于有了幸福的归宿，我们该高兴才是……我转过身抹了一把脸，自己也是止不住泪水。

其实还有一些不愉快的事，无非还是来自那个不成器的姑父，他嫌小满比姐姐大——也不过大五六岁，这是他想多向小满要彩礼的一个借口罢了，当着他的面，我说，哥，有钱你也别给他，给他他也是喝酒赌博败完了。他对我干瞪眼。

在社会上磨砺了两年，我已不再轻易动怒了，只觉得他也可怜。一辈子浑浑噩噩活得像个糊涂而愚蠢的梦，到头来酒精中毒肝硬化卧床不起，磨得发光的木枕头上，只露出一张被岁月狠狠拧干了水分干扁的脸，胡茬子乱草一般……也算是报应吧。

然后是二表姐巧英嫁到诸暨，接着是巧凤嫁到张家港，都是自己在外面打工谈的人家，都离家很远。远了也好。巧月还小，在和弟弟一起上初中。

梧桐树下绣花，夜里一家人聚在一起谈天说地的场景大约是不再有了，姐姐出事那一年，院中梧桐树先是被雷伤了树顶，后来渐渐就枯萎了。

我听从师父的建议，他说，这已经不是赤手空拳凭力气、功夫吃饭的时代了，得有智慧和谋算，才能弄出大局面来。我给师父倒了一杯酒，真想给他磕一个头。

师父说得对。

我对父亲说，我还上学吧。

父亲先是一怔，眼中有迷蒙泪意，说，你想通了，好。

我知道，做教师的父亲想让我上出名堂来，他以为我的心早跑野了。其实，即使是在关外那个后来员工接连跳楼的大厂里单调疲倦的流水线上，在轰鸣的机器中置身于有毒有害的作业操作间里，和工友们互相诋毁谩骂满嘴脏话以分散疲劳和压抑的时候，我心里也知道我终究不是属于这种环境的，还有一片天空我未曾到达。

于是在荒芜了两年之后，我重新拾起课本，插在一个补习班里深一脚浅一脚地突击高考。我还跟姐姐说要考到杭州去呢，好常去你家吃饭啊。姐姐笑，说，好啊，好，还给你做泥鳅。

最终我没有去杭州，毕竟落下的太多了，费死了劲也只考到了省会的一个学校。

10

原打算着和父亲一样，成为一名教师，因为同时我还记着师父的话呢，我希望自己能教给孩子们爱和耐心，而不是残忍和恨，在他们心里播下的是美和善的种子。

几年之后，先是做图书编辑和撰稿，后来索性就做了一家报社的记者，因为这个职业必须时刻得有热泪盈眶的情怀和年轻的灼热感觉，我是一个刚烈又韧性的人，它适合我。

我只想分清这世界里，哪些是眼泪，哪些是污水。

业余的时候做一些义工，可以温习一下关于做教师的初衷。是我们自发组织的一个基金会，规格小，心大。利用周末的时候和智障而又家庭困难的孩子们在一起，像家人一样，分享他们的伤心和快乐。我们中的一个女孩甚至仅用不到两年的时间，就让一个先天性脑瘫的男孩拿到了自考本科的文凭，想想真是不可思议的事情，有记者听说了来采访，问及女孩，她只说，因为爱。

和这些孩子们在一起，我认识到我们每一个人生来是多么的孤独，多么渴望和人交流和倾诉，每一颗心都是那么敏感，那么渴望爱和关怀，我看到当爱在他们身边时，那笑脸都是多么的柔软、灿烂。

我对姐姐说我认识了一个女孩，和你很像哎。

姐姐就笑，傻弟弟，哪里像呵？

我也笑，心像，善良。

女孩也在身边，笑的时候眼睛明亮闪烁，对着电话再加上一句，长得也像啊，漂亮。

我跟她说过姐姐，她知道姐姐长得有多美。她就是那个用爱帮助男孩创造了奇迹的大女孩——蕙，一家英语培训机构的课程顾问，温暖而天真，其实也是看过大风景的人。蕙并不多么漂亮，但是笑起来的时候，眼睛里深美的湖水里都是细碎的星光，很好看。

姐姐接着说，什么时候带来让姐姐看看啊？蕙学着我的声音抢着回答了，那就这个夏天吧。她就笑了，因为答应她去玩还没兑现呢。

最后姐姐嘱咐我说，要对人家好。

蕙可得了这句话了，每当有不偿其愿时，她便拿这句话压我：姐姐说了，你要对我好！

既然姐姐这样说了，那就好就是了。

六月份出差去上海，返回的时候便在姐姐家住了一段时间，想吃几天姐姐做的饭。

小满一家是桐庐下面靠江边的本地人，现在周围遍地是新生的厂区，他们用勤恳在旧址上建了六层的新房，三楼以上出租给工人。除开鱼汛，平常的日子小满开车送货，姐姐闲时就在附近制衣厂做些零活。

他们的日子兴旺而殷实，姐姐迎来了她的好日子。自前年生了小心瑶之后，姐姐胖得几乎穿不下以前的衣服了。

孩子聪明可爱，日子红火美满，像一艘小船，经过了风疾浪险的河段之后，开始风平浪静的生活。中间唯一的一段惊险是小满去金华送货，那天雾大，行至一段路面时没看见地面已经损坏，车子急速刹车，头上撞了一下。

不太严重，也不知怎么就一下子昏了，可把你姐吓坏了，跑到医院扑身上就……弱下去的一份尾音，"哭"字小满他没说出来，心就突然一软，看着姐姐眼睛里湿漉漉的，是家常笃定的幸福。

姐姐嗔他，还说呢，把人都吓死了。眼角却湿了，起身去看厨房的蒸锅。隔了一会，小满的眼睛就下意识地寻找一下姐姐的身影，看着了，心思就回到饭桌上，倒满酒，对我说，咱喝。高压锅里的蒸汽扑打着盖子，发出"噗噗"的声音，食物温暖的香味飘散出来……

六七月份，正是富春江上一年中最好的鱼汛，他们有一艘柴油发动机的小船，姐姐和姐夫两人每天夜出昼归，夜里趁凉快收网，清晨拿到市场卖掉，上午就卖完了，然后就歇在家里躲避外面热辣辣的毒太阳。自小满出了那次车祸，这江上所有的活计里，姐夫小满只负责开船，连收网姐姐都不让他干，姐夫想插手，姐姐麻利地抢先拉网、收鱼、挑拣，送到集市上，或零卖或送到酒楼里，然后买菜，回家做饭，从爷爷奶奶那里接过孩子，哄她玩……姐夫插不上手，姐姐不让，小满只能无奈地摊摊手，笑笑，他的抗议在姐姐那里无效。姐姐说你开好船就行了，等我老了你再干。

小满就对我抱怨，说你看你姐……我也笑，说，哥，咱们上次说你放蜂到哪儿了……我们就喝着啤酒说闲话，姐姐在旁边的沙发上抱着心瑶，逗她笑。小满小时候就跟着爹爹走南跑北地放蜂、收药材、捕蛇，一肚子的江湖故事，我和姐姐都爱听，有点像当年父亲说古的场景。

在一个话题的间隙小满也逗心瑶玩，玩了一会，她吃得嘴里漾奶，就睡了。看着她薄薄的鼻子一翕一合，呼吸好像是透明的，居然还打起了小小的鼾声，姐姐忍不住笑了起来。我们都盯住心瑶看，心里慢慢沁出柔软的水，这种柔情和心瑶的呼吸一点一点缠在一起，此刻的温情使我想起我的蕙，就像疲惫时依偎在她长发边的那种美好感觉……石英钟"啵啵"地动着针摆，我收回心来，看心瑶睡得正香，胖嘟嘟的小胳膊露在外面，粉红的拳头紧紧攥着她幸福的童年。悄悄喊她，满心瑶，心瑶……她的名字真好。

这一刻好像我们都是姐姐的孩子，围绕在她周围，让她照顾。

我走的前一天，小满因为有一车临时的货物要送达，一大早就出车了。我跟姐姐说我替我哥去船上，姐姐一笑，说，你就好好睡吧。我醒来，五点刚过，天明了，姐姐早已经去了江上。我赶到江边找到姐姐时，她已收了网，看见了我，举起船舱里的一条大鱼，喊我看，那是富春江只有这个季节才能捕到的野生刀鱼，姐姐朝岸上挥挥手里的鱼，上午给你做了吃。

阳光出来了，红灿灿的朝阳照在姐姐的脸上，灿烂而柔软，姐姐站在船上，分拣网里的江鱼，我在岸边看着她。姐姐身形高大，暴露在太阳底下的皮肤都粗糙黝黑了，我想起在老院子里梧桐树下绣花的姐姐，想起家乡雪湖边和我一起打水草、洗衣服的姐姐，家乡河岸边的槐花落下来，落满了姐姐的头发……起身看两岸青山如画，一江碧水流波，再看看姐姐，她立在船头把船系住，姐姐明亮的笑脸落在水里，随着江水浮动流转。我看着看着，一瞬间有些恍然，似乎生命里亲人的容颜也都重叠在那上面，从姑姑到母亲到我的表姐表妹，以及我的蕙，都和姐姐此刻的笑脸重叠在一起，那笑脸在红红的水面上一闪一闪……我看着流动的水面，恍惚间分不清哪是姐姐哪是其他的亲人，只觉得阳光照耀下，她们，都这么美。

那一刻，我只想柔软地流泪。

| 桃花嫁 |

1

春分那天，桃花看见一行长长的归雁，在向晚的橘色光里排成一道灰褐色舒缓的线，水一样地向北移动，这雁行像一道线，从南向北缓缓拉回初三月这失而复得的温暖春天。

但是，桃花的心还是一片乍暖还寒。母亲嘱咐她去梨园挖些荠菜来："唉，要说还是人邵老板有本事呵，这万把斤梨指着你爹免不了又得烂在窖里头，几句话，人家就给咱联系上车了，这还没过门呢……"

桃花把手里的韭菜丢下，脸色急转直下："谁过谁的门啊，我答应了吗？你俩倒好，不声不张地就把人彩礼（即财礼）收了，您也问问有您这样的吗，买个东西还得掂量掂量看那东西是个什么货色呢……"

"好，好，就使劲掂量吧你。我还没说你呢，邵老板一来你就挂着个脸子，我还没死呢，你个不晓事的死女子，你也睁开眼看看这方圆几十里家世背景有谁比得邵家，你还想啥……"

"你看你这一套又来了，你烦不烦，妈！一开口就说人家的钱势，"桃花掂了篮子往外走，"不知道的还以为你拿闺女做生意呢。"桃花的眼角涌上一些委屈的酸意。

身后的母亲止住了剁馅的刀，怔怔地，一声叹息。

到了地里，因刚经过一场滋润的春雨，触目皆是攒动的绿意，野荠菜贴着地面，一片一片的，枝叶舒展，长得很肥，性急的已经挑起了细长的白花穗。桃花挖得心不在焉，本来是想把草拣出来，一转身却又放进了篮子。桃花抬眼怔怔地看着天上的过雁，慢慢地把它们从远看到近再看到远，直到再也看不见……桃花想，它们会飞，它们都有翅膀，桃花隔着衣服按着心口的玉坠子，在心底百转千回喊了一声，满仓……风吹来，夕阳里，桃花的心底涌起一层薄薄的凄凉。

2

"满仓，把那瓦刀递上来，得开块砖，噢，再给大爷端瓢凉水喝。"老百顺在脚手架上倚着砌的墙喊底下的满仓。

"满仓，不能给他递，哦，这就能叫大爷了吗，呵呵。"爱嬉笑的二尕站在老百顺下面的脚手架上边砌墙边打岔。二尕言下的意思人都明白，老百顺有四个次第开花待嫁的好女子，二尕也不过是玩笑的意思。建筑是一项顶枯燥熬人的活，工友都不过来自附近几个村子，彼此知根底，故相互间嘴巴很笑谑活泼，也是图个口角快乐罢了。"满仓，叔给你保媒，你看你要挑哪个。"

老百顺笑笑，骂二尕："你这个不正经的孬货。"

小涛在旁插上一句："二尕哥，昨儿黑里鸡飞狗跳地让嫂子修理得可快活啊。"二尕怕老婆。

老百顺笑得最有声色。喊满仓："满仓，上来，咱爷俩把这个梁上的模壳子卸了。"

满仓答应："好嘞。"拿着工具上来。

"干慢点，干慢点，慢工出细活嘛！"二朵也挤着头凑过来，其实是因为看队长这会儿不在，可以放松一会，"满仓，来，点一根，解乏。"二朵顺手摸出老百顺上衣兜的好烟，先叼上一根，再借花献佛给满仓。

满仓也笑着点上，抽着烟，干着活，说着话，间或一声哈哈或呵呵，东拉西扯中不觉话题一转："满方子快毕业了吧，这小子从小腼腼腆腆的，看着越来越有出息，"敲下一块砖，转眼教训二朵，"你那个泼皮小子也该学学人家满方，上学要上出名堂来，要不还得像咱们似的，为几个钱天天受这风吹日晒。"

这点二朵还真不敢反驳，他那浑小子上学，是三天打鱼两天晒网的货。他打岔："满意明年也该考了吧，你说你多啊满仓，老大老小都能供着上大学，就让你下来，"拆下一根横木，"唉，也真是，头生子惊喜末生子娇，为人莫处半中腰。"

百顺嫌他这话说得不合适，谁想下来，满仓学习也不差，心想这才是人满仓子让人心酸懂事的地方，百顺心底对比也是叹气，一辈子要强，咋就命里没有个带把的呢。"谷三破人，一辈子也不过平平常常一副老实窝囊相，养了三个儿子倒一个比一个强啊。"

满仓家供两个学生，还要供养常年瘫痪在床的奶奶，他爹本来名谷安坡，却被讹叫成谷三破：吃的破，穿的破，住的破。

满仓笑一笑，掐灭烟蒂："哪能都像百顺大爷这么大的福气。"老百顺四个女子都在外面打工，按月往家寄钱，老头花不完，可他闲不住，才搭班在这干活。

"你别说，老天爷都弄差了，都是儿子，受罪，都是闺女，也受罪，唉，人各有命！"咂咂嘴，吸口烟，吐出来，还是一声，"唉！"转身干活。

这时，二朵伸手向公路上打招呼："咦，你看，那不是邵老板儿吗，邵老板儿今儿咋自己开车送板儿，底下人呢，也没个人护驾呀。"

邵千贝也笑骂了一句，把楼板车靠路边停下，来到工地前，撕开烟，一人一根散散，高低也都是做的这一行，经常碰面。他有楼板厂有起吊机，爹是村里的大队书记，遂没人叫他千娇百宠的名字。"这不是得给满仓村西头户老三送的，晚上正好顺路得在老白家喝点，哥几个要有空也去热闹热闹。"

"噢，我说呢邵老板，敢情去老丈人家，那这事不能耽误，得亲自去。"

邵千贝又扔给二朵一根烟："扯淡我看你最在行，也看着点，别把墙垒歪了。"

"嘻，你问他垒歪的还少嘛。"小涛插话，"邵老板，啥时候喝你的喜酒啊？"

邵千贝陡然笑出一脸春色："不急，不急兄弟，少不了你的。"又依次敷衍了几句，"那行，哥几个先忙着，回见。"

邵千贝掸掸衣服，开车走了。照例把关于他的话题留在身后。

"这邵老板混得，叫一个得意呀，啧啧，白家这叫什么，呱唧呱唧一把撞上狗屎运了。"二朵不免羡慕嫉妒，酸酸的口气。

"是桃花运，二朵哥。"小涛不屑地纠正说。

"还真叫你说对了，桃花，可不就是桃花运嘛，听说人长得那个俊呀，你看你，我跟人家说话，你瞎反应激动个啥，哈哈……"二朵笑闹着用石子掷了一下还是光棍的小涛的某个部位。

小涛不甘示弱："还不是因为它想嫂子了。"

转脸，"哎，满仓，听说上学时桃花和你有那啥来着，真的假的，看不出来你小子艳福还真不浅哪，来，过来说说。"

老百顺看他们几个顺竿子又说得不堪了："队长来了，干活，赶快干活。"

"干活。"

3

下半夜的月亮清瘦，星光细碎，旁边的小河水悄悄流淌，像眼泪。

桃花把手轻覆在他紧锁的眉心："我妈收了邵家彩礼了，我和她吵了一架，你说该咋办啊，咱俩……"

满仓坐在河沿上，随手带出一个土块砸动水里的月亮。许久："也不能怪你妈！"就又不说话了。

"我哥想进矿上，他那个好吃懒做没主见的死样，一听邵千贝矿上有人，能给他安排个安闲的活，恨不得要我马上就嫁过去。"又说，"我恨死他了。"

桃花她哥那一茬村里小孩多有小儿麻痹症，费心治好了，还是有一点跛。他哥懦弱，从小玩耍，那么大的个子只能是人家使唤推搡、跟前跟后的小喽啰。

满仓并没有叹气，只平平地说："到底是矿上来钱，也不怨你哥。"

"我爷爷那事你也知道，看了一辈子山，就因为没火葬，抚恤金年年扣着发不下来……"

满仓仰面看天上明灭的星，兀自苦笑了一下："这下好了，都凑巧了，还不是人家的一句话。"邵千贝的一个伯父管着县民政局的章。

因他这句话，桃花忽然感觉伤心了，抬头看着他，举手打他，是真打。打过了，握着他的手，桃花想哭，想哭桃花就哭了。桃花的眼角慢慢泛起点点凄凄的潮湿，摸着他静默的眉脸，委屈地喊："满仓，满仓。"

然而，事实是满仓又能怎样。

苇间水鸟偶尔受惊于一颗流星，或者几声零星的狗鸣。天地都静。

"满仓，你敢不敢带我跑？"桃花眼睛里忽然闪起小小的火苗，一闪又一闪的。

他坐在那里，轻轻用手指梳着她的头发："傻丫头，又不是上学赶着上课，能往哪里跑呵！"

桃花小小的火苗一点点熄灭了，颓颓地偎着他，不再说话，听他和她心跳的微微时差。

上初中的时候，满仓从家到镇子里要沿着河岸步行三公里，就经常会迟到，桃花本来有漂亮的自行车，但是她不爱骑，她也走路，因为路上有他。经常走着走着远远地听见校园里急促的铃声，他就拉起她奔跑，有时还是会迟到。有时还会受罚，站在外面，不准进教室，但只是有时，时间也不会太长，是象征性的，因为他学习好。桃花不忘他牵着她奔跑的感觉，慌张、芬芳，奔跑的惊喜不定和呼吸心急，近似于一场小小的冒险游戏。

"反正你不带我跑，我就自己跑，要不我就投河，就是不要嫁给他。"桃花扑在他怀里，真的哭了，"你不知道他吃喝嫖赌样样不落啊满仓……"

他知道，但是他只能抱紧她。

夜已经很深很深了，这是今天或者还是明天呢。

4

邵千贝拍着李义廉肥瘦相宜的左肩，带着度数的右脸靠过去，再拍黄瓜似的狠拍几下，大着舌头说："李义廉啊李义廉，礼义廉耻你单缺个耻字，你整个就是一个无耻小人，哥们儿，再喝一个，你承不承认。"

李义廉一副笑眯眯的黄脸黄眼，一边倒酒，一边把住邵千贝东倒西歪的身子，心想你大爷的，就你那德行也配给哥哥放这些闲屁，但是仍然奉上酒杯，嘴上只是随便调侃一句："俺哥，要不你还喝羊奶去吧。"

事出有典。上中学的时候，刚一开始要学英语，老师都念不成句，就别说学生了，学一句个个都是用汉字注在下面。这天，英语老师叫起在后面正说得眉飞色舞的邵千贝，让他念念课文，让他打架他擅长，第一句"what's your name？"他吭哧了半天没吭哧上来，旁边大楞不知有意还是无意用汉字告诉他，也不知是咋听的，他还特得意地器宇轩昂大声念出，——"我吃羊奶不？"爆笑之后，遂成经典。

只此一句，邵千贝哈哈一声大笑，酒水顺势弄洒了李义廉一身："哎呀，不喝羊奶了，马上要喝俺家桃花的了。"

李义廉再满斟一杯，转着相书上说主淫亵的黄中带白的眼："玩腻了，别忘了让兄弟也喝点露水，当年想着她的可不止你一个哪。"

邵千贝顿顿酒杯："给你？这是哥哥的自留地，见了面你得叫嫂子。"

"不会吧俺哥，没喝多吧，你要说你玩玩那我还信，你还真打算和她结婚啊，大好年华这要浪费在一个女人身上那多可惜啊，真准备定日子了不成？"

邵千贝故作高深，哑巴着嘴，慢慢吐着烟圈，江山美人势在必得的样子："老太太老催着抱孙子，不管咋说明年我得让她抱上不是。"咬着烟蒂，"她爹娘早出手摆平了，就是这女人老是给哥哥拉着一副死脸子，啧啧。"捋捋下巴。

李义廉啜一口酒："不会是那个什么谷满仓这小子还和她那啥吧。"

邵千贝听着坐起来："哎，你不说我倒忘了这茬子事了，我咋说呢，这样一说就对了，"喝口酒，"嗯，你别说，有可能。"

"要不兄弟找人给你平平，保证不留后遗症，爽利的，给他来个一点通。"顿杯，一扬头，做个凌厉的手势。

邵千贝鼻子里"哼"的一声，猛喝一杯："这点事，用不着，八万八的彩礼都收下了，嗨，事儿还由得她。"

李义廉叫道："八万八！"差点惊出嘴里的酒水，并拇指食指翻来覆去大大地比画了几下，"这可是八万八啊，我说，俺哥你也真舍得啊！"

"嘿，兄弟那是你没见，我给你说，就一个字，值！这人比上学的时候还要正点哪。"

说得李义廉也黄眼放绿光，做了一个猥亵的动作，两人哈哈地笑。

5

"妈，人都答应了，保卫科，你想整天穿着制服拿着个电棍就这样晃晃，"逢春示范地晃了晃，"多神气，保卫科，还是正式工，妈，你就赶快再劝劝俺妹啊。"逢春两次把"保卫科"三个字念得抑扬顿挫。

"我劝得还少？"母亲使劲往灶里添了一把柴，或许是柴禾潮湿，几至呛出了眼泪，"你没听见她天天嚷着还要出去，天天和我吵吵，你们几个，唉，哪一个能让我省省心。"

逢春又是那样一副色厉内荏的样子："出去？她上哪儿去，她哪儿也别想给我去，打工能挣几个钱？搁着邵老板这儿现成的……"

母亲捶她仅有的不成器的儿："祸害哟，你要是有一点正经样儿我也不舍得你妹妹嫁给邵家。天天就知道东溜西逛，谁家闺女就是闲着沤粪也不会跟你，一说你还满不在乎的死样，我哪天死了也省得操这份心。"

逢春退出厨房，一脚把门口的葫芦踢得老远："我不管，我反正不想跟着俺多天天撅着个腚种这几亩破地了，受够了。"他对那弹回的葫芦又跛着腿狠狠补了一脚。

后面母亲喊："该吃饭了你还给我上哪儿去？"白逢春仍然不听不闻气哼哼地走出家门。

出门不远碰见他爹在路边合营家门前说话，也不搭理，愣着头走开。

"逢春，该吃饭了你还上哪儿去？"

"死去。"逢春头也不回。

他爹不尴不尬地说："你看这个龟孙。"掏出烟继续和合营家常闲话，"你的咋样了，窖里的梨处理完了没？"接过合营的烟把自己的对着点上。

合营吐出嘴里的烟丝："呸，你就别提俺了，就咱家这个行情，这个价儿，除去药钱，又是白搭功夫。"

"二柱他几个不都往外走车了吗，指着咱这里那是白瞎。"

"咱有人家那个本事么，你没有人，路上见站罚你个千儿八百的你找谁说去？"很认命的语气，"还得出去，还是打工省事，这日子！"又骂一句，"不如老哥你混的，这年头，有邵老板给你联系车，那以后你还不清等着在家享福了啊。"

他爹扬脸笑笑，又觉得笑得太早，但那笑还是在从皱纹里往外掉："看你说的。"

"就在这吃点吧。"

"不了，家里你嫂子也该做好了。"

家里。"桃花，来，搭把手抬一下桌子。"

"妈，你就放那儿吧，我来弄，"桃花起身放下架上的手工装饰绣花，"给你说多少次了，就别再揽这些绣花了，"桃花把桌子放好，"要不坐着绣一天，晚上你腰又该疼了。"

"抽空绣一件是一件，好歹它也是个零花钱。"母亲摆好饭菜，"吃吧。"

"妈，我跟巧祯姐打过电话了，她那厂里还要人，过几天我想走。"

母亲在围裙上擦筷子，筷子擦干了，掉了，母亲说："噢。"许久，又说，"唉！"母亲吞吐了一下，还是说了，"花儿，妈不是想和你吵，妈知道你看不上邵家的人，但你总得嫁人哪，平心说咱上哪儿能找到邵家这么好的人家，从过年提亲到现在你也看到了，人家忙前忙后地给咱家操办这操办那，图个啥，还不就图你一句话，这么重的彩礼都收了，这你让咱咋给人回话？"

"又不是我收的，一直我答应了吗？"推了一下碗，垂目加重了口气，"好好的你就不能让我安心吃顿饭！"

"你说咱咋能不收，媒人一次次地来，说是先缓缓再说，谁知道几封馃子里装的都是钱啊，你问人家，媒人只笑，说不知道这事，都不知道这事，这钱你说咋退？"母亲气得喘口气，"就咱家这个样，人家不给咱拿架子，找媒人掂着礼一次又一次地跑，都是低头不见抬头见的这几张老脸，妮子你就不知道这中间的难！"再喘口气，"你非着再学你姐才好，在厂里不吱声谈好了，说一声就嫁过去了，要啥没有啥，这么远遭罪受委屈，做娘的都不知道啊……你非着要学她。"做母亲的眼角湿了，掀起围裙擦擦，"连你这不成器的哥，人家都给体体面面安排了工作，我看千贝这孩子对你是一片的心，依我说，咱也不能太不上线了。"

"我不上线？你光知道邵家有势、有钱，咱家有脸面，我哥有工作，可邵千贝吃喝嫖赌你咋不说？"桃花撒落了筷子。

母亲已经平静地开始夹菜吃饭："世上的事哪能占个十全，再说，没结婚前男人谁不有点儿浮浪，你看你合营叔以前不也这样，结了婚还不稳稳当当，千贝这孩子我看也不像不听劝的样儿，结了婚，安了心，再劝劝不就好了。况且他看你看得这样重，会不听你的？"

"那是，你说的比唱的还好听。"桃花欲起身回卧房，不想再听。

父亲洗了手从外面进来："吃饭。先吃饭。"

6

说也奇怪，不善言谈的他却总是能把她轻轻几句话就惹哭或惹笑，一串笑撞弯了桃花的腰，或者，转眼间眼睛就下雨了，再把她哄好。当然，后者很少发生。

若问起源，也许应该追溯到小的时候那个平常的蝉叫的夏天。那一天，小小的桃花打心底失去了一个窝囊的哥哥，同时也收获了此后瓜熟蒂落的心之寄托。

麦收不久，新雨过后，正是蝉未蜕变之前的幼虫上树的季候。傍晚时分，阵雨初停，天光返晴，晚照出露，如此艳美，并且捎带来一道彩虹，袅袅地拔地而起在偏东的天空，但那天的黄昏决定临末给人一场惊喜，正虹附近，还有一条娇羞朦胧的副虹。

"哇啊，快来看啊，两个彩桥，看！"

小孩子们呼啦啦从树林往外跑，手里瓶瓶里是刚才逮到的爬蚱："来，我们抓住它，牵它回家。"

他们挥舞着跑向七彩的虹，也不管身后噼里啪啦掉了一地笑声。

"不许过，"横行霸道的孩子头柴龙在前面一伸胳膊，"要过就把瓶子拿来！"拦住十几个小孩的去路。

"凭什么，我好不容易逮的。"小满意还要仰头申辩，护紧瓶子里的知了猴，但同时他太小的身子被柴龙这个坏蛋吓得止不住地颤抖。

柴龙趋前一步，一把夺过来："可以过了，去去，你一边哭去。"柴龙把满意的知了猴倒在自己的废油漆桶里，把瓶子扔给他，"让你俩哥都来打我吧。"柴龙晃头晃脑大笑，"你的，也拿过来！"

柴龙的跟屁虫们也纷纷伸手仗势去夺："都叫他拿过来。"柴龙吩咐身后众多的小兄弟，"待会儿咱找个地方煎了吃。"油炸一下煎了，味美。

逢春也跟着人五人六地喝唬：“拿来拿来，都拿来！”还朝小孩屁股上踢一脚。

哭声一片。被夺了瓶子的哭，不愿意交的两手死抠着瓶子也哭，原来看彩虹的也不去了，围着看热闹。

“哎哎，柴龙哥，这是俺妹，她的就不用交了吧。”逢春堆着笑，语气却相应越来越弱小。

柴龙竖起两道扫帚眉毛，拉长了一声“呃”，瞪着逢春，一把推他一边去。

逢春一个趔趄，但还是回过来想偎着柴龙，柴龙照他头顶爆敲了一下，骂了句粗话：“你还造反了，去，问你妹要过来！”

逢春似乎有点为难。看看他妹妹桃花，哈着腰，又看看柴龙的脸。

“你还想不想跟着我玩？”柴龙虎着脸，很严厉了，要从队里开除他了。

旁边的跟随也跟着帮衬：“滚一边去吧，死瘸子，别再跟着我们玩，跟女的玩去吧，滚去！”

逢春慌了，跛着脚伸手要桃花的瓶子。

桃花张皇着这才哭了。原来紧紧攥在手心里的瓶子，松了。

“啪！”

眼见一个瓶子准准地砸在柴龙的脸上。柴龙一手捂着流血的鼻子一手指着破口大骂：“我的乖乖，满仓，你有种，哎哟，哎哟……”同时怒得飞起一脚踢过去，“我弄不死你我，敢砸我，你反了天了你还！”

满仓躲过这一脚，但是这时他还太瘦小，随之，柴龙就把他轻易压在身下，并举手狠狠地揍，正面反面揍够了，把他一把提起来，想往积水里按。满仓这时得手迅速抢到桃花手里的玻璃瓶子，跳起来大力地往柴龙脸上砸，旁边柴龙一帮子拉偏架的一看满仓这不要命的架势，吓得忙往后退，柴龙眼上挨了一下子：“哎哟，看我不弄死你！”但是他疼得吸气，捂着眼看小小的满仓，一脸的血水泥水，像个恼怒的小狮子，咬着牙，一触即发，一副拼命的架势，把在场的小孩子都镇住了。柴龙只不停打转，满场子叫着："我弄死你，我弄死你。"僵持着，但还没等他再次反扑，就被其他孩子叫来的大人拉开了。

"你这个狗孩子，我看人家满仓砸死你也不亏！"大人听了前因后果之后评价说，并扭着耳朵把柴龙拉走了。

人也慢慢散了。

满仓把瓶子还给落泪的桃花。蹲下来，一言不发，在水洼里静静洗脸上的血水。

桃花也蹲下来，小小的手哆嗦着轻轻去摸他脸上的血道子。

"疼吗？"

满仓慢慢咧开唇对她笑了。

桃花却哭了。在他面前，眼泪，一颗一颗地落下来。

……

还有那时头顶阳光灿烂，心情也正蓝，有那么几次，和他一起因迟到在廊下被老师罚站，听着教室里以及隔壁教室的起哄，他会很窘，桃花倒淡然。桃花常想那河沿两边寂静又热烈开放的花儿，是不是也有他们洒下的笑声落地而成的几朵。

河水虽然流得仔细、缓慢，但是一转眼，就已不止十年。

村子里小学五年，镇子上初中将近三年，然后他下学学了木匠，跟着人去大大小小的地方干装潢，因为母亲病了要照顾家里才跟着在附近干建筑。她学习不好，或许还是因为他吧，也下来了，进南方厂子断续打了几年工，水到渠成就到了谈婚论嫁的年龄。彼时沉默寡言的单薄小小少年，也已经长成身高肩宽结结实实的男子汉；而桃花的美好，也是愈来愈鲜艳欲滴，惹人垂涎。

下学之后，人时近时远，不常见面，但心在那里。

一直地，她不避心里面对他的喜欢。

她觉得他值得她喜欢。

　　这天，桃花也随人看邻家瘦弱的妹妹伴着古老的婚曲，在吹吹打打的唢呐声中，最后被一袭半悲半喜的婚纱裹走了十八年的黄花。

　　临被新郎抱上租来的花车的最后一项，是乡土风俗里流传的哭嫁，桃花看着邻家妹妹哭得真真假假，被抱上车去。

　　但是啊，眼中十八年的水域，往往浇灌不了女人命运荒凉的盐碱地。桃花想她也终会有这么一天的，只是不知道自己会哭吗，还有，抱她上车的那个人，会是谁。

7

　　"爹，我在城里头撞着人了，喂，喂，你说话啊？"

　　逢春爹丢头愣过神来，握着电话筒，胆战心惊："噫哟，乖儿，咋会这样，撞得严重不？"

　　逢春转眼看看沙发上的邵千贝，再看看李义廉。邵千贝面无表情地抽烟，李义廉黄眼里堆积的是憋不住的笑意，摆手示意继续演下去。逢春一顿脚，叫："我都给弄到交管所饿半天了，你说严重不？"

　　"乖唉，逢春啊你别急，爹这就坐车去城里，你说愣不登的咋会出这事唉。"

　　"你来，你来顶啥用啊！你别说了，赶快叫俺妹去找人家邵老板啊，你听见了吗？快，要快啊！"

　　他爹忙不迭地答应："哎，哎，我这就打电话，这就打电话。"

　　"叫俺妹打，赶快求人家想想办法。你就甭来了，来了我看也没啥用，我得挂了，听见了吗，你不要来了，叫俺妹去求求人家，挂了！"

　　李义廉适时装出声音呵斥："还啰唆！时间到了，还不赶快让你家人来！"

电话挂了。

李义廉至此终于憋不住从沙发上滑下来弯腰将憋着的笑大口倒出来："这人可以去演戏了，弄得还真像那么回事啊。"

随即，这边邵千贝的手机就响了。"嘘，嘘——"邵千贝抓起手机，"喂。噢，是叔啊，啥事你说。"转向这边装模作样，"张老板我先接个电话，待会咱再谈。"接着那边，"没事，看你说的叔，不耽误，不耽误，有啥事你说。"

"呃，这个，唉……逢春这个不成器的祸害打电话说在城里撞了人了，还被扣在交管所里呢，也不知道咋样了，唉，你说这弄得算啥事这是……"

邵千贝打断："叔你别急，别急，我这就开车去看看，家里也忙，你就不要来了，我就当自己的事来办，放心叔。"

"你看这，唉，我腆着个老脸，又得给你添乱。"

"叔，你要这样说就外气了不是，那我这就去看看啊，不会有事的，不是还有我呢吗……哎，对了，上回给桃花买的衣裳试了吗，咋样，合身吗？"

"哎，千贝你等一下啊，我叫她给你说话……花儿，桃花，快来，给千贝说说话，你这孩子，你哥还在交警手里呢！"

邵千贝已慢步走进另一间屋子。迟迟，始传出一声清澈孤立的"喂"，仍然迟迟，没有下文，如石子叩水，邵千贝把手机稍偏离耳旁，斜眼看桃花这一声"喂"在空气中漾开的波纹。他带着一种近乎幸灾乐祸的清冷笑色，定眼看着桃花接下来在他的掌心如何选择，是否会说出一些取悦的词汇或言语间柔软的声色，所以，他拿着手机，静静等着。我看你这回还能对我骄傲吗？

在身边父亲的再三急斥催促下，桃花说话了："衣裳都合适，我穿了，心里喜欢。"桃花有细碎的泪不由地在眼里打转，"我哥的事就麻烦你了，有空来我家吃顿饭。"桃花放下听筒，回到自己卧房，眼泪突然落下来。

邵千贝合上手机，骂了一句，眼眉都笑了。走到客厅，回首向李义廉："先把逢春带你那店里玩几天，过两天把你弄矿上的事就成了。"走到院子里，问逢春，"你这破车多少钱买的？"

逢春哈腰也踹一脚他破破烂烂的摩托车："买的时候就是二手，要了我两千多呢。"

"屁，这样连两百也没人要，"邵千贝抄起地上的建筑钢管照车身上猛砸了几棍，"得专业点儿，好像个撞了的样儿。它还震得手疼，"把钢管丢给逢春，"你来砸，等我结婚的时候给你弄个新的骑骑，那才有架势。"

逢春接过钢管，忙嬉笑露牙答应："嗯，好嘞！"

黄眼李义廉和邵千贝在一边吸烟说上次煤的事，期间，黄眼瞥一眼一五一十在那儿吭哧吭哧砸摩托车挡板的逢春："喊，个憨货。"对邵千贝，"哥哥没看出来啊，你还真经雪的辣萝卜，'动'了你那花花绿绿的心了啊，还跟真的一样整那么复杂，至于吗？"

邵千贝扬头把手里的烟头弹飞："你没看出来的多着呢，哥不缺个女人，哥要她的心。"

8

雪白的槐花于不经意间已染香了四月的鼻，空气里浮动着密密麻麻的醉人馥郁。但槐花虽香，质地其实有些凉，这一种雪色芬芳，飘绕在桃花的心头，思前想后，都化作了久久弥漫的、绕来绕去的心底忧伤。

回想三年前那个同样槐花飘香的晚上，他从沿海城市做工偶然回家，给她买了一枚心形玉坠子，来不及安顿彼此的牵挂，只看着他唇角的弧形，真真切切地喊她一声桃花，在他心口，她双眼忍不住就是一阵落英，但心是这样的欢喜。他的手臂是那么结实、有力，紧紧拥着她，他把她盛满了，踏实了，这时桃花心底才细细涌起平时念想的凄凉，满心殷红的心事尚不及向他倾泻，在他怀里，那平日里念着想着的种种凄凉忽然都像打着一朵一朵的蝴蝶结，痛是好的，苦也是好的。

他给她的是那样有力的透心透肺的拥抱，仿佛骨头都要幸福得碎了。桃花说满仓你把我抱疼了，桃花又说满仓再把我抱疼些吧，桃花又说满仓记住了你要一辈子抱我。桃花记得那贴心贴肺欢喜又想哭的感觉。

所以，若别后能相聚，这凄凉不妨也是甜蜜，怕的却是两颗已经合成了一颗的心，再生生眼看着被人用刀分开。这一半，那一半，看得见，也要作各不相关，你为人妻，我为人夫，忘不了，也触手再摸不到为彼此快或慢的心跳，心里硬生生地给剜空了一块，谁也补不上。

他拂开她脸颊上萦绕的鬓发："花儿，我晒了好多槐花，给你做个枕头吧。"

桃花拉他的手放于脸庞，然后把手覆在他的手上："做两个吧。绣一对鸳鸯。以后枕着它，就当你在我身边了。"

满仓轻轻擦她的眼睛："傻丫头。"但是他已擦不干那扑簌簌的两眼泪泉。就抱着她，也任这潮水淹过眉眼，再流下来，分开在眼睛下面两边的沙滩。

"我想好了，满仓，过两天我就走，再也不回来。"桃花伏在他肩膀上，"除了你，这辈子我谁也不嫁。"然后仰起头看着他，"满仓，你说，你会娶我吗？"

满仓不由得一声叹息："我娶不起你，桃花。你家里也不会愿意。"

桃花眼神殷殷："我不管，我要你说你会，你会。"她眼角又渗出细碎的泪。

满仓拥着她，说："桃花，我会，我会的。"

桃花眼睛幽幽，牵起他的手，十指交扣，放在自己心口："你不会我也不怨你，只要你有这份心就够了。"

他唤一声："桃花……"

桃花含泪笑了，摸他的眼睛："还说我，你也哭了。"

"满仓，"桃花轻轻地喊他，"别说了，抱紧我。"

9

户老三大声招呼：

"师傅们，下来吃饭了，有酒有肉，吃饱了再干啊。"

"好的嘞，这么快就晌午了，走，下去吃了饭再干。"二朵最先响应。

工人们于是应声从脚手架上下来洗手、洗脸、吃饭。再有一层楼板就封顶了，新屋即将落成，按照惯例，东家要管工人们一顿像样的饭。

邵千贝和东家以及建筑队里几个管事的坐在一桌，工人们也就了座，开始欢庆着粗糙地吃喝。

陪工头们喝了几杯，闲话了一会儿，邵千贝拎着比工人们好些的酒，来到二朵那桌："你个酒晕子也少喝点，干这活可比不得嫂子的床上掉下来没事。"坐下来，听二朵"这一点儿，喊，白酒咱一斤半，啤酒尽你灌"之类的海吹，邵千贝也喝了一杯，拍拍二朵的肩膀，"行了俺哥，你让这庄上的牛多活一会吧。"敬了一圈烟，"哥几个，说点正事，我那楼板厂缺几个人，哪庄上有闲着的给兄弟介绍几个能干的。"

二朵接过："邵老板您看我行不？"

"喝酒扯淡你还行。"邵千贝笑，"满仓，还出去不？"

"干完这个月再说吧。家里事多，就怕走不脱。"满仓回答。

"就对了嘛，老同学，我那儿一早就缺个能指住的人给我领领，干完这个月，就来吧，亏不了你，只会比你在外面挣得多。"

二尕帮衬："那是，邵老板一向工钱上，仁义。"倒酒，"满仓，你得喝一个。"

"二尕哥，好，别倒多，你知道我不能喝。"满仓看逃不脱这杯中物，只得敷衍着说。

情难却，怎么说不喝，还是喝了一满杯，满仓有些反胃。但是邵千贝又倒了一满杯，众人也只好随上："满仓，先就这样说了，还有点事，哥几个慢慢吃着。"

"嘿嘿，还有事，想去老丈人家咱就直说了，"二尕快嘴笑谑点破，"人桃花在家备着好酒，等着你馒头夹肉。"照例一通浪笑。

邵千贝附和一笑，看了一眼满仓，随即起身转着敷衍一圈，乘着点酒兴，从村西顺路向东而去。

"来了，坐，屋里坐，刚说做好饭让桃花喊你呢。"桃花爹在固定猪圈栅栏，一见邵千贝，忙停下手中的活计。桃花娘也从厨房出来招呼："花儿她在里屋，先去和她说说话吧，这就好了。"

进了里屋。

桃花停针，起身，神情不火不温，倒了一杯茶，放在几上，仍坐回床上，针针在枕上绣她的祥云鸳鸯。

"昨儿我见逢春……噢，咱哥，"邵找话说，同时因改口连逢春这样的也得叫哥，不免觉得恶心，"咱哥捎话说在矿上不错，上下都照顾他。"

桃花深入浅出一针："嗯。"

但邵千贝并不觉尴尬："花儿，我说你这衣裳穿得有点素了，"见桃花抬头冷冷看他一眼，忙改口，"素了也好看。"兀自咧嘴补上一笑。

桃花不说话，邵千贝不转脸直勾着眼看她。他坐在那儿叉开长伸的腿，她想出去都得绕过他。他就是能做得出来。

桃花实在受不住，但只能搁着窗户："妈，还不吃饭吗？"

母亲在外面自作主张地响亮应声："这就好了，再等会儿。"

邵千贝眯眼笑了。定定地喝了一口茶，还看着桃花，并且走近，"我看绣的是啥。"说是看，眼也不在上面，顺势握住桃花的手，挨近她的脸，酒气扑面，"嗯，绣得好看。"再挨近一点，"鸳鸯成双，这不孬，结婚时咱枕。"说着就欲上嘴亲吻。

桃花奋力推他，边躲边闪，却躲不开、闪不迭，强撑着想千万千万不能倒在床上，在屋里还不能喊骂，太丢人了。万幸的是僵持中邵千贝的手机响了，是催他回西头工地开起吊机上板，他挂断，红着酒醉的眼，还想再看，但枕巾已被桃花护在怀里，情急中拿花针扎他手心，却还是被他劈手夺过来："马上就是床上的人了，还这么狠心。"邵千贝居高临下看着举着针满面怒色的桃花，并轻佻吮吸自己手心的血珠，瞥眼看清两方枕巾，鸳鸯戏水，伴以祥云，名字虽绣得很小、很隐，像她的心，但已针脚分明，一方"桃花"，一方，"满仓"。

忽然间极静。

邵千贝并没有发怒。拿着枕巾在桃花脸前抖动着晃了一遍，又晃了一遍，咬牙，鼻子间出一口气，笑说："好，好。"将枕巾掷在桃花脸上，大步回走，"我让你照死地想！"

到院子里，对着满面堆笑迎过来的桃花爹妈分明放出一句话："叔，婶，您最后再问问桃花到底嫁还是不嫁！"扭头走了。

工地上，楼板在地上两头被勾着，然后被起吊机徐徐吊起，升高，起吊杆摆过去，楼顶上有人招呼着，悬空把楼板放在既定的位置，落下，松掉钩子，接着又吊下一块。说让二孬上去接应，二孬"这咱玩不了，忒高，头晕"，装作真晕的样子，恨得队长笑着踢他，队长遂在楼顶一旁摆手作起落指挥，老百顺和满仓在上面一边一个接应。楼板被吊

着悬空，稳如一叶之轻，无非是拨动着一块挨着一块地合上缝隙。邵千
贝把机器循例开得很耐心、很稳，不紧不慢，把地上的板一块一块转移
到楼顶。

一间屋九块板，三间都封顶了，最后一间也就差几块了。满仓得眼
瞅了一眼地上仅剩的几块板，松了一口气，谢着接过百顺大爷的烟，
没有点，想着上完板下去得喝点水，上午酒喝得现在口渴，头还有点
晕呢。

正想着，擦了一把额头粒粒的碎汗，满仓还抬头看看初夏的天，天
上有云彩在飘。

忽然间队长大叫，大力摆手，急令邵千贝刹住起吊杆，满仓转头
一看，呀，原来稳稳当当下落的楼板，忽然间在起吊杆上下颠簸震了一
下，楼板还像树叶，开始在链子上来回剧烈地打晃。晃着晃着，一头的
钩齿猛地松落，眼看楼板倾斜着砸下来，这时它已不再是树叶，而是结
结实实近千斤的钢筋混凝土楼板……

队长在楼顶号叫着奋力摆手……

老百顺从惊疑中愣过神来，恐惧地吆喝："满仓，快躲开！躲
开！……"

邵千贝看上去也在手忙脚乱地制动刹车杆，出人意料的手忙脚
乱……

工人们在脚手架上、地上，闻声张着嘴惊恐地仰望，望着楼板冲向
满仓……

满仓站在楼顶边缘，恍惚间看着楼板像是一缕纱带，或者像儿时见
过的彩虹，向着自己轻缓缓地飘来，飘来……

邵千贝走后，桃花在家越想越觉得不对劲，猛然间心口感应着一
痛，浑身上下一个激灵，迈开步就往村西头奔跑，跑着跑着眼泪不由得
就出来了，桃花心里喊他："满仓啊满仓……我嫁……"

桃花一路流着泪奔跑，脖子上的玉坠子跳了出来，在心口像火苗一样跳动、闪耀，桃花流着泪跑啊，跑啊，远远看见，她哭着喊："我嫁……我嫁还不行吗……我嫁……"

满仓刚好落下。

| 重逢 |

夜里，睡到一半，丽娜听见自己在喊他，一声声喊得急切。刹车似的，丽娜蓦地醒了。睁开眼，卧室里的吊灯、墙壁都忽而有些陌生，空空荡荡的，心里还回荡着刚才梦中的喊声。旁边的丈夫打着呼噜间或磨一下牙，睡得正酣。丽娜披衣靠在床头，慨然叹了一口气，这一口气息不觉间就贯穿了六年多的时光，丽娜想，原来有那么长时间了。快七年了，真是，一晃眼，就过去了。

丽娜靠在那儿，拂开脸颊上萦绕的鬓发，怔怔地，看着身边的丈夫，摇桨划橹般打着呼，在睡眠的河面上游弋。丽娜醒转过来，这床，这卧室，这丈夫，以及这呼噜，都是这样熟悉，熟悉得都有些油腻。丽娜心生一股烦躁之意，伸手推了推丈夫肥腻的后背。推了一下没反应，再推一下王卯昌就有了些含混的愠怒："大半夜的，还不睡！"并气愤地呼扇了一下被子，"前几天不是刚要过，又发哪门子神经！"他以为丽娜又要他温习夫妻间那些旧课呢。王卯昌现在哪有这个精力，自他老子被下属狗咬狗咬下了台之后，他的公司就一直不那么景气，操心费力死了，哪还有精力去推敲谭丽娜这家庭妇女的身体。她可以在家闲着，甚至找找事、发发火，他呢，预先就说好的，明天一早的飞机，得出差呢。王卯昌不耐烦地说："睡吧，睡吧！"说着阖上被子，拿肩膀裹了裹，然后乘船一样就着还没消失的呼噜，又睡过去了。丽娜气得照他屁股上踹了两脚，心说你个死人还好意思说，都一个多星期了，草草亲热了一下敷衍了事似的，还前几天？真是，还有脸说呢！丽娜报复似的从王卯昌身上猛拽了一下被子，也负气扛着被角躺下。

躺下了，丽娜却再也睡不着了。

翻来覆去了几次，把那一点刚发芽的睡意也给折腾断了，续不上了。丽娜索性不睡了，起来，到阳台上，点一支烟，小朵的云彩被她从细脚伶仃的烟支里漫不经心地翻译出来，虚虚实实的，缭绕在脸前。窗外，少了灯光、霓虹、音响、人潮装裹的城市，在寂静中露出卸妆后的苍白和疲惫之态，像擦去了浓妆艳抹的大龄女人，是风尘之后铅青色的萧索，底色是惨白的，掩不住年华的凋落。丽娜觉得这景象也很像她自己。卧室的空调开得很足，丽娜抱着臂膊，感觉有些冷，冷得有些空。

一支烟抽完，丽娜返回床上。到底是三十多岁的女人了，熬夜一会眼皮就有些干涩的肿胀。闭上眼，才敢把心里装着的那个浮浮沉沉的名字喊上一遍，她喊："大木瓜，傻丫头想你了……"这一句话，丽娜在想象中其实声音也极小，喊出来了，却感觉撕心裂肺一样，轰隆隆的，她这一喊，把自己逼得眼里浮起一层薄薄的泪花。

丽娜翻开手机，不用再看，她也记得那一句话：明天我路过这个城市，七年了，再一起吃碗面吧，——加上标点一共也不过二十几个字，丽娜却读出千头万绪的心思。一起吃碗面吧，一起吃碗面吧。一起，吃碗面吧……黑暗里，似乎有阳光穿过玻璃，照到她脸上，她的脸因这温暖照耀而变得明亮，丽娜仰起脸，甚至听到某种喜悦而怅惘的叫声在风里回旋。丽娜把手机抱在心口，她想看到这一束光。做学生时，学校附近街巷里有家颇有名气的老面馆，他们都很穷，到周末快打烊的时候，人已经很少，他们才来买一碗面，放在角落的桌子中间，两个人对面而坐，几乎是头抵着头，桌子底下还手拉着手，一起把一碗面慢慢吃完。

他是个穷小子，但是他给她的温柔，从来不落窠臼。

丽娜回想那时吃面的情景，想笑，眼泪却分行而下。其实也不是多难过，就是忽然很怀念那种感觉。怀念他的笑脸，他让她脸红心跳的誓言，他看她时坏坏的傻乎乎的眉眼……他叫杜顶，是个眉目炯炯然，很聪明，也很要强的男生。只在她面前才把这一切都收回，只傻头傻脑听她指挥，她就倚恃着喊他：大木瓜，大木瓜，大木瓜。喊一声他应一声，哎，哎。丽娜喜欢玩这个霸道到几乎无聊的游戏。喊一声杜顶在她面前点一下头，杜顶在丽娜跟前点头点得很顺手。

她知道，这一切都是因为，他，爱她。

……他说他明天就要来了，来看她。七年了，丽娜想，杜顶，你还是那个大木瓜吗？丽娜想象不出。正如她想象不出他是如何硬凭着一点心念，从一个点头哈腰看人脸色的跑单业务员，成为南方一个规模不小的外贸公司的总经理的。丽娜也想象不出他答应着"大木瓜"时"哎哎"的憨傻样子，是如何对手下的人发号施令的。丽娜还想象不出此刻他的婚姻他的情感是怎样的状况……她唯一清楚的是，即便过了七年，她依然暗自对他，心有亏欠。

天亮了。

和往常一样，这其实是一个平凡到有些厌倦的一天，平凡到就像结婚七年之后一睁眼看到身边丈夫的睡脸。王卯昌九点多的飞机，快七点了他还不起。搁在往常，丽娜也不会起来，因为知道起来也没什么事情。

王卯昌的老子还在位的时候，丽娜兼了一个旅游规划局的主任，很清闲，说出去也有脸面。但谁承想老头子临了要退出这档子事，半辈子攒的那点儿脸面算是挂不住了。本来出事的概率就像飞机失事，可就是这么低的概率还是让老头子撞上了，只能说是流年不利。老头子出了事，丽娜的主任位子还在，工资什么的都照常，但丽娜却不再上班去了，没意思了。原来她也很少去办公室，但是她知道那是属于她的，现在，她就是像个小白领一样每天准时准点去打卡上班，她知道这位子迟早也是保不住的，一切都没意思了。

没意思丽娜也不敢和王卯昌明目张胆地吵吵，一是她被豢养了这么些年，翅膀都退化了，早没有了在风浪里搏击一下的能力，现在把她推到社会上，再叫她如大学兼职时那样，大冬天冻得直打哆嗦，还得去做礼仪小姐，她已经做不来了。二是和王卯昌结婚这么些年了，她的肚子一直没有起色，开始的时候王卯昌还常常戏谑着叩击她的肚子，像是敲打西瓜的成色一样，拍拍说："看样子，地是块好地啊，怎么就长不出苗子呢？"那时候王卯昌不等说完就又重新出大力流大汗翻、耕、耙，热火朝天地播撒。现在王卯昌早已心灰意冷，像是买到了假种子的老农，常常对着她依然紧绷的平滑腹部叹气连连地看上半天，丽娜的肚子永远是那么无可救药的平坦和好看，王卯昌看一眼，眼里就全是积攒的疲惫和失望。

谁承想是这样呢，当初做那个决定的时候，当初王卯昌一路风驰电掣赶来的时候，当初丽娜看着杜顶转过身走开的背影涨满秋风的时候……谁会想到七年以后是这样的局面？

七点半，丽娜终究挺不住了。床一旦不是盛放睡眠的地方，就变得如针毡一样。丽娜不敢反常地起来太早，怕王卯昌多想，以为她盼着他赶快出差呢。做了这几年的小主任，她算是总结出一点为人处世的经验，情深情浅都不重要，重要的是场面得做圆。但在她翻身的时候，枕头底下的手机不时地硌了她一下，每硌一下她想着那条短信，心里就要鲜红地跳动一下，一下一下这么多殷红的心跳，像挂满树的樱桃。她有些忍不住了。看看时间，丽娜咳嗽了一声，王卯昌没有反应，丽娜喊："卯昌，卯昌。"她有点惊讶，因为音色温柔得有点反常，到底是着急了。丽娜清一下嗓子，大喊一声："王卯昌！"然后是一串扫射，"九点多的飞机你还赖着不起，你是猪啊，你说你什么事能不让我操心？"

王卯昌其实也憋得够呛，他心底大抵也等着丽娜这样大呼小叫地喊他呢。他说是出差，洽谈一单建材业务，但到底是人去出差还是心去出差，大概也只有他自己说得清楚了。

王卯昌年轻时就有些虚胖，现在经过时间的发酵，身上的肉更显臃肿了，走路的时候肚子总是率先摆在人前面。他能力虽不强，可之前一直有老子杵在那儿，凡事罩着，做什么都顺风顺水的，他便有一种鲜衣怒马的内在得意衬着，连笑都是枝叶葳蕤背景深厚的。现在呢，王卯昌觉得自己好像一下子老了——不是年龄上的老，而是没有了那种气势。他有些蔫。他那个建材公司，外面看着一二百号人风风火火的，但里面的财务溃烂和经营不善，总是让他心力交瘁仍无法圆活运转。一二百号人都得吃饭，都有小算盘。他心累。

丽娜猛喊一阵，王卯昌顺着喊声磨磨牙，睁开困倦的两眼，看看表："咦，这么快，还没睡够呢！"四肢铺展在床上伸了个懒腰。伸手的时候碰到丽娜胸前的浑圆，就顺势谙熟地流连了一下。丽娜打开他，他笑了笑，也就收回了，并没有深入性的打算。想着手机里的内容，想着即将和杜顶见面，丽娜看着王卯昌的脸忽然有些隐隐的厌恶，厌恶完了，再去看，补偿似的，眼里就有些做贼心虚的柔软，竟然言不由衷地喊了一声："卯昌……"王卯昌的眼神和丽娜碰撞上，一时没赶上丽娜的想法，王卯昌愣了一下，眼睛里有些疑惑，但出于夫妻间几千个夜晚的惯性配合，还是顺水推舟上了丽娜的身子。丽娜也有些茫然无措，事出偶然，这项亲密本不在题中之意，但丽娜很快就带过去了，交叉揽住王卯昌的腰，给他进一步的鼓励。王卯昌将她搂进怀里，丽娜也配合地依偎着。她看到王卯昌的头发明显稀疏了，还夹杂着几丝白发，脸上的肉松垮垮的；王卯昌看到她眼角的鱼尾纹早已繁衍得几世同堂了，挂着一道眼圈，脸色是隐隐的青灰色，当年汁液青嫩的丽娜也在由内而外地塌陷着。王卯昌喊了一声："丽娜……"丽娜喊了一声："卯昌……"好久没有这么亲近地看着对方，喊着喊着，两个人的鼻子都有些发酸。王卯昌的身体大不如前，没有眷恋多久就结束了，在最后的一瞬间他发死劲抱着丽娜，那感觉像是把一件东西要扔掉了，临末再留恋一下。七年来夫妻间是爱人也是敌人，说不清日常琐碎的爱恋与仇恨纠缠，王卯昌在最后的关头，闭着眼，却从丽娜眼中看到另一个女人的倒影……

客厅里，保姆早做好了早餐，鸡蛋饼、八宝粥、炸春卷、牛奶、青菜，很丰盛。丽娜不饿，但也陪王卯昌吃了一点。王卯昌劝她："再吃点。"两个人对坐着，因为刚才的亲热，突然有些感到拘谨和热情过分。好在王卯昌终于吃完了，就着牛奶嚼了几粒维生素片，拉了行李箱，过来拥抱一下丽娜，亲了亲她的脸颊："我走了。"说不清怎么了，丽娜眼窝竟然一阵潮湿。王卯昌走过来拍拍她的头发："傻老婆，又不是生离死别，喏，过两天就回来了。"王卯昌还给丽娜擦了擦参差的泪。擦的时候王卯昌一手拉着行李箱，想，这样做，是不是太残忍了些？

送走了王卯昌，看着他胖乎乎的身子走出小区，天空慢慢明亮起来，丽娜的心忽然跳得有些快，像一只鸟从笼子里跑了出来。她按住胸口，闻了闻，身上依稀都是王卯昌黏糊糊的味道。她得好好洗掉。

保姆放好了洗澡水，收拾妥当了，丽娜在掩上浴室门之前，对保姆说："今儿放你假，出去转转吧。"丽娜不知她这话已很沉不住气了，但是没有办法，她管不住自己了。

丽娜接下来把自己泡在百合和玫瑰花瓣里足足洗了一个时辰。在水里，她把自己的一颗陈旧的心洗活泛了。洗到最后，丽娜看着墙上的镜子，看着看着，丽娜清楚地看见自己的心，在跳，扑棱棱地，像攥不住的鸽子。擦干身子，丽娜不知道已有一朵笑兀自漫步到嘴角。她对着梳妆台思考，不确定该用哪一款香水。以前上学的时候，她没用过香水，抹一点雪花膏她的大木瓜都能闻上半天，说："香！"像个小狗一样，特别爱把毛茸茸的脑袋泊在她的长发上，闻她天然的发香。他说她的头发像开花的植物一样，有一种特别的清香。可是现在，丽娜不敢确定他所说的那种清香是否还在，这些年她化妆化得太厉害，周身散发着化学的香气，那些清香大约也随着她的青春一去不复返了。想到最后，丽娜还是在脚踝和腋窝的地方洒了一点"一生之水"。这种香水的味道，很清。

妆她也没敢使劲化，丽娜想，除了简单的护肤品，不化妆了，再附上一层淡淡的香味，应该就足够了。对着衣橱，她踌躇了很久，终于选择了一件许久不穿的浅白色对扣裙子。鞋子呢，就穿最平常的朴实款式。头发当然是梳成直发。手上的钻戒当然也要摘下，换成什么呢，丽娜近乎一场冒险，摘下镶钻的翡翠戒指，从老木盒子里拨拉了半天，寻出一枚暗黄的铜戒指，戴上中指。

她今天要在虚构中再和某人热恋一次。就像当初那样，丽娜想。

收拾了一番，对着落地镜子，她想起发梢现在是烫成花卷的，像是给一个稍显平淡的新闻配上的花边，其实也很好看。可丽娜把发梢撩在手里，反复抚弄，都不安心。她用指尖把梢部打旋儿的发丝拉直，一放手，又蜷曲了。丽娜使劲梳了几下，倒把头发梳得更乱了。举着梳子，丽娜叹了一口气，到底是回不到从前了：剪着刘海一头清汤挂面似的乌黑长发，和他在春天校园里的花树下打闹奔跑的芬芳时光，回不去了。

但不管怎样，到最后，她算是尽力了，把自己捯饬回去，尽量打扮到大学时候的样子。

收拾好，已经上午十点多了。手机就在旁边，保持着沉默，她忍不住打开看看。什么都没有，并没有发来短信也没打来电话。按说他应该坐上飞机了，也应该跟她说一下，但是没有。手机里空空的，号码都拨出去了，她犹豫了一下，手指却又收回了，到底不能太急躁。毕竟已过了这么些年，时过境迁，她在他心里能否保有一份自留田，她现在没有多少把握。

丽娜心里清楚，毕竟是她亏欠他在先。

坐到了十一点，丽娜过一会就拿起电话看看，还是没有响动。站在阳台上，丽娜看着远处天空虚无的一个点，一颗心像是被风诱拐出去的被单，一半挂在屋内，一半在风里交织着惊喜、猜测、期待和失落，等待的焦灼让她整颗心都变薄，经不住一点的风吹草动。她觉得自己再这样等下去，很快会枯萎的。

好像就是为了故意折磨她，足足到了十二点半，电话才姗姗来迟地响了起来。丽娜赶忙转身跌跌撞撞扑向手机，像溺水的人抓住一棵稻草，贴在耳蜗里，脱口一声"喂"，本能的急切和意识到后的急速收尾，简单的一个音节竟有前升后坠的崎岖味道。丽娜按着心口，暗自吐纳一口气，几乎出于惯性，低低喊一声："大木……"又急忙切换成，"杜顶，你……在哪儿，到了吗？"

迟迟，那边才回话："我在路上，去找你。"

丽娜一时惊喜得措手不及，说了所在的小区附近一家咖啡馆的位置："就在那儿见面吧，你看好吗？"

杜顶说："好，等着我。"

这样也好，离家近，进退她都有章法。丽娜抚了抚裙角，看来是对的，万一发生点什么，裙子真是再好不过的选择。是啊，万一发生点什么……丽娜被这个好像是突然而至的念头给弄得心里凭空乱了一下。然而她却清楚得很，这个想法一直都在那里。丽娜眼睛里水茫茫的，起了一层雾，绷紧的心，化了冻，像活蹦乱跳的鱼。

这一次等得不久，没过一刻钟，杜顶就赶到了。丽娜放下咖啡，站起来，弯腰时掩一下头发，看着他，一时不知说些什么。

他也老了，却更有味道了。那是时光在一个男人身上打磨出的安静和芳香，惊涛骇浪、艰难困苦都历练过了，所以心底即便有海洋，也是安静而内敛的。他的身材依旧颀长，不似王卯昌那样早早就不负责任地腆起了啤酒肚，他没有，他瘦，而且瘦得恰到好处，眉宇间的英气还在。杜顶的脸上带着一些疲倦，胡茬子冒出来，清癯之中更添一种沧桑感，在丽娜看来，三十多岁了，这个男人仍然不失性感。

杜顶坐下来，看着丽娜。开口第一句话却是："我坐火车来的。"

他坐火车来看她。这一句话，太复杂了。往事涌来，丽娜几乎要泪下："你还恨我哪！"

他笑，不置可否："好久没坐火车了，忽然就想再坐坐。"他看着丽娜，眼神像一张网。这张网落下来，有点凉。

丽娜躲避了几次，她的目光，终究是迎难而上，对视着他，泪水从眼角像一条讨厌的虫子往下爬。"你来就是为了告诉我，你还恨我，是吗？"丽娜有些激动，擎起脖子，"你是不是以后也会每隔几年就坐火车来提醒我一次，提醒我欠着你的？"

杜顶点着了烟，刚抽了一口，丽娜就劈手抢过去，架在唇上，一颗透明的眼泪仍然横亘在她的眼帘中间。杜顶无奈地笑，像是当初恋爱时她从他手上抢走零食。

现在，隔了数年的时光，她就坐在他面前，桌子上铺着柔软的绒布，她吐出一口烟，看着桌子，桌布如同恍惚的水面，他们都努力克制，揉揉眼睛，却仍看到水面上泛起许多波澜。

杜顶抬头凝视她。丽娜的皮肤已不那么白皙细嫩，在他看来，却依旧动人。她没法不让他动心，他在她身上花费完了最好的青春，她身上的每一个地方，他都知道他花费了哪些时光。这个女人，用尽了他青春里的莽撞、浪漫、争吵、哭和笑。她是他的时光博物馆。

想起追丽娜的时候，他还记得心里那种排山倒海般的张灯结彩，脸上的那种笑逐颜开，完全把持不住。她跟他随便说说话，他就明亮起来；她一笑，他的心就满了起来，还变得很轻，飘飘的，心里都是七色的云彩……那种感觉真美好。

但再没有了。

现在，他混好了，许多女人主动投怀送抱，他偶尔会光顾她们的身体，但不再爱，爱就像害的一场大病，在丽娜身上都害完了。

丽娜抽完了那支烟，在烟雾没散去之前，一张脸躲在暗处，说："我常常会做梦，梦见和你一起走路，路好长，好黑，我唱着歌，因你在我身边，我不怕。可走着走着，一转身，你却忽然不见了，我找不到，怎么都找不到，我急得站在那里喊，一声一声喊你……夜那么黑，路那么长，我站在原地，不敢往前走。大木瓜，我把你弄丢了……"烟雾扩散成氤氲，丽娜揩了一下眼角，抿一口咖啡，烟气散去，她脸上已平稳得看不到波纹。丽娜问："这些年，你过得好吗？"

杜顶一直在对面安静地听她入戏一样说话，这时心里忽然有一个诡谲的想法。他趁着丽娜的问话，锁起了眉头，点一支烟，抽了几口，又在烟缸里摁灭，眼睛低垂，声音沉沉的，吐一口郁积的气息，他说："不怎么好。"他忽而抬起头，盯着丽娜陷入久别重逢、虚构戏路中伤感的眼睛，杜顶沉默的眼里有了主动而邪气的光彩，"处了三四年的女人，前一段吵了一架，散了，大约再也不会回来，我没有房子，她也就没有爱。我还在跑业务，跑了七年了，还只是个业务经理，每个月那点儿工资，不敢吃不敢喝，到现在还没攒够首付呢。"他说得很流利，一说到那些曾经灰暗挫败的日子，他就有些悲愤的亢奋，杜顶盯住对面的丽娜，眼神有些逼视的挑衅。

——这一次，我就不按着功成名就后再来和旧情人插叙一下温柔的路子来，可不可以呢？杜顶想，看你怎么收场。这么一想，杜顶有些快意，也有些悲哀。杜顶甚至从衣兜里掏出几粒"胃康灵"，要了一杯开水咽了下去，对丽娜笑笑："跑业务时饥一顿饱一顿，陪客户喝酒喝的，伤着了，没办法。"

他已不再是当年那个连买车票的钱都是问同事借的穷小子了，该有的他都有了，甚至包括不该有的屈辱、脸色、胃病等，他也有了。杜顶想起和丽娜别过的场景，心底隐隐的，酸楚又愤恨，忍不住。

丽娜的脖子长长的，线条优美，像天鹅的侧影。她擎着的脖子，忽然松懈下来，杜顶的几句话仿佛一片肇事现场，直接抛给她，丽娜临时有些慌张。在他的直视下，她的眼神有些躲闪，这样眼神继续短兵交接了一会，丽娜觉得有些沮丧、有些累。他把他的灰败和不堪撕开给她看，她猝不及防。丽娜嘴里近乎退缩地说着："天哪，怎么会这样……"她听说他混得不错，原想着见了面叙叙旧，重拾那一段爱恋，动点情，当然，在感伤又怀念的情绪里，能上上床是最好不过的了。

可现在，怎么会这样呢。他说他坐火车来的，她就应该想到他现在的处境啊，丽娜看看自己身上浅白的裙子，觉得近乎透出一种愚蠢的矫情。但是丽娜还不甘心，接近穷途末路地问："我听徐元他们说，你现在不是开了一家很大的外贸公司么？"

杜顶连眼皮都没有眨，表情纹丝不动。这些年他经历过多少事呵，足以变得像一枚镜子一样冰冷又分毫都拿捏得清楚，他一笑带过："哪个男人不在老同学跟前吹吹牛呢，我总不能说你谭丽娜不要我了，我在南方租着城中村活着。你说呢？"

丽娜掩了掩胸口的白雪，喃喃地说："杜顶，怎么会这样，七年了，我以为你早就混出来了……"她重复地念叨着，像在后退中借助这几句话变成可以扶住的栏杆，不至于让自己摔倒。

杜顶负气地笑："是啊，怎么会这样呢？我原以为我很有能力，和你分开时，我心里赌气对自己说，几年之后我一定要出人头地！一定要出人头地！可是，你看，七年过去了，我还是没有混出来……"说到最后，他是一副伤痕累累疲惫认命的口气。

在丽娜听来，近乎心有余悸，隐隐地想，好险，差一点就被他拖到这样灰暗的生活战线里，好险！丽娜想，当初的选择，或许就是对的。丽娜储蓄的那一点遥远的愧疚，也更加稀薄了。

不能再耗下去了，她怕杜顶也问她"这些年过得好么"之类的，丽娜忽然不想跟他推心置腹了——得换个路数。丽娜站起来："你还没吃饭吧，走吧，先吃饭要紧！"

杜顶就跟着她走，像是一个投奔而来的穷亲戚，跟随丽娜上了她玫瑰红的小车，并对车子适时赞叹了一下。丽娜对杜顶的赞叹也照单全收了，只奇怪的是杜顶并没有一点表情变化。

他现在如果愿意的话，一天可以买一个，而且是比这车更高级精致的。杜顶刚给新任女友小乐买了一款天蓝色的保时捷，等小乐生了孩子，他打算让朋友从香港那边再给她弄一款轻型跑车。这些年从一个业务员一路咬牙切齿地摸爬滚打，他经见的故事和女人实在太多了，之所以最后选择了小乐，是因为她的安静和温柔，相处时间久了，让他觉出一份细水长流的温暖。怀孕做了母亲的小乐就像一个油足捻丰的小油灯，恬静地亮着，让杜顶工作劳累之外感觉到生活的家常滋味。另外，小乐蓄起长发，笑起来，下意识地，在他看来，和丽娜的侧脸，有点相像。

在车上，杜顶想，这样是不是对丽娜太残忍点了呢？他千里迢迢从南方到北方，和当年一样坐着十来个小时拥挤的硬座赶来，就是为了向她展示自己的潦倒吗，就是为了让她怜悯又厌恶自己的窘迫吗？杜顶觉得他突然旁逸斜出的这个伪装，近乎无聊。丽娜从后视镜里看到杜顶在冷笑，像一个叛逆的演员在嘲笑一个蹩脚的导演。丽娜握着方向盘，心里荒草丛生，拿不准接下来应该把这场故事往哪个方向引导。丽娜本来想着，让惯性的日子从平庸里宕开一笔，在和王卯昌乏味的婚姻之外，以爱的名义和旧情人一阵闲聊，哭一哭笑一笑，背叛的愉悦中加点道德愧疚，想来是一场很好的戏。

钱她是有的，丽娜想，当然如果他要的话，在她可以忍受的数目范围，她也会给的。但丽娜总感觉气氛不对，万一这个三十岁出头仍没有希望的"业务经理"慌乱中把方向弄丢了，就赖在她这里停靠，如何是好？丽娜转念想，应该不会吧，他这么骄傲和自负的人。当初丽娜说我想好了，我们分吧。他也就是问她，丽娜，你真想好了？她点了点头。他就背着包走了。他哭也不要让她看见，他就是这么骄傲的人。丽娜还记得杜顶走时，她站在公寓的阳台上，看到他远去的背影仿佛涨满了初生的秋风……

开着车，丽娜忽然有些心疼，她想，要是她选择一直跟着他，陪他风雨无阻，他是不是会混得好些呢？想到这儿，丽娜心说，吃了饭，就陪他进楼上的包房吧，他要是缺钱，只要不过分，她就给他。就这一次，她还清了，以后就谁也不欠谁了。

到了酒店，这一顿饭吃得很没意思，两个人各怀心事，再也不可能把情绪对接起来，说话有一搭没一搭的，都是无关痛痒的话。丽娜靠在椅子上，不停地说："这道菜是店里最拿手的，你多吃点。"

杜顶在心里冷笑，在这个城市所谓最好的酒店里，她是把她虚弱不堪的优越生活表演给他看。开始丽娜推荐哪一道菜他还吃上一点，吃了几次就觉出了无聊。他忽然很想喝一碗小乐在家给他熬的米粥，他觉得吃了这顿饭，他就该回家了。

婚礼之前，他只想再来见她一面，现在，见也见了，再没什么好说的了。这个曾给他最痛快的笑和最彻底的哭的女人，隔了这么些年，在他决定年底和怀了孕的小乐结婚之前，他终于要将她彻底忘了。

这些年，每一天他心底都憋着一股气，临走时丽娜肯定点头刻进他的脑子里，他就是要混得出人头地！有许多钱，有地位，有事业，然后来她面前，让她为当初的选择感到羞愧。

但真的到了她的面前，看见她手指上的那枚铜戒指，他却恨不起来了。他想起的只是大一军训时，她正步走总是不规范，教官让他给她示范，他初见她宛若桃花般的脸……还有，他第一次吻她时她娇羞又欢喜的模样，在学校的湖边说的那些誓言，和她一起去摘草莓的春天，她例假来了肚子痛他给她揉小腹，每个周末两个人在老面馆里分享一大碗面……这些场景，杜顶以为在和客户声色周旋中自己粗粝的心早都忘了，看到丽娜，却一幕幕又都涌起。记忆这种老实的反应，让他感伤又厌恶自己。

丽娜掠头发时，手上那枚廉价的戒指泛着钝钝的普通金属光泽，很柔和，却刺痛了他，他的眼泪几乎落了下来。那时他到底连一个像样点的戒指都没买给她。

那时候，他买不起。

丽娜在做出决定时曾跟他说，我只是厌倦了每天公交车上的气味。隔了这些年，他终于觉出丽娜这句话的道理。——她那么美，而那时的他初到遥远的东莞，飘飘摇摇站不稳脚跟。丽娜每天转公交上班，每天都是疲惫。周末的时候还要去做礼仪小姐，即便是冬月，也要穿着旗袍一站半天，就为了多挣点钱。最初的两个月，他在陌生的城市，没有门路，跑电子业务跑不到单，连生活费都是丽娜寄给他的。他不知道丽娜为了挣那点钱，是多么辛苦；他也不知道丽娜崴了脚，是怎样一瘸一拐去赶公交，最后还是迟到了，被领班骂时的心情；他不知道下了班丽娜在公交上拽着吊环就站着睡着了，却还被变态的男人骚扰……当然丽娜也不知道他为了拿下一个签单付出的辛苦；不知道为了让客户开心他花钱请客户"足疗"而不得不陪着和小姐搂搂抱抱时他的心里是怎样撕裂般的难过和愧疚……他们都不知道彼此的喜怒哀乐，隔得太远了。他为了超额完成订单，累得都顾不上累。而丽娜，不论是美和寂寞，都太荒废。

那时候王卯昌追她追得正紧。王卯昌说他在展会上第一次见到丽娜就忘不了了。结婚的前几年，王卯昌一说起来还记得清清楚楚，那是个冬天，外面还下着薄薄的雪，是一个展览，丽娜在台角含笑站着，暖气根本达不到外面的礼仪台子，那么冷的天她还穿着葱绿的露袖旗袍，浑身的曲线自上而下顺流而下，在臀部那里富饶地云集。大冷天里，丽娜是那样生机勃勃的美，散发着芳香凛冽的绿意。展会的内容是什么王卯昌没记住，倒是台上的丽娜让他看得惊艳不已。

王卯昌自恃要风有风要雨得雨，对丽娜展开攻势。开始丽娜宁愿每天瘸着腿拖拉着崴伤的脚去挤公交也不要坐他等在楼下的车。丽娜动摇过，但还是觉得她和大木瓜会好起来的。但是呢，每每丽娜心情不好时给他打电话，他都不接，或者匆忙说一句"在陪客户"就挂掉了，丽娜委屈得直想哭，就算哭，也没人看在眼里。慢慢地电话就少了。她其实是愿意和他一起去南方的，虽然家里不会愿意。但是杜顶不愿她来，因为他和同事合租。彼时他连个像样的单间也租不起，他想着等他站稳脚跟，再让丽娜来。

可没有谁会一直在原地等着。他徒手赤脚奔跑，而王卯昌则开着车拿着鲜花，目的都是为了获取丽娜那颗心的绿卡。杜顶注定总是迟到，好在丽娜偏向他。可是，在最后一次，他仍然迟到了。

杜顶清楚地记得那一天，他和销售经理在陪客户吃饭，经理拉上他只是为了挡酒罢了。其间手机响了多次，他没去看，后来索性关机了，以为丽娜又是小女生脾气犯了，缠着他陪她，他想等吃完饭再给丽娜打电话好了。但那天他喝得实在太多了，等他坐地铁把自己搬回出租屋的床上睡到半夜时才猛然想起丽娜的电话，打开手机，是 23 个未接电话，还有两条短信，一条是：我阑尾炎要手术了。另一条是隔了三个小时后发的：大木瓜，傻丫头不等你了……

两条短信没有因果，但组合在一起，他就都明白了。明白了他就猛扇了自己一个耳光，问合租的同事借了钱打的往火车站赶，买了最近一班的站票一路二十多个小时站了回来，最快也要第二天下午才到。其间丽娜的电话打不通，一直关机。

而杜顶不知道，王卯昌同样接到了丽娜的电话，当时他人正在外游玩，开车一路超速，回来虽然也晚了，丽娜说她已经自己去医院做了手术，但王卯昌租了豪华公寓，把她接过去，不让她上班，吃的喝的储备了半屋子，公主似的照顾着。

杜顶赶到后，已经什么也做不了了。王卯昌已经抢在前面了。

丽娜病好后，把身上所有的钱，都夹在电脑包里给了杜顶，还有他们所有的共同财产——一台笔记本电脑、一个双插孔的情侣随身听、一起淘来的小物件——都给他，给他买了返回的机票。

然后接受了王卯昌。

临走时杜顶还问她："丽娜，你都想好了？"

丽娜看着他，迟迟，还是点了头。

……

这一个点头，成了杜顶心底一生暗藏的痛。虽然后来丽娜托同学向他解释，妈妈病了，需要钱，她没有办法。杜顶还是不能释怀，一想起来，心里就韧性地疼。

丽娜看着杜顶吃完了，陪他喝了一杯清酒，说："坐了一夜火车，你上去休息一会吧，订了房间的。"丽娜说完，就自己先起身了，像是怕他不愿去似的。

杜顶也只好跟随她。

到了房间，丽娜在沙发上坐下："你去洗洗澡吧，解解乏，我在这儿坐一会，你洗好澡，我就走。"丽娜用潮湿的眼神看着他，和恋爱时的口气一样，指挥他。

杜顶依着她，想，洗完澡，就给小乐打个电话，说事情处理完了，该回家了。杜顶回身看一眼丽娜，默默叹息一声，就洗浴去了。都结束了。洗洗澡，把往事都洗掉，就该走了。

水声哗哗啦啦地响着。

客厅里，丽娜的一颗心也被水声撩拨得叮咚流动起来了，她想了许多，又好像什么都没想，她想起是她那时候生病了，只想让他抱着，枕在他胸口前，听着他的心跳……丽娜想，这回是真的病了，不知道还有没有人抱呢……丽娜看着手上粗劣的铜戒指，按着虎口，心说，别哭，别哭。眼泪却还是不由自主。

电话响了，她看了一下，是王卯昌。她软软地卧在那里，没接，一任它响着，响了一会也就不响了。有片刻，丽娜心里还疑惑，这个时候他应该在飞机上，怎么可以打电话呢？

她不知道，王卯昌根本就没上飞机，就在僻静巷子里的车上。王卯昌想，谭丽娜，你以为我傻吗？这么些年来总是对着那一串电话号码出神，总也进不了你的心，你以为我傻啊？他让手底下的人查了几个月都没有任何线索。他不相信丽娜会这么清白，你想啊，她这么漂亮的女人，虽称不上风情万种，但还算是风韵诱人，怎么会没有情况呢？王卯昌想起早上临出门的那一刹那，丽娜红着眼圈哭了。那一瞬间，王卯昌想算了吧，不往下玩了，就这么和丽娜过日子算了，没有孩子也罢，她脾气坏点也罢，就这么凑合着接着过吧。但紧跟着一种疲惫感又来了，日子太闷了，他总要弄出点水花。何况，那个叫燕燕的女孩子，跟他在外面好了半年，肚子已经有明显的弧度了。王卯昌从公司里把车开出，停在僻静处的街巷里，手机响了，是一条短信：在跟踪。他知道，是底下的人已经拍照。他望着手机，不知是悲是喜，一种终于被落实了的情绪涌上心头，但紧接着更大的空虚便席卷而来。思前想后，王卯昌眼中逼出翻卷的泪意。

丽娜斜卧在酒店房间的沙发里，拉开窗帘，任午后的阳光打在她身上。太阳光太强烈，白晃晃的，她一闭眼，就感觉有许多红蝴蝶在眼前飞……用手擦一擦，才知道自己落了泪。想一想有什么伤心的呢，好像也没有，丽娜就是想哭一哭。想哭丽娜就哭了，慢慢地，哭声很大，受了许多委屈似的，两只手不停地擦着，却怎么也擦不干。洗浴室里的水声还在响着，等一会杜顶出来了，看着哭泣的她，丽娜想，他还会抱我吗，还会着急而又憨傻地讲蹩脚的笑话逗我吗？丽娜把手上的铜戒指从中指转移到无名指，并且扶正，然后她打开身上为他准备的白裙子，赤脚走向那一片水声。她没想到原来自己有这么多寂静而丰沛的眼泪，像是那一句在心底压抑了六年又二百七十三天的话，和眼泪一起都在此刻开成花，她走向他，终于要把那一句歉疚的话，说给他：

——对不起，大木瓜。那一场阑尾炎，是假的。

水为媒

1

河岸边，雨后浅滩的草像毛头小伙子一样，一夜间便蹿长了起来。其间开了不少野花，小脸儿都被洗得干干净净的，正仰着脖颈专注地开花。割韭菜、剜水芹的间隙，他总忍不住回头看看草花中的母亲。沿着田畦割一会菜，抹抹手上的泥水，他就扭回头看看，像是一个习惯。仿佛隔着厚厚的黄土层，母亲还在那儿用一贯温柔的眼神望着他，满脸的慈爱和温情。

以往他出门时，母亲总是在房前，看着他出了菜地，走到路上，再沿着大路越走越远。他走在路上，虽然背对着母亲，可能感觉到母亲在看，心里就长出那种毛茸茸的温馨感觉，像鹅黄初覆的小鸡仔刚破了壳……仿佛他是从母亲心里推开门，担着菜一点点走远的。就这样每天迎着第一缕鲜嫩的晨光，他宽厚的后背拉长了身后母亲的眼神，母亲的眼神如纺车牵出的棉线，不管他走多远，母亲都把他的影子织在最柔软的中心。

可是，这些以后却没有了。

泪水滴在菜叶上，像露珠摇晃，他抹一抹脸，手上的泥就沾到脸上。他再看看那些新开的野花，想，这些花，它们多像母亲埋在心里没给他说的那些话……母亲肯定又要说，无心，好好干，娘给你做好吃的，再攒点钱娘给你娶个好看的媳妇，天天疼你……他在母亲跟前，分拣着青菜，就咧嘴嘿嘿地笑。娘也笑。娘爱唠叨这些个，在菜畦里拔着草也老跟他念叨，娘等着抱我儿无心的大孙子呢……

到头来，却还是没抱上。

娘是自然死亡。像一棵历经磨难的老树，聚集了七十三个年轮，大限一到，风一吹，所有年轮里圈着的时间就变成了灰，飞了，人就殁了。

他哭，扑到娘的坟前，埋怨娘，还没等我娶上媳妇呢你就走哇，你咋走这么急啊……这么多的话，在他嘴里也只是一句反反复复的呜呜哇哇。

他是个哑巴。

2

这个地方也说变就变了。一下子长出来这么多的高楼，冒出这么多的门面房，人多了、车多了，有钱人也忽然多了起来，一个个都很匆忙的样子。这个原来的河边小镇子遂变得臃肿起来，东西街鳞次栉比的商铺不说，还新添了几条街道，人声嚷嚷着，是那种略显混乱又生机勃勃的感觉。

但是他的生活没有变，还是和菜、送菜。天不亮起来，一大早骑着三轮车把条分缕析的新鲜蔬菜送到沿街的各个饭店里，也够他忙活半晌的，但仗着年轻、力气大，倒也不觉得苦累。送完了菜，差不多也就到中午了，回到河边的滩地里，在菜地里侍弄他的日子。新撒的菜种子都长出来了，菜垄被他平整得一溜一溜的，整整齐齐，看着好看。不远处是他栽下的一排排的树，春天也早在上面搭了一个个小小的绿帐篷，储藏着鸟声。他站在菜畦上，放眼都是绿油油的一片，透着生命力的那份壮阔劲儿，他喜欢。地头上有两间粗糙的砖瓦房子，也是他垒起来的，要是再加上娘和喷香的炊烟，对他说来，这两间泥坯房就是这世界上最温暖的家了。

河边这块地是他承包的，大约有十亩，除了种菜，还种了果树、长条杨等，树下面是草莓和芫荽，一年下来算算能落两万多块钱。实在是血汗钱。单说这一片原来尽是野草长荆的荒地，硬是让他开垦成汁丰水肥的熟地，得耗多少力气？当然他其实是可以多赚点钱的，只要菜价稍微高一点或者草莓、鲜枣、苹果的价格也高点。只是他诚实，不算计这些，觉得种种菜收收果子能挣这么些钱，就够了。他很满足。

上午给"顺河酒家"送完菜的时候，长顺招呼他在店里坐一会儿，他就坐下了，抽支烟，看着长顺笑。他和长顺算是交情深些。长顺把牛肉在高压锅里煮上，转到前堂和他说话。长顺就这点好，闲着时会和他说说话解闷，不把他当哑巴。

他陪着长顺抽烟，嘿嘿笑。他抽烟也抽得很业余，抽在嘴里，吐吐烟气而已，显得和气，要不然别人让给的烟总不能老拿在手里。

长顺打趣，近一点凑到他耳边，说，嘿，兄弟，你不会还没做过那事儿吧？

他的脸红了，低下头嘿嘿笑笑，继续浅尝辄止地抽烟，转身看看长顺，眼神里很不好意思。

长顺拍拍他肩膀，非常肯定地总结说，哥们你算白活了，真的，白活了。把菜钱数给他，哪天哥哥得带你开开荤，你需要成长一下。

长顺也是过过嘴瘾罢了，他那膀大腰圆的老婆一巴掌能把他打趴下。

他其实知道"夜来香"的。在街角最深的地方，是一个独立的小楼房，颜色米黄，很好看。上面写着"足疗、保健、洗头、按摩"之类的。他也弄不懂是干什么的，凭感觉只觉得不太正经罢了。

却不想走到街口，身后有人唤他，嗨，哑巴。

是喊他。街上的人都知道送菜的哑巴。

他转过身，是一个体态丰满的中年女人，还穿着胖大的睡衣，是"夜来香"的老板，在门口对他招手，他过去，女人说，哑巴帅哥，能单给我们种点辣点的辣椒吗？女人点颗烟，钱好说，要辣点的。

他应承，这又不费事的，点点头，就走了。顺带着眼风只看见大厅里有几个睡意蒙眬的年轻女子在闲话。

回到家，烧一壶开水，就着街上买来的几个烧饼，泡一碗炒面，也就是一顿饭了。母亲一走，谁还给他做他一到家就在桌上等着他的可口热饭呢。快傍晚了，他循例进菜棚里去割菜，进去之前，看了一眼屋子旁边荒凉的烟囱。往常顺着炊烟就能钓出香喷喷的晚饭，现在都没有了，母亲把炊烟也带走了。

3

他爱在河边转悠。看女人洗衣服，看闲人垂钓，看云在水里流动，看风是怎样带着河水清凉的愿望一点一点走到脸上……他不会说话，反而可以和更多的事物心照不宣地对话，比如，他知道鸟与鸟之间在嘀咕什么，知道一朵云遇见另一朵云会有多少种变化，知道一只蚂蚁和同伴的私语，一朵花开的声音在他心里会放得很大，一只鸟的欢喜也会在他心里荡漾涟漪……他发不出声音，却还有眼睛和耳朵，它们都连着心灵。

正在瞎想着，看见一个女子拎着黑瓷罐弯腰往河里倒煮过的药渣，中药的苦味顺风弥漫开来，满满的一河面。他忍不住摆摆手，替水里的鱼掩了掩鼻子，嘴里发出一连串的声音。

河边的女子循声看过来，眼睛有一瞬间的迷离，对他挑逗地笑一笑，以为他也是像街上的男人那样言辞之间故意调戏她呢。女子眨了眨眼睛，带出职业性的魅惑眼风。

他一时有些愣怔，女子模样瘦瘦的，长发慵懒绵绵，裹一袭质地柔软的棉裙，笑容里便平添了些让人怜惜的成分。他回过神，摸摸鼻子，扇扇手，是替鱼们说话，让她不要往河里倒了。

女子哪里听得懂呢，看着他七手八脚的，索性放了药罐，两手交叉在胸前看他比画，笑意在她唇边发了芽，又收回去，懒懒地看着他。

他比画完了，有一个停顿，小女子也伸开手学着他咿咿呀呀胡乱比画，比画得没有一点章法，并且原先嘴角微微笑的芽现在也开出了花，女子笑完了，见他瞪着她，她伸手在他眼前虚抓一下，还生气了啊，小哑巴。

他气得扭头走了。

哑人最忌讳别人学他，可她竟还学得这么轻薄。

女子在身后喊，哎哎，别走哇，帮我拿一下药罐。

他心想帮你拿才怪呢，负气头也不回地走了。

4

过了一些天，他想起"夜来香"的老板娘的吩咐，采了新下来的辣椒，觉得辣得还可以。那是以前母亲种在房前屋后，等红了穿成串挂在门楣上的，红彤彤的，过年都显得喜庆。他摘了一些，送完菜顺便给她送过去。

刚一进门，一个女子在清理茶几上的烟灰，一抬头，咦——

女子翻卷的舌头像个调皮的小狐狸。这一次没有喊他小哑巴，怕他再生气。让他坐，他还身子硬硬地站着。她向他吐舌头，还生气呢，小气鬼。指指他的肚子，"砰"，两手做了个气球爆炸的手势，意思是肚子别气炸了。

他忍不住笑。这个小女子可真够淘气可爱的。他一笑，女子说，别动，再笑一个。她要用手机给他照上。她说，笑得好看。喊其余的女孩子，用川地的口音，烂漫地说，采，看他笑得多迷人撒。

也难得还有无心这样的人，没有杂质的眼睛，没被污染上灰尘，平常看人的眼神都像一条不设防的路，让人一直顺路就一眼到底望到他的心，更不用说他的笑了，浑然一个婴儿的样子，没有尘埃和心机。

女孩子们围过来，叽叽喳喳个不停。他的脸又开始红了，她们便哄笑，呦，看哪，还会脸红……上午闲来寂静，女孩子们拿他取个笑，玩儿。

老板娘出来，他算是解了围，把辣椒交给她，转身就往外走，老板娘给钱他连连摆手，意思是不值钱的东西，尽管吃好了。

他刚走出门口，那个瘦小的娇俏女子跑过来拉住他，他要躲开，女孩推他一下，力道有点大，近似于打，怕啥撒，吃不了你，来呐，帮我端木盆。她要去河边洗被单和沙发坐垫。

他只好端住，和她一起走路。

女孩告诉他，她叫奴奴，还让他喊一遍，他张张嘴，气得一跺脚。奴奴追上来，我没有欺负你撒，怕尔记不住。

他瞪她，使气喊了一声"啊呜"，在说我记得住。

看他那副气急认真的样子，奴奴就掩了嘴笑得花枝乱颤，问他，你呢，叫什么撒？

他放下木盆，给她比画了半天才让她明白"无心"这个名字，她还要问什么意思，母亲取这个名字的意思是希望他一直都不用操心，无忧无虑，有母亲照顾他一辈子。但是他现在没法给她解释，仰着头，看天空，母亲说好人死了就会住在云彩上面。

她也仰脸看，很快看见他眼中的泪水，他一闭眼再睁开，像是拉开了门帘，眼泪就源源涌出，立刻在他眼角形成一片冲积扇。很突然，却很寂静。

奴奴一时有些惊慌，比画这么半天，她连蒙带猜已经差不多可以看懂他的手势语言，他把手放在胸口，又做了一个母亲拍着宝宝睡觉的手势，然后指指云彩。

奴奴明白了，母亲在天上呢。她停下来，也同样做了这几个手势，意思是她的母亲，也在天上。

他盯住她看，忽然泪水就扑满了脸，他一个劲地指着水面上那几只小船板，不停地指指奴奴又指指自己。意思是我们都是没人管、没人要的小破船了，就这么在水里摇摇晃晃地经受风吹雨打，没有家了。

奴奴的心忽然柔软，眼泪也差一点儿掉下来，捧起河水洗他的脸，骂他，傻瓜，不是在天上看着我们呢嘛？

他平静了过来，倒不好意思了。还不知道怎么回事呢，就和人家这么亲了，他刚才是把她当成亲人了。对奴奴笑一笑，声音却含着臃肿的水分。奴奴看他害羞的样子，想笑又不敢笑，觉得他真是单纯的人。奴奴竟然好看地叹了口气，说，真是。

他一时不敢再看奴奴，一双微露笑意的眼神就被天边的鸟群带出了门，等到奴奴拍拍木盆，他才反应过来，不明所以的样子，帮我拧被单撒。

奴奴凶他。

他答应着，啊哎——

奴奴就启齿笑了，反手扬了他一脸水花。

5

　　其实"夜来香"到底做不做那种生意，做到什么程度，长顺也是凭借着想象和添油加醋的嘴巴说说而已，他也没有去过。那是镇子上有头脸有钱的人才去的地方。但是长顺爱说这个，一说还直奔脐下三寸那片区域，迷醉的两眼泛着光芒。他把"夜来香"的几个女子燕瘦环肥评点一遍，什么碎碎哪里大哪里小，芳芳哪里凸哪里翘，续一根烟，哥们，要我说还是那个奴奴有味道，看着娇俏……哎哎，哥们怎么走了，菜钱还没给你呢！

　　他听见长顺也把奴奴说得不堪了，就要走，长顺在后面叫他也不应。长顺奔过来，随手掀他车子里的竹篮子，嘿，这么大的草莓，来让哥哥尝尝。

　　他把篮子赶紧盖上，冲长顺"啊啊"两声，很凶，脸上满是不高兴。长顺有点讪讪的，不知道今天怎么得罪他了，只说，看你小气的，几颗草莓还要钱，攒着娶媳妇啊？

　　他不吭声，默默地走了。

　　长顺在后面骂他，你个小哑巴。摇着头到灶上对自己女人说，唉，一个人在世上寡活着想想也真是可怜，白搭他这张脸面了，连个女人腥都没闻过。

　　来到"夜来香"楼下，他也不进去，就站在门口。过了一会儿，碎碎自里面出来，问他，找谁个呀？他开始不说，背过手看其他地方，一再追问，他在头上抓两把做出长发的样子。兰兰也出来了，她们上午没有生意，都是刚起来的样子，就聚在一起拿他说笑，对他说你看呢这都是长头发，你要找哪个呢？接着还是嘻嘻哈哈。他便大力辩解，指指她们的头发，摇摇头，又指指自己的头发，但是她们不明白他说的意思是：你们的头发是染过的，奴奴的是黑的，我找她。

碎碎眼尖，瞅见篮子，口说着藏着什么好东西呢？就伸手掀开看看。一掀开，几个女孩子都上来抓篮子里鲜艳的草莓，看他着急的样子，他刚护住篮子上盖着的布，女孩子从后面又掏出一把，他团团转，在女孩子们的笑声中笨拙吃急地盘旋。难得有这样一个傻二哥，稍稍要要他，解解闷儿。

争持之间，奴奴开门走出来，呵斥开玩闹的同事们，站在台阶上，对他病怏怏地笑。

一瞬间仿佛天地都安静了，只有她彩虹般的微笑漫步在苍白的嘴角。他停下来，看着，手中的篮子倾斜了一点，草莓滚落满地，像一颗颗小心脏在地上跳动，新鲜而殷红……

在她们的哄笑声中，奴奴虚晃晃地从台阶上下来，他赶忙扶住她，眼神关切而热烈，一连串呜呜哇哇地问她，奴奴，你怎么了，怎么了？

她给他打手势，告诉他只是一场感冒，没事的，再次对他吐露轻松地笑。

他开始放松了神情，嘘了一口气，回过神来，急忙抓一把草莓，捧在手心里，连同他那单纯而灿烂的笑脸，都递到奴奴跟前，一脸的虔诚和期盼。奴奴捡一颗放进嘴里，轻轻咬破，汁液流淌在唇齿间，奴奴说，真甜！

看着奴奴，阳光下他的眉脸一下子舒展开来，是一张清澈满足的笑脸，眼睛里藏着心跳，对着她的眼睛，都是笑。

6

在自己的卧室里，红姨招呼说，奴奴你坐啊。红姨就是胖乎乎的老板娘。

奴奴就坐下，说，姨，啥事撒？她手里还拿着刚才擦花瓶的抹布。

就唠嗑呗，坐就是了。红姨拿点心，还摆出她那套青花瓷茶具，好久没和奴奴唠嗑了呢。

奴奴看着这有点郑重的场面，越发有点不安，还问，姨，啥事你就说撒，奴奴都听着。

红姨笑，说，丫头，看你急的，又没有生意，好好坐着。红姨坐下来，吃了一点点心，对奴奴说，你也吃啊。喝了一杯茶，酝酿了一下情绪，才说，姐开这爿小店——抽一口烟，吐出来，接着说——可不容易呐。是很感慨的语气，容易不容易至少这一句话说得很沉重的样子。

奴奴不明其意，说，姨呀，是不是我最近做错什么撒？

红姨顿顿烟灰，说，哪能呢，奴奴这么乖巧，姐喜欢着呢。没话找话似的，又开说，这些天怎没见尔的哑巴帅哥来呢，呵呵，多好的一个人儿，可惜了。

奴奴也附和着笑笑，扯着手里的小毛巾。

红姨弹弹烟灰，似是不经意地说，我看最近陈老板可爱点你，一个劲地夸你呢，说你伺候得可舒服，手法老道。顺一把波浪起伏的头发，咱家奴奴的手法那是没啥说的。

奴奴笑笑。

一口青蓝的烟吐纳在红姨娇红的唇间，陈老板这人大方，奴奴你看，怎么样呢？红姨一扬一抑地试探口气。

奴奴抬起脸，看住红姨，什么怎么样撒？

红姨倚在靠背上，变用一种疏离的眼光打量，迂回了这么几圈，终于点破题，陈老板还想让奴奴你进一步服务啊，傻女子，你还看不出人家的心意？

奴奴看着红姨，眼睛有一瞬间迷离，不言语。

红姨倒一杯茶水，递到奴奴身边，奴奴你不愿意？

奴奴反手绞着手里的抹布。

傻丫头，这还有什么好琢磨的？女孩子，既然出来了，不就是拿脸蛋儿换点钱，趁着颜色鲜艳，卖给识货的人，我看这就是福分，就这几年一晃而过的青春，可别浪费了呢！

红姨喝茶，也递给她，很语重心长的口气。

我看这陈老板挺不错的，姐还能骗你？又说，咱们外地人，在这儿撑起一小片天不容易，你也知道这个陈老板在这镇子上的角色，抱上了这棵大树，你还至于辛辛苦苦给人修脚按摩累个臭死！姐知道你家里也指不上谁，那自己再不攒点儿防备怎么办？再者说，你做足疗按摩，每天的客人哪个规矩，依姐姐看还不如找一个可靠的呢。追加着补上一个笑脸，把茶再向奴奴那儿递上一点，姐姐也能跟着奴奴妹妹喝点儿露水，要不然姐姐这爿小店还不得……

奴奴缓缓抬起脸，盯着对面，顿一顿，说，原来姐姐都替我想好了，那，这么说，我就得按姐姐指的这条路走了？

红姨撂下茶碗，叹口气，胳膊拧不过大腿，咱有什么办法呢，现在若不依，等撕破了脸面，哪有咱的好日子过呢？不过话说回来，这陈老板虽是长得丑了点，但出手仗义，这不，你看，给你买的项链，让我转交给你呢。

奴奴看着红姨手中递过来的金黄一串，没有伸手接，负气笑了，依姐姐看，奴奴是非得答应了。

红姨好像一块大石头落地，重又倚回沙发里，翘起手指夹着细长的烟卷，奴奴聪明，就是这个意思。

奴奴眼里蓦地涌起细碎的泪意，在眼睛里翻卷，奴奴眨一眨眼，狠狠咽下。

红姨把项链搁在离奴奴较近的桌角，心口还疼吗？问奴奴。奴奴她心脏似乎生下来就有毛病，常常心口绞疼。

奴奴鼻息间"哼"了一声，很轻，捂着胸口，疼，它到最后无非也就是长成一个死，我随身带着这份儿死呢。

红姨干嘴笑笑，看说的傻话。她站起来，好了，项链姐先替你存着，奴奴去外边忙着去吧。

给我两天假，奴奴说，没有看她。

红姨错了一下嘴唇，只是一个笑的意思，怎么，去看你的小哑巴啊，不是姐说你，玩玩好了，何必当真呢……

奴奴丢下抹布，没等红姨说完，那就不劳姐姐操这份心了。

是夏天里寻常可见的明朗天气。无心正在地里躬身给果树上水，回头时候看见奴奴正在往这边走，"哇噗"丢下水桶，他就往路边跑。跑的时候还连蹦带跳，他的心是孩子般的欢喜，他一路惊喜地喊奴奴的名字，一声高一声低，也许在别人听来不过是单调的"啊啊"叠音，而奴奴却都听得懂。

这几个月里，其实他们也没有多少交集，偶尔在"夜来香"店门口无心送菜路过或者给奴奴送东西时见上几面，这照面里还随同着姐妹们的玩笑话语，之外就是好天气时轮到奴奴去河边洗被单时碰巧无心跟在旁边。她开始觉得他好玩，慢慢发现只和他在一起，心里亲。也许并不能顺畅地交谈，但有一种情感，却是那样割舍不断，在无心把新下来的水果蔬菜推在奴奴怀里转身就跑掉时，或者她洗着衣服无心陷入沉默里看着她时，即便不说话，看一眼，觉得亲，那样一种安静的眷恋从身体里流出来。这眷恋却总让奴奴开心，又有薄薄的伤感……

他跑过来的时候满手都是泥巴，湿淋淋地想拉奴奴的胳膊，在身上擦了擦，没有拉，心里的兴奋还没来得及完全展现给奴奴看，就看见她眼睛里的阴霾，虽是一掠而过，还是让他捕捉到了。他垂下手，眼巴巴地望着她，奴奴也看他，为了表示他看错了，奴奴就嘴角上扬把笑分解给他看，像花开，一瓣一瓣地笑到最大最灿烂，最灿烂的时候奴奴的眼泪却突然管不住地掉下来，大粒大粒的泪，不断地落下来，奴奴只有转过脸去。

他给吓住了，两只手僵在身前，奴奴骂他，你真是个傻瓜啊，你就不知道抱住我吗……骂完了奴奴还打他，是真的打。

他也哭了，奴奴说你哭什么，他告诉她，你哭了，我也想哭……奴奴抱住他，打他，骂他，没见过你这样的傻瓜啊……奴奴死死抱着他，脸庞埋进他的胸膛。

他像一棵树，因为突然剧烈的幸福身体不住地颤抖着，两手僵在半空，嘴里发出一连串的声音，他一时还没有明白过来奴奴在他怀里说的一句话，她幽幽地说，她说，无心，你能娶我吗？

7

日子残忍和美好的地方都在于它一直在往前走。有些事情发生了，你眼看着，却也没有办法。

无心一连许多天都没有再看见奴奴去河边洗衣物。无心送菜回来的时候立在"夜来香"门口看，使劲看，还是没有奴奴，他就在店前等，碎碎到最后看不过，出来告诉他，奴奴回家了。一字一字地说给他，奴奴，回家了，不在这里了，你回去吧，别等了。

无心又等了许多天。他不信奴奴连个招呼都不跟他打说走就走了。无心把自己等得更瘦了，更沉默了。

奴奴还没来。奴奴这回是狠心了。

他还是种他的菜，韭菜割了一茬又一茬，蒜苗出苔了，土豆该起了，梨子该下树了，葡萄该摘了……他摘满了篮子，却不知道给奴奴再送到哪儿。

无心就抱着篮子哭了。

一天，几个穿着制服的人来到这片河滩，告诉他，这地方不让种菜了。他回屋拿出来一张纸，是这地方镇子划归所属村委的承包证明，他们看了看，告诉他说，没用，这不是村子里管的事情，上头要收回，上头招商引资，要建厂子。看你可怜，不为难你，树什么的都收拾收拾卖点零钱回老家吧。说了半天，来的人都觉着和一个哑巴说话可真是费劲。

两个月他还没有动静，所谓的"上头"就不愿意了，又来催了几次，一次比一次凶。看他哑巴可怜，村子里答应归还承包金的一半，不说是违约金却说是照顾他，他们说，照顾你你就要知好歹，知道吗，叫你腾出来你就要听话啊。

他不是可惜钱，是这片地，这片地倾注的都是他的血汗呐……母亲他俩攒了这么多年，总算开垦了这几亩菜田，有个容身落脚的地方，可一句话就没有了，他不愿意呵。

又等了一个月就不是那么客气的了，招商引资，这牵涉到许多人的利益呢，你一个哑巴算什么。就有人毁他的菜，偷他的果子了，他拿着刀和人拼命的架势，但是他不能时时刻刻守着，送了一回菜，一回来就发现他辛辛苦苦一棵一棵种下的树都倒在了地上，全都砍倒了……年幼的还未长成的树还汩汩流着血，他扑倒在树上大哭，一直哭，哭声像断线的风筝，在明亮的太阳下久久回旋。

长顺现在常常恶狠狠地抽一大口烟，骂一句，这生意真是没法干了。也是，肉菜都一个劲地涨价，他这小饭店也真是生意惨淡。长顺拎着几朵大烟壳，丢在锅里，哥们这肉你要吃我都不给你吃，我都嫌它，可人家都放你不放有什么办法，哎，哥们，哥给你说话呢，哑巴了啊……长顺骂一句自己，可不是哑巴了，真是，连哑巴都变了，前一段他还一脸喜气地送菜、说话，这一段却总是苦着张脸，说着说着就走神了，也不知道他在想什么。长顺对着他的耳朵说，你的菜也该涨涨价了，你也别不好意思涨，哥也不能让你亏着。

无心接了钱，照例也不数，放进兜里，回头就走。走了一段，又折回来，对着长顺"啊啊"一番，要哭的样子，长顺到最后算是大致明白过来，明白过来就大声问他，咋不种了，我谁的菜也不要，就要你的，啥？不让种了！谁不让种了？

无心一只手低一只手高，高的那只手压住低的，又竖起小指，戳戳自己的胸口，摇摇头。他说我们就是这样一个可怜的小指头，看不见的大手压住我们，我们斗不过它。

他一个哑巴，他认了。

长顺还在那里破口大骂，知道他心里头难过，到灶上炒了两个菜，拎出一瓶酒，陪他喝一杯，拍他肩膀，哥们儿，你也别难过了，哎……哥哥陪你喝一杯吧。

无心接过酒，大口大口地喝，长顺把着酒瓶，不敢让他多喝，他没喝过酒。无心喝着喝着就醉了，抱着酒杯，埋在桌子上，双肩抖动，压抑的哭声委屈地从臂弯里传了出来，他"啊啊"地喊，哭着喊，奴奴，我想俺娘啊……

8

那一年的雨水特别的大。平常枯瘦的条河忽然丰腴活泼了起来，雪湖更不用说，满满当当的，像一小片海。人们都说这天真是反常了，该入秋了还这么大的雨水。

奴奴又出现在河边了，天光放晴的日子，她来河边走走，晴得若稳定了，也洗洗衣服什么的。只不过她显得更瘦了，脸色总是苍白的样子。

无心却不知道她。他带着土里的母亲回老家了，也只有这样了。

她在"夜来香"楼上隔着窗帘看无心站在大太阳底下等她，她看着他傻痴痴地等，她哭过，但就是不下来，让姐妹们说她回家了，好断了他的念想。她在心里说，奴奴呵你可也真够狠心。她掐着自己，让自己感觉到疼。不这样又有什么办法呢，陈老板啊张老板啊，她谁也惹不起，她只有一颗生来就有病绞疼的心可以狠。奴奴抚摸着手腕上的老式银环，那是无心母亲戴过的旧物，奴奴说小哑巴你精着呢，果子里藏着它我会不知道么……奴奴想笑，也许用的力气太大，就笑出了泪来。

半个月后，奴奴不见了。

河边草地里还留着她一只凉鞋。

人们都说是陈老板毒恶的老婆醋心大发，趁奴奴在河边洗衣服将她推下去了，但是谁又知道呢。

奴奴就像是一条鱼，消失在河里。

他知道的时候都是第三天了。一直没有找到奴奴的尸体，人们说怕是冲到雪湖里了，那就真的找不到了。他把奴奴那一只鞋抱在怀里，下着大雨，他疯了一样撕心裂肺地号叫着往水里奔，扑进去。

长顺根本拉不住他。

大雨夹着雷电，白茫茫的一片，长顺在河边也跟着水里的他跑，一边跑一边大声喊他，哑巴，你给我上来，上来啊！

开始的时候长顺还看见他游一段会浮上来脑袋喘一口气，兔到雪湖跟前的时候长顺在岸上彻底绝望了，坐在泥水里绝望地喊，你出来啊，你快出来……

长顺的声音像火一样被大雨浇灭，过了好大一会儿，他看见浩渺的水面上无心又露出头来，他的怀里抱着的是奴奴，长顺站起来刚要再喊他，却见无心对他笑了，那是一种释怀的笑，他一笑长顺感到周身飘零的冰冷，长顺眼泪哭出来喊，我的傻兄弟哎，你上来吧，哥求你了……

　　长顺还没有说完就看见无心抱着奴奴又进入水里了，不出来了，有一丝奴奴的头发还漂浮在水面上，后面涌上来一阵水花，打过来，水茫茫的，就什么也没有了。

| 午后惊弦 |

　　那天之后，许多次，女人手上做着什么事的时候，一恍惚，就仿佛又看到女孩睁大眼睛望着她。女孩的眼神依旧是怯怯的，那么安静，像两眼小小的清泉，专注地望着她。她却要失声惊叫出来，好像突然被一支离弦的箭"嗖"地射中了，而那无形的箭弦就藏于女孩的双眼……后来女人想想，她其实很早就看见那个女孩了。甚至是前天或者更早就看见了，至于具体是哪一天女人已经想不清楚了。

　　也难怪她，这段时间她一直被她的男人折磨得疲倦愤怒以致精神恍惚。从女孩出事那天以后，她每天在店门口再收拾货物的时候，都忍不住时不时会去看路对面的那堵墙，当然已经什么也没有了，只一截划着"拆"字的破墙横在那里，但女人再一转头，恍然间就又看见倚在墙拐角的女孩两只漆黑的眼睛微露。

　　因为近处在建桥修路，这里便成了一个临时停靠站，工程一建就是一两年，所以好几路公交车都改变了路线从附近汇集到这儿中转。一辆辆开过来再驶过去，卸下一堆堆的人群，这个地方就慢慢热闹了也可以说混乱了起来。靠着尘土溅起的路边，是用铁皮板简易搭成的几家小店，有卖早餐的、卖面的、修车的，等等。

　　女人所在的就是其中一家小商店，鼓鼓囊囊的，矿泉水、饮料、烟酒、零食、水果，门口竖一块"小而全"的红牌子。女人经常腰间斜系着钱包，粗大地站在门口的大遮阳伞下，微龇的牙挺拔在外，南来北往的风裹着嘈杂的声音和飞尘经过她张开的唇齿间。女人看着一股股行色匆匆的人流，顺一顺烫成大卷的头发，吐出一团蓝烟。隔着烟雾，刹车声、汽笛声、报站声、人声、灰尘，都好像漂浮了起来，女人既处在其中又置身事外，她用迷离的烟圈儿把这些嘈杂隔开。

只不过这一段时间，女人有时候想着心事，常常会忽然愣愣地出神，只有香烟还在她唇边袅袅地盘旋，烟气渐渐模糊了她空壳般的脸，弥漫成一小片迷茫的淡蓝。但车子打着转盘猛地驶过，尘土也飞扬呼啸起来，已看不清眼前哪里是黄哪里是蓝。女人回过神来，就吐口痰，恶狠狠地骂一句，也不知道是骂什么，带着一股子败坏的恶劣情绪。

因人流量大，女人小店的生意并不坏。

又是一个电话。

女人看着它响，开始不接，后来接了，不等对方说话，就把电话对在嘴边骂了起来，唾沫像火花，带着毁灭和绝望的光华溅落于地。女人脸上因吵架而迸发出扭曲的光芒，最后一连串吼出一句话："离！离！睡了老娘十来年现在想起来离婚了！"

挂了电话，摔到屋里的靠椅上。电话从躺椅上弹起来，复落到地上。女人一扬头摇动一头的大波浪，也许是用力过猛，竟然摇落几颗参差的泪来。女人觉得恶心，反过手背潦草抹了一把，点一支烟，猛烈地抽了几口，抄起毛巾带着一股狠劲擦拭摊上那些灰头土脑的水果，直到把一个苹果擦破了皮。女人停下来，有些惘然，不知所措，更多的倒是恼火，愤愤地把手里的烂苹果扔了。

扔掉手里苹果的时候，女人不经意间一回头，看见缩在墙角的女孩。女孩站着，巨大惨白的"拆"字张牙舞爪横在她的头顶。墙角下，女孩薄薄的身子紧紧挨着墙，就像一张面饼贴在肮脏的锅上，所以给人的错觉就好像女孩是从墙里面长出来的。

后来女人想，女孩之所以那样紧紧靠着墙，或许是因为女孩将要冒险干一件事之前的犹疑和胆怯。

因女孩站着的这个姿势很特别，女人的视线不禁在女孩身上停顿了那么一两秒钟。女孩似乎也发现路这边有人在看她，就贴得墙更紧了，好像那将要拆掉的废墙是她的整个依靠，这样一来，女孩露在外面的就只是一双大大的怯怯闪亮的眼睛了。

也就是像看个小破烂，女人多看了两眼。

女孩盯着车来车往的路面，像盯着一片湖，心思好像并不在过往的车辆上，朝女人这个方向看一眼就又盯着马路看，眼睛里水茫茫的，只有在看女人的小店时忽然聚起灼亮的光。

女孩的眼睛黑、大、明亮，闪烁着湿漉漉的清澈光芒。如果你来自还没有被城市化进程污染掉的乡村，女孩柔嫩晶亮的眼睛，会使人联想到羊羔那春草初生般鹅黄初覆的眼神。

女人懒得再看，一伸手朝路旁的垃圾堆上扔掉手里的烂苹果，"嗡"的一声溅起一群四散奔逸的苍蝇，女人的厚嘴唇翻动，挑出两个字：

"野种！"

——女人粗暴的判断也有一定的道理：附近是建筑工地，还有一个建筑材料厂，男人多。这本来也无可非议，但女人的话里还有一层含义，因为她的男人最近勾搭了用她的话说"一个烂货"，一来二去，烂货大了肚子，昏烂的男人架不住新欢的颦眉蹙頞要和女人离婚。女人自此看见所有的小孩都像是勾搭男人的野女人生养的来历不明拆家散户的"野种"。

女人的男人是个好吃懒做的软货流氓，平日里不着家，一天到晚和道上的哥们儿喝喝酒、打打架，混吃混喝，活得也快活。

女人看看天，太阳的圆脸挂在东南边，无外乎又是一个热天。女人撅着身子把店门口的遮阳伞固定好，太阳的光线逐渐变得刺眼，天气遂热了起来。女人把摊上的货物清理了一遍，在周围泼了一盆水，压住粉尘，收拾完了，就立在当街的冰箱后面百无聊赖地抽烟。

女人喜欢这种劲头足的低级别香烟。女人一心烦气躁就抽烟。女人有时想，男人还不如手里的这支烟呢。烟只会挺身奉献，不会吃着她的喝着她的还背着她胡搞。女人因此越来越喜欢抽烟。

她吐出那些烟圈，看它们缭绕膨胀，似乎把她心里的空旷也都能无限地填满。烟在她跟前盘旋、扩散，她伸手，想抓住一些，可是抓了一把，只抓了一手空虚的雾……女人有点没反应过来，怔怔地看了看摊开的手掌，手掌里什么都没有。大太阳底下，女人忽然感到从没有过的荒凉和冰冷。

她抓不住的不只是烟，还有她的流年。

女人到了这个年纪，正是恨镜子的时候。女人现在越来越熟练于暴躁和愤怒，她不知道女人到了更年期真的是没资格再发怒了。

女人继续吐着云彩，倚着门柱，看着眼前热滚滚的粉尘里涌动着的纷乱人群，女人心里感到了一点拥堵到喉咙的悲凉之意。女人使劲咳嗽了几声，把一口烟深深吸附进肺里，久久才吐出来。

人群里，来来往往，匆匆而过，谁悲谁喜，谁又在意？

女人在盘旋的烟丝里纺织着粗糙的心事，以至于一个想买瓶矿泉水的顾客敲了两次冰箱她才发觉，发觉了她撩一把头发就骂："买瓶破水敲什么敲，敲坏了你赔！"

把顾客吓得不轻。人家不买了，带着疑惑的神情看看女人就走。女人还不依，蛮横地追加一句："不买我的水，渴死你！"

顾客赶车着急，总结性地回她一句"神经病！"而已。

现在唯一能让她女人稍感快意的恐怕也只有吵架了。自从男人明确不再要她以来，经过这么多的创造性厮打吵骂，现在她一吵架浑身都散发出一种战斗般投入的光芒，脸色腴红，眼睛放光……可是已经没人和她吵了。

女人又坐在遮挡伞下的阴凉里，挥一把芭蕉扇子赶水果上面起落的苍蝇，可苍蝇们很任性，赶走一只，又来一只，一批批哼哼着还很悠扬。几番下来，弄得女人心里不免燥火，狠劲摇动扇子扑打着飞飞落落的"不要脸"们。

偏这时候一个色香俱全的鲜艳小女人撑把小伞踱到摊前，女人抽着烟搭眼一看这女人长就的是一张小三的狐狸脸，乜了一下眼，"哼"的一声，心里很不待见。好像人家也有抢了她男人的嫌疑似的。

小女人可能是在等车，打发时间，用插在坤包里的小扇子在鼻翼两边轻轻扇扇，在摊前东走一步西走一步，伸小指拨拉拨拉摊上的小百货，或者拿起摊前面金黄的橘子，掐一掐又放下。并没有买的意思。

橘子是女人听信送货的水果贩子的甜言蜜语买下的，每一个都硕大金黄，像小香瓜，在太阳下莹莹有光，一个个脑满肠肥的模样。小贩送货时说："老姐……"一句话还没喊完，她焦尾的眉毛一竖，小贩忙谄媚笑着改口说："妹子，这叫'满金橘'，汁多肉甜，每天吃一个，开胃养颜哪！"她当时掰开吃了几瓣，说："养啥颜哪还养颜！"和平常橘子并无不同，不过是外表好看罢了。女人批发了十几个，摆在水果的前边，充个门面。

小女人放下，再拿起一只更大的橘子审视，或许也是惊讶于橘子的大和好看吧。拿起来端详，很好奇的样子，看了一遍知道没有什么稀奇的，就放下了；而旁边的更大，就又拿起另一个看着玩。当小女人再放下拿起第三只的时候，女人终于忍耐不住，冲着小女人开叉很凉快的裙口和收束一小掐的细腰方向吐了一口痰，塌着眼皮说："呸，在这儿浪什么浪？"

小女人开始很迷茫，等确信骂的是她，一下子就炸开了，往前一步，隔着摊位，掐着腰，嘴唇像孔雀开屏，先定好立意："老娘想浪！"然后围绕着这一主题，小女人滔滔了数分钟硬是没给女人见缝插嘴的机会，最后再总结了一下主题："老娘想浪，老娘浪的美丽！你也瞅瞅你——"女人随便一戳手指，把眼神渡过马路支到对面女孩站着的墙那边，"——那个'拆'字划你脸上我看才最合适，也瞅瞅你那吨位，你个老娘们儿，你当街叉开腿地浪也没男人看你一眼！"

说罢，扬长而去。

一片笑声。

这几句话真是伤到了也怒到了女人骨子里。攥着拳拔脚就要追赶小女人，在她身上女人要泄出她所有对野女人的恨。但女人确实太庞大了点，玲珑的小女人三闪两拐就轻巧地到了路对面，中间和女人隔了几辆行驶的车，女人的骂声和愤怒都鞭长莫及，女人跳脚挥舞着手臂也无济于事。

"拜拜了您哪！"小女人挥挥胜利的手，钻进一辆出租车里。

女人隔着街一蹦多高地跳着脚骂，骂得推陈出新、抑扬顿挫，骂着骂着女人瞥眼看到车玻璃上映现出蓬头散发一副怒容的中年妇女形象，粗鄙而又熟悉，想起那就是自己。女人忽而一阵悲从中来，那是一种复杂至极的恶劣情绪，就像眼前的公交车一样窝窝囊囊地堵在那里。身后的车对着她猛按喇叭，"嘟，嘟——"地催促，女人对着司机破口大骂："都看我好欺负啊！……"

女人再折回摊前，像斗败的公鸡，坐下来，点一支烟，架到嘴边，吐一口怨气，骂骂咧咧正气恼间瞥眼看到对面墙上字迹拙劣的"拆"字。小女人的话犹然在耳，女人不由得又是一阵气急败坏，女人把坏了的苹果对着墙狠狠掷过去。女人看着苹果的弧线只穿过马路就无以为继地疲惫落地，女人看着破败的墙，越看越不顺眼，看了几眼，意识到好像少了一件什么东西。女人想，噢，原来是一直缩靠在墙角的小女孩。

女人当然对女孩并没有什么兴趣，只是一个东西看久了一直在一个地方，忽然消失了，她总要转眼看几下罢了。女人顺势瞭了几眼也就看到了女孩。女孩不知道什么时候已转到路这边，蹲在"张师傅修车铺"前，托着下巴看人修车子。

女人看清女孩的眼睛，女孩的眼睛真是大。也许是因为小孩子的眼睛还没有被这样那样的利欲污浊，所以显得深美、辽阔。女孩也看着女人，转动了一下大眼睛，匆忙低下头，再慢慢扭过头去看修车师傅给车胎充气。

但女人看了一会儿，却感觉女孩一直下意识地在看着她所在的这个方向。女人懒得想，又回到自己的心事上。

女人的眼神像是在悬崖上，一不留神就掉落到心事的深渊里了。看着女孩，女人想，要是自己也能生出一男半女，男人兴许就不会对自己这么冰冷了吧。女人一时眼神迷离，就陷入这个一厢情愿的小假设里。

——其实女人也能生的，年轻时一对糊涂男女，小医院流产做得不彻底，伤了。但是实际上即使她生养了龙凤胎，以她男人的本性，对她也难保忠诚。这只不过是一点点欺骗自己的幻觉而已，说到底那是她的男人，即便再是个混蛋，她还是希望男人能回心转意，毕竟这么些年的夫妻。现在与其说她是恨自己的男人，倒不如说她更恨的是勾走男人魂儿的"狐狸精"。

她从来说不出她的男人有多好，但是她知道男人有多坏。她离不了男人的坏。

女人缓过神来，揉了揉眼，鼻根发酸，咳嗽一声都含着壅塞的水分。女人对眼泪向来充满恶心，就扬起脸，看天上的云，猛不防太阳的刺扎进眼里，眼前一黑，毒辣的太阳逼出她翻卷的泪……女人隔着模糊的视线，看着摆在最前面的金橘，想，真像男人那张破嘴里吐出来的话啊，看着花里胡哨还金灿灿的，骗了你的耳朵骗了你的眼，还骗了你的心，到最后兑现的却只是恶语相加和一天一天的不耐烦。

……

马上就是伏天了，天热得咄咄逼人，冰箱里的水很快就卖得见了底。女人把瓶装的矿泉水和饮料从屋里一箱一箱搬出来，再一瓶一瓶续到冰箱里。在这间隙，女人一转眼发现女孩已经挪到了隔壁再隔壁的店门口，中间只隔着一家卖早点的，早点铺早已收了生意，关了门。

这时候可以看见女孩很瘦，是营养不良的样子。女孩身上破旧的白裙子有点大，大概是谁给的旧裙子，但还算干净，一双手扣在身后，垂着眼睛盯着脚尖，或者看路上忽而拥堵忽而急行的车。女孩的心仿佛跳得很厉害，脸上红红的，鼻翼两侧一鼓一鼓，有细碎的汗粒沁出。

女人随便又看一眼女孩的眼睛。

在女孩黑亮的瞳仁转动中，你甚至好像能听见泉水边新鲜的鹿鸣。这真是一种奇特的感觉。女孩就给人这样一种羞怯和安静的感觉。

但女人觉得这女孩好奇怪，说不上还有多么嫌恶，却不知道她到底想干什么。女人来不及也不会费心思去想它，继续照顾着她的生意，间或抽一支烟，和顾客针锋相对地吵上几嘴泻泻心里憋着的火气。

女人的生意不错，水和饮料卖得尤其快。就是那一摊子水果没卖出去几个。蘸着唾沫，数着挎在腰间包里的钱，数完了钱，看样子女人的火气消了一点。

看看时间，中午已过，女人想回屋煮点米，再到对面买只炸鸡就算午饭了。在回屋子之前，出于防备的习惯和敏感，女人忽然又回头看一眼女孩。这时女孩抱在隔壁早餐店竖招牌用的柱子上，半边身子隐在柱子后面，被女人突然地一看，女孩赶快仰起脸颊看天上，却猝不及防被火辣辣的太阳一下子灼住了眼睛，眼前好像一群黑蝴蝶在飞，女孩低下头，闭上眼，只有再紧紧地抱着柱子。

女人一下子就明白了。"小屁孩，我说盯着不走呢，原来是想偷我的橘子！"

因为在女人转身回屋的瞬间，在女孩抽出视线看天上之前，女孩看着的是女人摊位上最前面那些个金灿灿的大橘子。女孩看着橘子的眼神有亮光闪动，又湿漉漉的，情意绵绵。

女人心里冷笑："噢，我倒要看看你怎么偷到我的橘子！"

接下来女人在进屋煮饭的时候，故意在屋里拖延，不露面，但是女人原本黄浊的两眼现在却聚着光时刻盯着女孩呢。

女孩偎着柱子，使劲揉着刺疼的眼睛，揉出了大颗大颗的眼泪。女孩索性蹲了下来，抱住膝盖，嘤嘤地小声哭了起来。或许也不单单是因为眼睛疼，可谁也不知道为什么，只看见女孩瘦瘦的两肩随着断续的哭声在太阳下微微抖动……

女人从屋子里出来，神色有些失望。再回到屋子里，发现电锅里煮的米忘了加水。

女人大概抽了有一支烟的时间，女孩渐渐平静了，不断地在起皱的白裙子上擦自己沾满泪痕的手。过了一会儿，女人正在啃着手里的鸡腿，一抬眼发现女孩已经走到了摊前。女人看她一眼，想看看女孩到底想干什么，就接着啃她的烧鸡。

女孩来到摊前，但仍保持了一点距离，女孩的眼睛最后还是落在那几只耀眼的橘子上，眼里溢满了的除了渴望，好像还有为难。

女人嚼着鸡腿肉，像赶苍蝇一样，挥一下壮硕的手臂，喷出几粒唾沫星子，瞪着眼说："去！去！哪来的野孩子一边玩去，别戳在那儿耽误我生意！"

女孩因惊吓身子向后哆嗦着退了一步，像被马蜂蜇了一下。但女孩退后了又缓缓走回来，眼睛仍然没有离开诱人的橘子。女孩小心咽了一下喉咙，舔一舔嘴唇，过了片刻，女孩才从兜里抽出右手，很慎重地举到女人跟前。

女人斜眼只瞥了一眼，就一把把女孩的手给打散，女孩手里的那几枚硬币于是就像蝴蝶一样凌空飞起来。

女孩掏出的有两个一元的硬币，其余都是几枚角币。

可女孩现在已经空空的右手仍然在空中举着，左手怯怯地指了指摊上的橘子，女孩仰脸看着女人，声音很小，但是很坚定，说：

"我买。"

不知道为什么，女孩的神情似乎有一种不计后果的英勇。是的，英勇。女人明显被女孩的动作激怒了，你这几个小钱连一个橘子的三分之一都买不到，你还捣什么乱？女人再一次挥手像赶苍蝇一样，厌恶地喷着唾沫："去去！该死哪儿死哪儿去！滚！"

女孩没有滚，并且没有挪动的意思。热辣辣的太阳从女孩额头上、脸颊上流下来，女孩的眼睛一如既往地看着女人。女孩眼睛里有晶莹的东西似乎要流出来，女孩忍住了，仍然小声但坚定地说：

"阿姨，我买。"

女人这时的愤怒甚至有些沮丧，伸手从摊上捉起两个有疤的苹果掷在女孩身上："给你！"更厌恶地挥手，"走吧走吧！"

女孩弯腰小心地把地上滚落的苹果捡起来，在裙子上擦一擦，擦干净了，还放在女人的水果摊上。女孩仍然不走。

女人这回彻底被激怒了，怒气冲冲地要绕过水果摊来打女孩。

可女孩的样子好像即使是打，怕是她也不会躲开。

幸好在这时候有人来买烟。

——女人今天也实在不顺。她接了钱把烟给买烟者，等到买烟人拆开抽一支点上转身走了，女人才发现她是把同样牌子的烟、只不过是把软盒当成了硬盒给了买烟者，这中间有好几块钱的差价，她亏了。女人招手"哎哎"地喊，买烟的人往前走着，没有听见。

女人理所当然把这一切都归罪于眼前这个捣乱的女孩，冲过摊子上手就狠拧了一把女孩的耳朵，往前追赶那买烟的人，"待会我再收拾你！"

女人口里叫着"哎哎喂喂"几步追到了路口，买烟那人早走散在人群里了，女人气急败坏，转身隔空恶狠狠地盯着女孩，如果她的手臂足够长，巴掌想必早就打在女孩脸上了。

可就在女人转身的时候，正好看见那苍白而固执的女孩此时手里正抓着准确来说是抱着两个大橘子往废墙那边跑。女孩太瘦了，抱着那两个橘子就好像抱着太阳又抱着月亮，女孩白色的旧裙子在奔跑中皎洁地绽放开来，女孩的奔跑似乎带着一种光芒。

女人很快反应过来，恼怒，但更多的是隐隐的兴奋。相对于女孩，女人大步一迈几步就可以跨上去追上女孩，然后女人就可以以"小偷"

的名义理直气壮地变着心思折磨这个老鼠一样的女孩，像一道小菜，正好给这漫长而溽热的夏日午后带来一点调剂。所以女人可着喉咙唇红齿白地喊了一嗓子：

"抓小偷，抓小偷了！"

女孩奔到了路口，被女人这一嗓子吓了一跳，一个橘子趁机从女孩怀里掉了出来，女孩来不及去捡，抱紧怀里唯一的橘子想穿过车辆到路对面。惊吓中，女孩在穿越路面之前又回头看一眼就要追上来的凶神恶煞的粗壮女人……

——这是女孩在这个汹涌滚滚的尘世上留下的最后一个受伤的眼神。

惊慌之中女孩还没有转过头，身子已经向路对面奋力奔去。

迎面一声坚硬的汽笛锐利地划过这个燠热冗长的夏日午后，然后，是黑的呼啸，红的纷飞，长长的裙子鼓动了一下，女孩怀里的橘子碾碎了……车，终于刹住了。

她只不过是想买几个橘子，给她在这个城市唯一依靠的亲人。

女孩的父亲在附近的建筑工地干活，讨要工资的过程中被打了，一直躺在潮湿的地板上，接连几天都吃不进任何东西。女孩观察好几天了，想着那么好看的橘子，肯定很甜，父亲也许会吃。女孩想着父亲要好起来，挣很多很多钱，给她买好看的衣服，让她上学……因为这些，父亲都答应过她。

……

撞起的栏杆有一段飞落在女人的摊前，砸中了那些光鲜灿烂的橘子，它们和其他的水果一起从摊上滚下来，终于也落在了肮脏的地面上。

那一天，许多人都听见地上的橘子哭了。开始的时候是一只橘子在哭，后来就许多的橘子都哭了，哭声如同瀑布，散落下来。

女人不知道是因为心疼她滚落于地的水果摊子还是因为惊惧于路中间的突兀景象，女人立在女孩刚才站过的地方捂着嘴喊了一声："天哪！"

代后记：现实生活和世情小说

记者： 第一次收到你的邮件的时候，看到"寒郁"这个名字，以为你是一位年龄很大、生活经历也很丰富的一个人，后来读完小说，再看简历，年龄竟然很小，想必有什么特殊的经历，才有这样的一个笔名，我们就先从这个名字谈起吧。

寒郁： 2007 年，那一年很冷，全国性雪灾，我在武汉酒店后厨打工。白天上班，工作除了和服务员调情不需要我，之外所有打杂的活计，譬如倒垃圾、洗工衣、传菜、淘洗、清理后厨、给厨师买烟，等等，都是我的。每天早上，我先来到后厨把灶火引燃，把各种肉菜清点好，然后，循例的是，根据当天的需要，把鸡鸭鱼肉剁成块。那半年的时间里，无法计算有多少鸡鸭鱼肉在我刀下被恶狠狠地"碎尸万段"。每天，我握着它们解冻后冰凉而柔软的身体，就像握着另一个自己，特别是鱼，它们一直睁着天真而空洞的眼睛，显得特别无辜，我在砧板上剁开它们，心想，是否也有一种冥冥的主宰把我搁置在命运的砧板上慢慢地剁……

那时候还写诗，晚上，回到出租屋里，裹着被子，写得又绝望又猛烈，并且已经慢慢觉得诗歌已经承载不了更多的内容，开始写小说。在写小说之前，把诗歌整理了一下，这注定是一本编给自己的诗集，纪念那段轻狂而憋闷的岁月，诗集誊抄完的时候，我写上了"寒郁"这两个字，之前也在一些小刊物上发表过一些诗歌散文之类的，几个笔名胡乱用着，到这时候才确定以后就用这一个了。那时候，天那么冷，生命也很冷，没有希望，郁闷之外，当然也不甘心，有在寒凉里要挣出一点倔强葱郁的意思。

后来有一些文友问为何取了这么个甚至有点晦气的笔名，我都笑笑，不吭声，他们不知道当时的环境和心境。再说，也无非作品写完了，一个署名而已，没那么重要。重要的是经营好这个名字下的作品，才是正事。

记者：乡村是我们的成长背景，你的乡村经历，我也经历过一段时间，只是年代不同，但各种时代，都有各种时代的特点，当乡村成为我们的写作背景的时候，在你的写作世界中，是一个什么样子的？

寒郁：豫东永城的东北向，是古芒砀，秦始皇巡游天下前感慨东南有王气的地方，苏鲁豫皖几省交界，比较乱，自古以来刁民丛生，比如陈胜吴广，再比如汉刘邦，当然刁民著名了动静大了也就是英雄了。这样的地方，当然很穷，是那种没有出路如费孝通先生所说是绑在土地上苦黄的贫穷，我们家更不行，算了，不说这个，反正贫穷就好像一根刺，时时刻刻扎着，那种捉襟见肘是具体而微的，当然会有屈辱感，不幸读了几本书，所以要咬牙切齿地逃离。

生长在这样的乡村，你可以一眼看尽你荒凉贫瘠的命运。小的时候，我常常放牧一片羊群，任它们去吃草，而我倚靠在某个年代久远到湮灭不可考的坟包前，吃挖来的茅草根或者叼一根狗尾巴草，呆呆地，看云。风吹过来，太阳落下的方向，是我们李家的祖坟，不用去看那些携子抱孙依次排开的坟冢，我便了然于心。活着，他们一辈子端着碗吃饭，死了，碗扣过来，压在他们身上，成了一个个覆碗般的坟。少有意外。

然后，如愿以偿背叛了炊烟，在城市的底层四处辗转，吃了苦头，经历些事，血脉里原来那些激烈动荡的河流越过了青春期执拗狭窄的关口，抵达开阔平坦之后，水流已经平缓下来。我已很平心静气了，就如村子里的一棵茅草、一块石子。祖父去世那一年，我从漂泊的远方赶回来，面对坟头跪下，那一刻，我悲哀地流下泪来，不管我逃得再远，那一种冥冥中血脉的牵连，在我跪下的那一刻，依然感受到那份土地深处的呼唤……我心说，好吧，故乡，我们握手言和，都不计较了，你终究是我的生死之所。

由于缺乏经验，在以前的写作中，开始是写故乡人物故事的，这里的乡村已经是文学意义上的了，是经过审美和虚构的样子，在小说里往往可见类似这样的开场叙述："平原上的那条瘦弱小河叫作条河。不过是一条河的简省叫法罢了。河水弯弯曲曲经过村子的时候懒懒地睡了会儿，便泊成了一个小小的湖，湖水极是清澈，因形状像一瓣雪花，人们便管它叫雪湖了。"条河、雪湖、莽山，《萤》《晚妆》都是发生这个虚构的故乡上的。它们的语言是舒缓的，人物是小的，故事也激烈也温暖，但带着一种凄婉的调子，当然是因为故乡在沦陷，生活碾压过那些卑微而认真爱恨的人们，故事发生着，也消失着。我也还在写着他们。

记者：你属于那种经历丰富的作家，这比同时代的，只有校园和读书经历的作家，要有不同。这些财富，是如何展示在你的写作中的？

寒郁：我算出来得比较早，做过保安、配货员、搬运工、建筑工、学厨等，和上一辈比毛也不算，比同龄人可能多经些事而已。经历过那种挣扎，你会特别理解人，所有的人，都不容易，真的，不是一句空话，而是你知道那种复杂的艰辛。写起小说来，可能对人物有一种格外的体贴。

那些经历，对于一个写作者来说，没有一段生活是浪费的，慢慢地会内化成一篇篇作品。并且藉由写作，血脉里激荡的激烈风声渐渐平息，对那些人那些事，思考着、讲述着，人慢慢变得平和下来，用安静的心写着世道人心的文字，并以柔韧的心去感受命运的恩威并施。

记者：看到你有过一段"漂泊"的时间，漂泊这个词语之于你，是怎么样的一种意义？

寒郁：年少轻狂，确实浪荡了不少地方，辗转多处，武汉、厦门、苏州、运城……在最底层的人世间打转，算是经受了一些苦力、辱没、愚蠢、刁难、粗鄙，包括打架、被打，这种经历让你早早地知道人世深浅、人心冷暖，它会映照到作品里，在那时候，我的小说呈现暖色调，因为温暖和美好，那么少，所以，才显得珍贵和重要。正如评论家张艳梅所说，温暖构成了我最初的小说底色。因为我首先需要用笔尖虚构的温暖来慰藉自己。

另一方面，漂泊会对一个人有伤害，身体上的、心灵上的，因为你见到太多阴暗、不明媚的人和生活，积攒多了，肯定不是什么好事儿。但是没办法，如果可以选择，谁不愿意生活在富足安逸的生活里呢，如王小波劝他外甥所说的那样，别人的痛苦也可以是艺术的源泉嘛。

记者：我看你的文字中讲到了孤独，你感受到的孤独是一种什么样的存在？

寒郁：毫无疑问，我现在只是一个外省青年的边缘写作者。陪伴一个年轻作家的往往是孤独、贫困、渺小、骄傲、敏感和潜伏的自卑，才华和野心未能匹配的挣扎，面目可疑，身份低微，内心的不甘和现实的晦暗，瞬息的感觉爆棚和之后巨大的怀疑，持续不断的焦虑，时时刻刻的困惑，咬噬人心的纷繁欲念……选择了写作这个行当，很难再有真正的放松和宁静，内心里总是绷着一根弦，人物、细节、结构轮番在脑海中上演。常常在出租屋里被折磨得难以成眠，喝酒抽烟，看书，写得顺畅，怀疑自己，写不下去，更怀疑自己，终于崩溃，合上电脑，披衣出去，在午夜空空荡荡的肮脏小街上徘徊。有时候，凌晨三四点，阒寂无人，像个夜游魂，横穿几条马路，来到东江边，抽烟，看水流潺湲，内心萧然。陷入巨大的空虚。

那种孤单而猛烈的工作，持续的煎熬，写不出一个字的苦情和写得停不下来的癫狂。都不正常。偏离了正常人的生活乐趣。依靠一篇一篇的发表，堆积出一条明明灭灭的小路。这大概是我现在最切肤的孤独吧。

记者：阅读的养成是在什么时候，谈谈你的阅读经历？

寒郁：因为从小孤独敏感的性格，大约天生和阅读就亲近吧。至于对文学的兴趣，几乎是一种本能，或者说，在那样狭隘愚昧的乡村，也只有文学温柔而凛冽的辽阔星空，能慰藉一个孩子热爱耽于幻想的心灵。但是，乡村能找到的书实在可怜，小镇没有书店，我上蹿下跳穷尽各种办法，将能找到的书囫囵吞枣地咽下，然后慢慢反刍，那时候，《红楼梦》反复看得许多章节能大段背出，没有书读的时候，《麻衣神相》和庙里流传出来的劝善小册子，也读得津津有味。

然后，外出打工，刚一开始，在一家建筑工地上做小工，白天提灰、扛水泥，晚上在床上支着几块砖头躲在蚊帐里看书。因为年轻，并不觉得苦。同事们问看的什么书，每次都是尴尬地回一句，武侠小说，或者是黄色小说，他们闻言抢过来也看，但看了几眼便知道上当，就又掷还给我了。

正如在小说《雨夜》里写的那样，在酒店后厨做的时候，很小心地把书放在储藏室的夹缝里，正好趁中午休息的时候关上门看一会儿。这种感觉很好，虽然面对的是一堆堆钳子、扳子、工具、拖把等杂物，打开书，却觉得这一会儿这个小天地都是我的了。打开一本书就如打开一个世界，超越这狭窄的现实空间和逼仄灰暗的人生，看到翩跹的蝴蝶，闻到芬芳的花香……阅读最大的意义是即便深陷沟壑的时候，通过经典，让我知道，在渺小和卑微之外，还有一个更为高远的天空、一种更为辽阔的生活，我也许拼尽力气也不能到达，但有这样一个世界在那儿。在低矮而平庸的人生之上，还有那么孤独那么美的星光。它们在那里，能不能最终抵达都不要紧，但是至少怀揣着这一片干净的星光，人便有了一种静默的能量。在权力和欲望主宰的世界里，有精神坚持的人往往不免陷于悲伤，但星光下，寂静里，总还有一片葱茏的信仰，生命于是也就获得了继续前行的力量。

那一段，因为迷茫，有一段特别下功夫读了不少哲学著作，主要是德意志盛产的那些思想猛人，被康德、黑格尔、叔本华、海德格尔那种自我完备的理论体系给蛊惑得一愣一愣的。看完书，和朋友们去街角抽烟、看女人，想想哲学还是不如一个漂亮女孩随便一个眼神更让人动心。也挺有意思的。

我读书比较杂，又特别喜欢读各种不正经的野史闲书，越读越发现，汉字真是美，能写出一些很美的东西来的，这个美里当然也包括慷慨激烈昂扬悲怆这些。

现在买书方便，每月都要超支，住的地方，堆得到处都是，但是读得没有以前那么纯粹了。其实挺怀念那段饥渴阅读的日子。

记者：写作，尤其是短篇小说，结构、技术，甚至要表达的东西，语言的表述方式，实际上对作家的要求还是比较高的，你理想的短篇小说是什么模样？

寒郁：我喜欢短篇小说，特别是万字左右的短篇。短篇小说的魅力在于你可以不考虑那么多来路和去处，而仅仅截取一个张力十足的片段，来表现、刻画、还原当事人的心灵活动，并且适当留白，制造恰当的歧义空间，让小说内部的空间更加有弹性、有呼吸，从而获得饱满。它是搭起一个舞台，再虚构出一些人物来演。演好演坏，那是作者虚构能力的灿烂还是笨蛋，作者的情感是通过戏台上的人物呈现的，隐秘不宣，但反而回环的空间更大，总之要看作者"排戏"的本事了。差的，浮皮潦草；好的，动人心意。

让我一直难忘的经典短篇是尤瑟纳尔《王佛脱险记》、麦克尤恩

《立体几何》这样的小说，故事完结的地方，它们飘然而去。故事只是一个壳，到最后，小说金蝉脱壳了，留下一缕香气，是味道。这是我梦想中诗意悠远轻盈飘逸的短篇。

另外，中国世情小说有很迷人的地方，再糅合好现代派的意识流和心理描写，或许会是一个很好的小说写作方向。唐宋传奇、《金瓶梅》《红楼梦》《海上花列传》，等等，我觉得这是中国小说的底子，起承转合一颦一笑太讲究了，不是拜一个西方二三流作家为榜样学点粗糙皮毛能比的。

所以，我有意回到《红楼梦》《金瓶梅》《三言两拍》的世情小说传统上。宝玉挨打、黛玉葬花、金莲吃醋，都是多么平常的事情，按传统的小说步步为营的写法，写出来，却是那么生动。尘世生活真相的那种破碎，那种混乱，那种蓬勃热烈，那种没皮没脸，以至于那么繁华腐烂，那么绝望，那么活色生香。人情之美、之险恶、之混沌，我想，我会继续书写这些世相的。

记者： 十分欣赏你的勤奋和努力，在你心目中，好的小说大概是怎样的？有人说你的小说是诗味的小说，你认为"诗味"的来源是什么？

寒郁： 好的小说，我的理解，无非是世道人心，所谓"好诗不过近人情"。短篇的好，我觉得是那种元气充沛、浑然一体，而又有丰富的歧义空间，韵味悠远。如果按照王小波的说法：世上只有两种小说，一种是好小说，一种是坏小说。坏的不说了，说到好，好和好又是不同的，各花入各眼，没法具体评判。就不妄议了。

所谓"诗味"，可能是说语言和小说的意蕴指向，这当然是很高的要求，力有不逮，心向往之。如果说有什么来源的话，可能于我汉语言病态般的迷恋有关，一路诗经离骚司马迁庾信杜甫黄景仁废名等等这么读下来，你常常忍不住感叹，哎呀，汉字真是美（这美里当然包括风骨、悲慨、激扬、哀婉、亮丽等），可以写出很美的东西来。作为汉字的写作使用者，我愿意做一个敏锐的感受者，然后尽量每个字都准确地传达出来，诗意自然也就有了。

记者：1988，是个尴尬的年份，在很多评论家眼里，似乎处于80后、90后的夹缝中，你对自己是怎样定位的（如果有的话）？

寒郁：这个代际划分仅仅是评论家为方便述说的事儿，如果作者也拿它当回事儿，挺无聊的。眼光不妨长远一点，不单一代，甚至一个百年，文学史上能留下的东西都太有限，比如我们看南北朝，计较你早生或者晚生几年，没必要，那时代有庾信、刘勰这俩猛人，都行了。另外，夹缝不夹缝，是相对于评论家和圈子主义而言，对我这样边缘野生的作者，无所谓。每个时代都一样，你夹你的，牛人照样随时起飞，当然，你不牛不是夹缝你也出不来。就这么回事。关键还在能否写出抗得过世道人心和时间检验的作品。

记者：关于这部小说集有什么想说的？

寒郁：这是一部中短篇小说集，名为《只为你暗夜起舞》，收录11篇中短篇小说，已发表在全国各大文学刊物上，部分被权威选刊和选本收入。

作品大多以年轻人的生活为主题，叙写他们在工作、生活、情感、家庭中的故事，特别着力描写在都市打拼的年轻人，他们的梦想，他们的困惑，他们的爱，他们的挫折，乃至他们的笑和泪……通过呈现底层群体的物质生活方式和精神生存状态，来审视现代人的内心世界，刻画生活中的众生相，以小说的形式留下一份心灵史。而事实上，城市里，在其中打拼的年轻人，他们渴望被爱，又难付深情，在生活背后，在落寞夜里，一份深情和无奈流转其中，而这份情意，心里揣着，却难以言说。就像我们怀着各自滚烫的孤独，在这世上生活。小说格局和立意比较争取做到开阔一些，语言较为活泼，气韵也流畅，在繁华之外的孤凉下面，底子是温暖的。

记者：你为什么创作？

寒郁：因为有讲述的欲望；因为曾在很多绝望的底层生活时，它是我怀揣着的迷人星光；因为迷恋汉语言那种无与伦比的节奏、韵律、气息；因为爱和泪水；因为喜欢指尖推敲的作品被知己阅读时那种灵魂碰撞的香气……因为它是宿命。

记者：最后一问，你觉得，文学给你带来了什么？

寒郁：相对丰盈的贫穷，"厮守着卑贱而甜美的贫困"，哈，玩笑而已。文学给我带来了什么？想了想，好像不是快乐之类，算了，不如反过来说，再过几十年，每个个体写作者最后能为文学带来点儿什么，这才是需要好好琢磨琢磨的事儿。